水星逆行
MERCURY RETROGRADE

双翅目 著

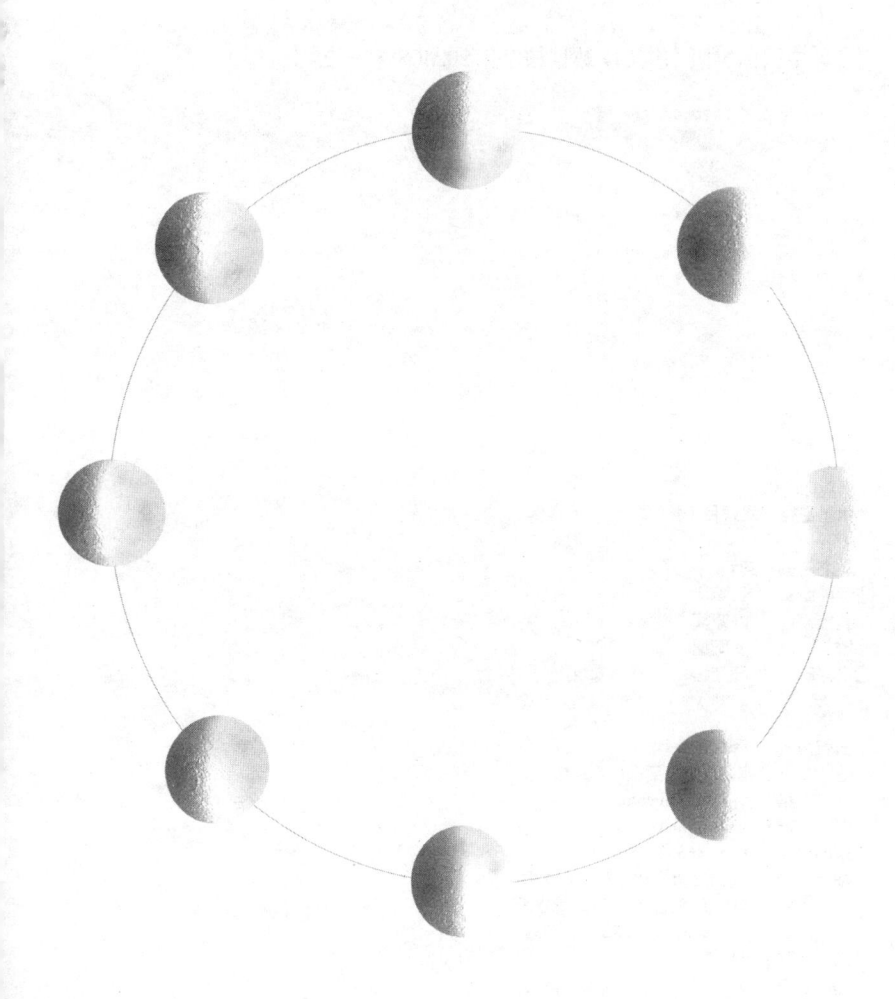

译林出版社

图书在版编目(CIP)数据

水星逆行 / 双翅目著. -- 南京：译林出版社，
2025.1. --（现场文丛 / 何平主编）. -- ISBN 978-7
-5753-0373-6

Ⅰ.Ⅰ247.7

中国国家版本馆CIP数据核字第2024C8K869号

水星逆行　双翅目／著

丛书主编　　何　平
责任编辑　　侯擎昊
装帧设计　　好谢翔
校　　对　　施雨嘉
责任印制　　闻嫒嫒

出版发行　译林出版社
地　　址　南京市湖南路1号A楼
邮　　箱　yilin@yilin.com
网　　址　www.yilin.com
市场热线　025-86633278
排　　版　南京展望文化发展有限公司
印　　刷　江苏凤凰通达印刷有限公司
开　　本　850毫米×1168毫米 1/32
印　　张　11.375
插　　页　2
版　　次　2025年1月第1版
印　　次　2025年1月第1次印刷
书　　号　ISBN 978-7-5753-0373-6
定　　价　59.00元

版权所有·侵权必究

译林版图书若有印装错误可向出版社调换。质量热线：025-83658316

自序

2025年是我以双翅目为笔名写作的第十年。十年间，我有幸出版了四本书，其中两本出版于疫情期间，一本写作于疫情期间。都说世道改变，素材增加，这似乎是真的。我并不因此感到快乐。我会想念没心没肺，天然相信人性不坏，人类总在进步的时光。《星际迷航》说宇宙是人类最后的边疆，我们总有勇气踏足前人未至之地。如今，我知道，勇气需要付出代价，创作总隐含不利于自己的东西，时代精神并不普世，令人兴奋的开拓者的边疆也并非触手可及。

不过，中庸地说，事情总有两面性。我的作品常被评价为过于复杂。过去，我自忖这是个问题，现在，我认为这算优点。我尚不能做到深入浅出，我拥有足够空间；但我不能削减复杂度，短注意力与浅内容的流量正在冲垮人类精神的一些核心支柱。我仍然相信，复杂性能包容求同存异的共识，否则我们将陷于无穷尽的极化纷争。

《水星逆行》必然不是"容易"读的书,我希望它可以成为有一定"耐读性"的书。它仍然不是一部"好"书。它仍不成熟。一些没有完全想通的问题被放入叙事。艺术的探索性总先于理论。不完美或许不是坏事,而是常态。文学总能以某种方式承担对人性与宇宙的严肃剖析。它的有趣之处在于作品内部的封闭与自足,传播时又可能穿透差异,形成共识。它能给予作者以精神领地,又帮助作者打开其他世界的大门。《水星逆行》是疫情期间我的思考、寄托与尝试,它仍然私人,它的某种复杂度也希望寻求差异化的共鸣。

小说集中的大多数作品已发表于期刊。南京师范大学的何平老师,以及吴莹莹、侯擎昊等译林社的编辑老师们对我的创作十分支持。我也十分感谢亲人、友人与同人的鼓励。《公鸡王子》出版前,编辑不知知老师建议我为每篇小说写一段后记,帮助读者理解内容。《水星逆行》出版之际,我变得"厚颜无耻"起来,将阅读与剖析的重担交给了多年来支持我的人。私下里,这就是"偷懒"。官方层面,我自知作品会让作者画地为牢,老师们和友人们的视角或许能帮读者发现新的阅读方式。他们已帮我发现了新东西。可惜的是,因为版面限制,书中所印的单篇推荐语不是全本,完整版见诸网络。也因为版面等限制,全书的推荐语将收录于这篇《自序》之后。

面对老师们和友人们的真切支持,感激之情难以言表,我想,我只有继续写作以为谢。

双翅目的作品，无论科技的逻辑，还是哲学的思辨，抑或文体的创造，乃至想象的飞扬，都让人深受震动而大为顿悟，她开辟了科幻的一个独特而瑰魅的天地，也为科幻成为文学正典作出了有力证明。

——**韩松**
著名作家

　　双翅目在语言的层面创造奇迹，打开新巴洛克风格层层绽放的诗意空间。她写的科幻是小说艺术超越模仿律令的2.0版本，万物始于悬想，世界生于文本，不是艺术模仿现实，现实是语言的虚拟。双翅目的每一篇小说，都闪动着思维的光芒、诗意的色彩，在词与物的缝隙中扰动世界与文学之间的关系。

——**宋明炜**
韦尔斯利学院东亚系讲座教授，美国科幻研究协会年度图书奖获得者

　　这是一部充满思想与诗意的科幻选集，每一篇作品都在感官和认知的边缘冒险，将平凡的日常向无限的可能打开，把历史与当下延展为不断分叉的未来。

——**严锋**
复旦大学中文系教授，科幻文学研究者

　　双翅目的新作再次以"推想"刺透类型文学的边界，我们需要悬置的不仅仅是对"真实感"的怀疑，也包括挑战先验知识与逻辑观念的"去二项性"，所有语言的诗意与哲思都在创造一种超越康德主义的崇高，在她的宇宙里，内心与宇宙是一体的，而主体与客体互相渗透，映射出因陀罗网般往复递归的美的深渊。

——**陈楸帆**
科幻作家，著有《荒潮》《AI未来进行式》

没有人比双翅目在更严肃地思考未来。她的小说从人类所有可能的经验和知识中获取凝望未来的灵感。阅读双翅目的作品，必须有充分的文化底蕴，还需要自带想象力。她的语言是冷静的，近乎论文体，但内容覆盖的界外知识跟我们的已知的部分平分秋色。《水星逆行》是迄今为止最重要的中国科幻未来主义创作，作家对即将到来的三十到五十年的人类生活所进行的写实描写，将成为明日学校的历史读本。

——吴岩

科幻作家，南方科技大学科学与人类想象力研究中心主任

在《水星逆行》中，我们会读到新生代科幻作家的很多特质：厚实的知识基础，充沛的想象力，以及贯穿始终的人类关怀。这是一部值得阅读的作品。

——杨庆祥

中国人民大学文学院教授、博士生导师、鲁迅文学奖得主

作为视野开阔的青年学者，双翅目的作品一贯呈现出一种当代中文写作乃至世界文学中罕见的复杂炫目，复杂性是追求也是结果，更是我们所处的巨大现实。面对具有前所未有的复杂性的时代，在小说中以智识对抗庸俗，以深度思考对抗快餐化的努力艰难而珍贵，但倘若我们还有一点以文学重建整体的野心，这可能是我们必须要踏上的旅程。《水星逆行》正是怀有这种信念的先行之作，彰显一位青年女性知识分子不被定义也毫不妥协的勇气、智性和激情。

——慕明

作者，著有小说集《宛转环》

目录

毛颖兔与柏木大学的图书资料室　001

记一次对五感论文的编审　047

四勿龙　089

一篇关于"文面"的论文　147

太阳系片场：宇宙尽头的茶馆　259

水星逆行　313

毛颖兔与柏木大学的图书资料室

地下世界的故事永远神秘迷人。《毛颖兔与柏木大学的图书资料室》让我感受到一种流转变化，与双翅目一些更理性的作品相比，技术和志怪、科学和直觉在这里纠缠起来。不变的是她始终坚定地向极限推演，这是长期的学术工作必不可少的意志力，将博物式阅读和对知识的求索转化为珍贵的直觉。因此，阅读双翅目的小说，一定会获得高于经验的体验，想象力的火花在所有的尺度上迸发————就像毛颖笔自己写了起来，我们只需跟随。

——**你最快乐的朋友不知知**
主编《厨房里的技术宅》，译有《宇宙信息图》等六部作品，《离线》策划编辑

捡到有求必应屋的礼物，毛颖是人是兔是笔都好，关于杜撰的杜撰，我们大可将信将疑，重要的是役物或役于物，重要的是世上为什么要有图书馆。这是一个道心破碎的故事，但好在还有慰藉，原来图书馆不止于铸就思想的通天塔，做学问也不止于不断探索头顶苍穹，双翅目小说里的知识青年，仍质朴坚定地站在《孩子王》左右，《乡村教师》不远处。

——**写诗的浦岛**
创作音乐专辑《阿浦乱荡》《同时代人格》

一

柏木大学，简称柏木大，寓"十年树木，百年树人，松柏气质，世世长青"之意。柏木大属名校。他考入时，柏木大正逢发展瓶颈期，拨款不足，资金不够，又需启动科研项目，散碎的人文学系合并为人文学院，看似壮大，实则教学人员缩水，但好在院系稳住了。副领导说，柏木大谐音百慕大，正似科研教学逆水行舟，驶入暗流，古来真正踏入象牙塔的人不多，近了看，才发现环着象牙塔的沉船遗骸。他又说，最好的棺木也是柏木。副领导后来推进人文学院图书资料室的修缮与数字化工程，成果斐然，去了其他高校高就，学院资料室成为他值得称颂的宝贵遗产。那里库藏丰富，校内外师生慕名来访，按捺不住，纷纷不自觉捐书。不到一年，书库藏书超过校图书馆。资料室座位紧俏，他每每预约抢位，方能占着临窗有树的好地方。

他导师说他是认真人，有寒窗苦读的耐性和愣劲儿。他的方向偏门——研究文艺复兴时期的自然哲学。柏木大有他要的资料。欧洲文艺复兴不止于文化。彼时，艺术、自然哲学、神学仍未区分，人类刚刚获得向已知世界之外瞭望的双眼。他钻研宇宙的图样，分析星球图表面星空与神交相辉映的思想根源。报考时，他对导师说："我查了，柏木大有西方和近东商人带的古书，最早到明末清初，其他地方的古籍收藏都没有。"他导师若有所思，问他拉丁文水平。最后说："欧洲的参考资料更多，地方语言你也学点，我呢，还是建议你准备出国交换，外国的书比这里好借。"入校后，他才明白，柏木大人文院资料室的书随缘借阅，不以个人意志为转移。

柏木大系清末民初旧学，存中外古籍，抗日救亡没赶上转移，当地奇人异士因地掘墓，又深挖数丈，向外扩展，柏木为墙，造下庞然地库，保下书籍无数，也私存了历代野史和禁书。一九四九年后，柏木大地库经历书籍移出、防空改造、废料堆积、废物堆积、粮食囤积，终于在二十一世纪恢复本来功能。资料室分两部分。人员出入的功能区不大，不到二百平，位于学院楼东南区的半地下夹层。阳光从地面往下渗，他抬头便是裸露的树根。真正的底层书库十分巨大，据说比地基还深，撑着整座学校。市古籍处在全国范围内收集文物级书目，够不上标准的，不管品相，都进了资料室地下书库。早年负责人只管往里码书，完全不分类，年长日久，书页粘连，新旧混杂，层层叠叠，味道古怪，更没人愿意踏足地下书库。副领导上台，大刀阔斧搞院系合作。他受深海勘探启发，决定用机器人解决书库残留问题。地质学院进行初步扫描勘探，信息学院协助数字化，人工智能学院承担机器人与图书物流的设计。很快，原是古人坟墓的地下书库被现代化了。黄铜色的机器人们承包所有书籍的分类、存取、清理、修复等工作。资料室的图书管理员没增加，反因退休，少了两个。他们现在不需亲自搬书理书，主要负责敲键盘。人工智能并不代表精准。机器总有故障。程序一直没能彻底完成图书的编目和定位，约二分之一的书借不出来。地质学院认为，原古墓情况复杂，不建议活人下去。学院也有不成文规定：学生，以及普通的讲师、副教授，没资格进入地下书库。他念了一年博士，才"有幸"第一次获得入场券。后来想想，不知算早算晚。

　　他自律，待在资料室的时间固定，总碰着同一图书管理员。她胖乎乎的，戴宽边眼镜，是喜好古代物件的后现代人，既看《文选》，也躲在一体机屏幕后，对着书目表格偷偷打任天堂游戏。那天，他关注已久的一本书突然出现在系统"可借"范围内。书目介绍多了书架定位与星象插图，图中土星环旁，诸神密布——这是他要的参考。他询问图书管理员。她没抬头，让他自己搜外文数据。他当然知道，没有。他也知道，地下书库藏的那本是十三行收的图册，内附上世纪博物学家注释。她游戏打得正酣，月下古墓，丧尸、狼人、吸血鬼正三家对砍。他没好意思打扰，绕到期刊室，准备翻翻新文献。她的宽边眼镜出现在书架另一边。他们隔着书脊，她悄悄说："你要的书，刚刚入编，找书机器人没权限，我下去也麻烦，不好找。"她放了一张卡，手轻轻推，卡片似抹了油，沿着粗糙书页滑向他。她解释:"这是权限卡,刷进去,自己找,防火门自己拧。别怕,里面没活物的,按想的找就行。"说罢,她急匆匆打游戏去了。他们的交易偷偷摸摸,而房间安静,周围人全听着了。有人哧哧笑。有人提醒:"小心,怕了就回来。"

他知道传闻。地下书库原为官墓,墓葬主人与皇家沾亲带故,据称还传了点儿龙脉。柏木大新校区依着地下书库选址。设计师强调,风水好,虽为墓地,周有乱坟,但年轻的师生人气旺,镇得住,且棺墓所在,地势奇佳,方能百年乱世,保下精神财富。只是新校落成,除了喜迁的前任副领导,没人敢动地下书库。改造后,大部分任务交给找书机器人,特种书还需图书管理员。应聘者几乎都吓跑了,留下的属稀缺人才,被供起来。他们并不勤奋负责。时有学生老师亲自下去,十之八九,吓得半死,惊魂未定而归,还总两手空空,得仰仗管理员亲自取书。

楼里四部电梯,三部通地下书库,两部机器人专用,只一部可以进人。他等了许久,数字一直闪烁"−3"。他有些紧张,紧张导致焦虑,焦虑让人急躁。他决定走楼梯。走廊按紧急出口设计,很窄,仅够两人并肩。楼梯反复曲折,走一层打四个弯。快走到时,他听见"咔啦啦、咔啦啦"的声音——一只机器人扛二十斤书,缓慢爬楼。看额头条码,是最早一批。它关节已锈,黄铜色更显破旧。他小心绕过它。它开口说话:"四号电梯已坏,你可乘三号电梯返回。"他隐隐听见楼上惨叫。它评价："倒霉鬼，不该下来。"它脑袋宛如倒扣水桶，没面部表情。它迈动老朽膝盖，"咔啦啦、咔啦啦"离开。它走了。他感到后背冷汗直流。他安慰自己，文艺复兴末期，科学革命前夜，万物皆机器的理论一时盛行，只是对于两三百年前的欧洲知识分子，机器不是冷冰冰的死物，它们是活的生命。

二

地下书库入口位于地下三层。地下三层有三层楼高。他绕过墙角，瞠目。巨大防火门暗沉无色，宛若金属黑壁。上世纪的设计，说是防火，不如说防鬼出，防盗入。建的人来不及讲究，用西洋技术，直接堵住甬道。他找到"钥匙"：百年前，德国造，旋转手柄似反坦克炮的钢筋轮。他用手施力，沾上一层油灰。他插卡，没反应。四周空旷静谧，暗黄灯泡微微闪烁。他再次插卡，卡折在里面。他不想落荒而逃，用体重猛压手柄。防火巨门表面发出窸窸窣窣声响，四个轮子先落地，连接轮子的细长四腿带出底盘，另一式样的黄铜机器人从门内爬出。它身后背壶，壶口修长，像花剑剑尖。它开口："这是钥匙口，不是读卡口。非紧急情况，大门不开，请走大门表面开的小门。"它用壶口指右下——约一米五高的小门，得猫腰进。

"卡断里面了。"他怯生生地说。机器人将卡抠出来，拼接，粘连，验证无误，帮他找到小门表面暗红色读卡屏。他个子高，爬着进。他回头，隔着门框问："门为什么这么小？"机器人瓮声瓮气："本为机器设计，也给人用。""为什么不专门给人设计一个门？""改造指示，资料室地下书库修缮采取全人工智能方案，并没有考虑人的因素。""那为什么还得人下来取书？""因为修缮工程没结束，还在持续，会持续下去。"

他想继续问，小门自动关闭，毫无声响。链接轴承抹一层新油，想来，它是上油的守门人。灯光更加幽暗，他开手机灯光。地下没信号。他理应畏惧，但他开始兴奋。放眼望去，密排库的密闭书架看不到尽头，不知是地库本就广大，还是手机光线走不远。旧书与金属书架的味道塞满鼻腔，年长日久，浓厚古老。他熟悉。老纸张老物件表面氧化，生出细菌，虽损坏，却多附着了一层活物。人读书，书吸收人的气息。书与书架带了人的意志。他靠着借来的旧书，成长，考学，远离山林故土，进修，科研，一直向着知识的殿堂走，辗转于不同图书馆，走到这里。密闭书架表面贴着油墨指示，手写体，让来者连接地库内网，地库系统将自动发送密码。他安静等待，三分钟后，收到网络短信。内网已获得他的查阅申请，书库位置检索逐层展开，与地面情境很不一样。他心有疑虑，决定先按指示走。

走过九层密闭书架，四周不再平静。越来越多、大大小小的黄铜机器人相继出现，动作比在地面上灵活许多。大号的哐当哐当摇摆手柄,小号的将自己身躯挂入书架边缘内嵌轨道,嗖一声滑到相应位置,取书,或反向运作。它们不借助视觉系统,也能感受到他的脚步。他没急着找书,他在参观,他甚至帮小号机器人递了一本书。终于,一只大号黄铜人开口:"你走偏了,那边。"他问:"为什么地面书目的位置和地下完全不同?"那机器人侧身对他,没转脸,没再动,胸腔嗡嗡作响,似在揣测他的来路。隔一会儿,它才说:"你借的书,偏门,刚入编,还没嵌入地下书库的分类系统,不稳定,我们不会给它确定的位置。"它抬头:"地面书目只是表层体系,不必全信。"

它说得没错。他走了很久,走出了大小机器人的主工作区,走到寂静边缘。密排书架变为开放书架。他寻着复杂编码,爬上高梯,戴上手套,伸手探着书架顶层,取着书。出乎意料,书很旧,却没灰,养护得很好。书内封粘着一撮白毛——动物毛,软软的,很新,几分钟前刚落下似的。他没马上离开,借着高势,手机灯往远照。地库地貌发生变化,头顶天花板已成石壁,凹凸不平,书架越来越稀疏,远处的摆放已不规整。他屏息倾听,隐隐传来开掘的声音。一只带轮机器人呼啸而过,左右各挎电子铲与电子钻。地下书库仍在扩张。他瞧见往下走的楼梯口。

楼梯柏木扶手,上蜡未久。台阶宽大厚实,榫卯镶嵌。地下四层与地下三层无异,只天花板更高,地库边缘更加遥远。

地下五层有五层楼高，楼梯曲折不断，他觉着像走进洞窟，天花板却十分平整。密排书架不再直抵顶端，吊装密排架装接轨道，自上而下悬空滑动。黄铜人斜挂着取书放书，动作轻快，杂技一般，大多在理书与编目，很少往上层递送。他准备继续向下，被一只大个子拦下。对方检索内部系统，观察他腋下用特种纸包的旧书，声音如鼓："你已取书，请速返回。"难得一游，他当然不舍。他转动大脑："我取的是专业书，要绞尽脑汁看的，但我还想再借一本。"他顿顿："一本枕边书。"

大黄铜人问："什么意思？"

"枕边书不是快餐消遣，也不适合正襟危坐读，虽睡前翻看，但不是无聊的催眠。枕边书能引人渐入佳境，又能跟着人的心思一起入梦，很像人类的伴侣，可能比伴侣离灵魂还近，希望你懂。"他心中忐忑，觉得大家伙无法理解，又补一句，"真正的枕边书值得反复看，据说能伴人一生，要认真选，我才一层层下来。"

对方转动玻璃球眼珠，正色道："最多再下一层。"

地下六层恢复书库应有模样：楼顶很低，灯光昏暗，仍是密排，书架与轨道却是木制，工艺精巧。他抵住诱惑，没往地下七层走。他想，这吊诡的地方全面如人工智能，已成为一个系统，没必要第一次便探测系统阈值。他漫无目的闲逛。书架按民国年份编排。他依次转动手柄，一排排书架整个吱呀作响，横向移动。书混乱码放，没有机器人编目。手机显示低电量，他一面转动手柄，一面低头研究系统。地下六层信号微弱，数据时断时有。

他感到不远处白色光点闪烁。他抬头。书架间，尽头处，一把木凳子。

白动物一闪而过。

他吓得断了呼吸。

许久没声响。他缓吸气，轻迈步，穿过书架，走到椅旁。柏木椅朴实无华，只有棱角，没有装饰。他探头左右打量，走廊空旷，只这一把椅，恰好摆到他对面。他瞧见书架侧面标签，多一行字："桂水寒于江，玉兔秋冷月。"字边，一本书单独立着，与其他书保持距离，专为他准备——

《毛颖杂记》。

他的心扑通乱跳，探手取来，没有目录，第一页摘四行诗："毛氏颖出中山中，衣白兔褐求文公，文公尝为颖作传，使颖名字存无穷。"第二页名曰《毛颖传》，却不是韩愈写的小故事；标着五幕剧，却只列第一幕。灯光愈发昏暗，他调亮手机，低头阅读。

杜撰的怪异故事讲一个兔子种群。它们拔毛为锋，制成毛笔，俗称毛颖。毛颖兔的毛颖笔写起东西自成章法，自古及今，无不纂录。阴阳卜筮、山经地志、字书图画、九流百家、官府簿书、市井贷钱，毛颖笔皆自主编撰。毛颖兔本长居山中，后被人发现，几乎全被抓来做了毛颖笔。人们得了便宜，以文人墨客自居,忘记毛颖兔和毛颖笔才是与物相齐的纂录者。

手机灭了,整个地下六层同时变暗。而他的心正跟着毛颖遍走五岳,并未惊慌失措。他眼前的黑暗似乎透出光亮。月相图由远及近,月球表面神灵散尽,只余水晶宫的老兔。柳叶摇摆,它捣弄桂花花瓣,但它心思难安,双眼如炎,突然跳离明亮月盘,跳入他怀,跳向地面,贴着地板,往光亮处跑。它速度飞快。他抱紧书,迈步狂追。毛颖兔知道他极限,总比他快半步。他跑得精神恍惚,力竭气喘,恢复意识时,已站到防火大门外面。守门机器人告诉他:"电梯已修好,即将闭馆。"

他手心汗湿,不知为何全是墨迹,借的枕边书反而完好无损,全新一般。

他重新打开第一页,内容变了——

"奇毛难藏果亦得,千里今以穷归君。"

三

他将《毛颖杂记》压到枕头下面,没舍得读。书不厚,他怕读完便没了。他每天读两页,期待看完后,再去资料室地下书库借本新书。不到一周,他知道自己多虑了。《毛颖杂记》字大行疏,每次翻开,内容却不一样,不仅收录中国诗词,也断断续续连载外国寓言故事。不到一月,他已读了三个版本的《龟兔赛跑》。永远读不完,也永远读不厌。深夜,他用手指掐着纸张,透过灯光,观察《毛颖杂记》。书页不厚,旧得发黄,却有韧劲,光透过书页,对面的字迹却透不过来。他有时怀疑这是材料研究所的高科技把戏。又一个深夜,窗明几净,满月当头,他福至心灵,爬到阳台,借着月光,发现了毛颖的小乐趣:月色明亮,每一页都有兔子的水印,每一页兔子的动作都有些微不同。他对着月亮,轻轻地、迅速地,依次松开书页。哗啦啦,声音十分清脆。一只兔子从月亮上落到书中,合入书里。

那日借书登记,图书管理员见他抱书两本,日落才返,两眼放了光,表情比遇着游戏的巅峰时刻更加兴奋。她戴手套,扫描大图册,放到一边,然后打开《毛颖杂记》,内封显示:"月中辛勤莫捣药,桂旁杵臼今应闲。"她抬眼,提醒他:"你领口有兔毛。"她又翻到中间一页,书提醒:"玉关金锁夜不闭,窜入滁山千万重。"

毛颖是兔子,他告诉她,这意思是,离开月宫,游玩人间。

她岔开话题:"这书没入目录,按规矩,不能外借。不过,你既然把它带到地面,我就没资格干扰它的去留。要不,你打个借条,我还留着退休老馆长做的登记卡。"她钻入立柜底层,捧起条状木盒。结构老旧,不染灰尘,内装硬纸借书卡,占盒子三分之一。《毛颖杂记》没出版社,没书号。她观察书的外观,写下书的模样与内容。

他不禁问:"其他借书卡也记没编目的书?"

"对。"

他探胳膊想取,被她拦着。她面目严肃:"你去地下书库,看见什么,借回来什么,是你的自由;到了上面,别人借的东西,就和你无关。"

"可你知道所有人借的所有东西,你管理它们。"

"我是图书管理员,一般人当不了,而且,我在编。"

她态度强硬,没再理他。他悻悻而出,有些遗憾。走出百米,他突然定着:"在编?或许她指的不是人类编制,而是书库编目。"院系大门通宵敞开。他刷卡返回,电梯已停。他沿楼梯来到地下三层。远远望去,巨大防火门表面贴满黄铜机器人,地表也挤满机器人。它们互相清污,检修。图书管理员高高坐在三角梯顶部,身旁放一台薄薄的黄铜色笔记本,游戏手柄也多一层黄铜色外接装置。她一手敲击电脑,一手摆弄手柄,口中计数,十分专注。他没敢向前,藏在拐角。图书管理员架轻就熟,点卯完毕,高高站起,吹一声金属口哨。机器人们迅速躲进地面、大门与墙壁,三秒内,消失干净。他赶紧回返,又只能轻手轻脚,总算走到一层,还是被叫住了。

她说:"什么都没瞧见,对不?"

"对,就像你也不知道我借了什么。"

他们隔着昏暗白灯,相视而笑。

他最后问:"你怎么聘到这职位的?"

"一般人进去，和你一样，拿着书。我呢，拿的是控制手柄。"

他向来不信邪，这一回，他摸摸脸，猜测命数或许另有计算办法。

自然科学称之为规律。

四百年来，科学的规律体系变了又变，天地日月却一如既往。若毛颖真结合了山川异志，它自会告诉《毛颖杂记》为何落入他手。他没花时间查毛颖的来源，反寻人问了学院资料室的招聘。所谓的知情人皆含糊其辞，不明就里。图书管理员的履历却不难找：本校本硕毕业，博士未念完，隔年入职资料室。她研究唐传奇，肄业后去做了游戏架构，不知为何返回。人事朋友告诉他，档案记录，她读书时有一次违规。那时地下书库没经历数字化，宛如洞窟。深夜，她提灯前往地底，消失三天三夜。院系惊动。复返时，她毫发无损，乐呵呵的，拒绝吐露地下所经所历。为防其他师生模仿，校方决定，立即改建地下书库。他的好奇由毛颖转向图书管理员。只是她专注自身世界，生人不近。他每日去资料室看书，也只与她相视点头而笑。

不论如何，图册实属古书，全国独份。放到案头，让人读前总想焚香沐浴。

他的研究算不得创新，只挖掘西学财富，化为东用，以方便后人。二十世纪中国的大半学问皆沿此路径，现如今，人们无法同清末民初的学人比肩，又不需做得比欧洲人好，只要材料引得比同行快,便有立足之地。他导师戏称为,"拿来流量"。他很认同。他们一拍即合,结为师生,却都未能幸免,同在自西向东的浪花中扑腾。他起初想跑过浪花,自考博到入学,一度辗转于会议,却无法达到预期,求得生活与志向平衡。他于是收回杂念,专注书本与出国。地下书库一游,他发现逆流之路。

通常做笔,用狼毫羊毫,兔毛柔软,并不常见。冬日夜晚,他读《毛颖杂记》,正讲到英国的彼得兔与人类打得鸡飞狗跳,毛发乱飞。翻页,又一撮兔毛。他仍留着从地下书库带回的绒毛。他寻一小盒,集中摆放。隔天,他去资料室。图书管理员难得没玩游戏,捧着世面流行的墨迹电子屏,用游戏手柄自带的软头笔,涂涂抹抹。他靠近。她遮住面板。他递上借书信息。她说机器人能找。他问如何才能再次下去。她回答不由她定。他问:"你的笔哪里来的?"她推眼镜,回答:"你不是有吗?自己做去,面板也自己买。"

她比他更了解地下书库的个中原理。

一时间,他阅读兴致减少,双眼只跟着书脊、书缝、书的装订线。初时,总能找着兔毛,尔后频率渐少,绒毛愈发稀疏。他花了月余,才凑齐所需材料。古玩街能做兔毫笔的人少,他得的东西又金贵,他一家家访,最后,一个尖嘴猴腮的年轻人告诉他,东区拆迁前,一位老先生从不拒单,只是不常挂牌,拆迁后,他随家人去了安置房,你可去查查。信息并不复杂,一搜便得。

安置街道距柏木大新校区不远,同样依坟头而建,平的都是无名碑。他没费多少力气,按地址找着居民楼,进门便是老先生。供电站限电,老先生借门房电机给电子墨水板充电。他打开盒子。老先生点头:"毛颖笔。"老先生又问:"你练书法吗?我都用毛笔练电子书法啦,这款杂牌墨水板是好的哩。"

没几天,老先生制好笔。因兔毛罕有,老先生分文不取,只摇头说:"以往的活儿不做了,新东西才弄。新东西好哇,只是真正弄新东西的人少。"

他忍不住问:"您的电子墨水板就是新东西呀,我们最不缺的就是新技术了。"

老先生继续摇头,点他的脑壳:"旧东西在这里,旧的怕新的。"

他没太弄懂,但也知遇着高人。老先生为他制柏木笔盒,附赠洗笔套装,非常现代。公共场合,他拿出来,虽讲究,但不扎眼。周围人只道他买了新鲜的高科技玩意。只有图书管理员偶尔观察他的笔,死死盯着,却没多问。他想,幸亏《毛颖杂记》的怪异只有一个半人知道——图书管理员算半个。

他模仿老先生姿势,用毛颖笔批注墨水屏文献。白日一切正常,深夜赶"死线",他凭本能标记修改,内容反而更加优异。期末,他帮导师批完论文,想再读一读地下书库取的古籍,不慎睡着,醒来时已是凌晨四点。不知何时,他的笔自行涂抹古画,有限的天穹外,多了一层云雾。古代学者想象过奥尔特星云。太阳之外,光总有尽头,终将消失于黑暗。光与暗交接的边缘仍存薄薄尘埃。塞琉古说,宇宙是无限。

他端详,分不清细碎尘埃是笔所画,还是图册本就有。他困得头昏脑胀,转身上床,习惯性地打开《毛颖杂记》,读到五幕剧第二幕。天地间出现一个兔唇的毛颖人,早年生活于圆圆的月球表面,觉着平和又无聊。它偷跑进下界群山,同毛颖兔玩得甚欢。秦始皇的将军蒙恬向南伐楚,于群山中大猎。有人听说过毛颖,建议蒙恬取了献于章台。蒙恬放弃百兽,独独围住毛颖,带毛颖和毛颖兔返归秦王都城。始皇果然高兴。

四

他心有戚戚,懂了毛颖笔自有意志。他于白日尝试两次,任毛颖笔自行书写。文章果然漂亮,他自愧弗如。他动过念头,不如直接任毛颖代笔,完成学业。导师读罢他的新文,夸赞不已。他自觉羞愧,决定不再仰仗毛颖的智慧,从头来过,自行钻研。想通后,他神清气爽,返回资料室还书。系统显示,古老图册编目又变,表层系统无法定位。图书管理员瞧他手中握笔,让他自行去地下书库,自己去问黄铜人,确定摆放位置。

距前次进入地库已有四个月。这回,他不紧不慢,扫描卡片,钻防火门小门,于地下四层遇着高大黄铜人。

它说:"直接去地下七层。"

他应:"从地下六层取的。"

它答:"地下七层以上属实然区,有人欲借,我们上架,书籍便进入人类知识的分类系统。地下七层或再往下,属或然区,人类借的概率微乎其微,它们的内容便不再归属于表层世界。"

他说:"可我借过这书,做过拍照和摘抄,还……还不小心标注过一些图画。我写论文,会引摘它的内容,它就会进入人类知识系统。"

大黄铜"咔啦啦"转头,没再理他。他悻悻下楼。与前次不同,地下六层与地下七层灯火通明。画册书籍突然出现标签,显示具体年代位置。他想赶紧记下。他一直以为这书具体年月已不可考。但他手中只有毛颖。他尝试电子屏、衣袖、手心,不论怎么写,都留不下痕迹,用手机拍照,一片模糊。时间久了,周遭能见度变低。不能久留。他只得心中默记新信息,急匆匆将书归库,在黑暗抵达以前,逃至地下五层。

刚出防火门,手机跳动,滑键接听,父亲疾病突发,正紧急手术。母亲动作迅速,救回父亲一命,结果还需术后确认。等待时间,母亲声泪俱下,可不许他开视频。他抱紧手机,蹲于树下,盯着毛颖,几欲折断。入夜时分,结果出来,肿瘤虽位置刁钻,急性压迫血管,所幸只是良性。手术顺利。他又抱着笔声声泪下。他家地处偏远，父亲捡回一命，但需足够收入，才能留下这命。

那日起，他放下地库之事，干了代笔的行当。亲人相助，友人募捐，导师劝慰。他痛定思痛，为自己立下两个规矩：其一，恩情须还，仰仗自己；其二，自家的研究学业，不能用毛颖。

他未将毛颖归还图书资料室。相反，他借着毛颖，注册几十号用户，披上百件"马甲"，只要文字工作，给钱便接。他开始只做本科研究生的课堂论文代笔，然后全文撰写博士著作，全文翻译外文名著。不久，代笔不再局限学术：电视剧本、游戏剧本、网络小说、杂文、游记、评论……急缺钱时，他一人一笔做了上万水军，扮演事件或角色的"黑"与"粉"双方，左右了相关热搜的整个舆论。他亦觉得过了。父亲病情稳定，他急忙收手，去接家长里短、戏说野史的杂活儿。一年过去，父亲已能正常生活，他的多重身份并未暴露。家人问他钱从何来，他答学校师友接济了收入高的兼职。导师友人问家里经济，他说仰仗富贵的亲戚。没人再多问。一切顺理成章。毛颖横躺于笔架。他不知是畏是喜，是弃是谢。

他仍阅读、写作，没落下研究，忙急了，也不忘睡前翻两页《毛颖杂记》。恍惚中，他觉得书里的童话与寓言，大多平和近人，让他愉悦，却多是外国故事。《毛颖本纪》（他自创的称呼）则只有庙堂与野叟，只写极富与极贫之事，只讲礼乐或礼崩乐坏，以为说教或猎奇。它不管我们这些中间人的命数。

他开始做梦，反复徘徊于一个故事：月中玉兔来到人间，没等官宦爪牙抓它，它自己先找着红绦金练的去处，不久便被层层进献，被养着奉为翰林之宝。它不再饮泉栖草，而是珠箔加身，翡翠为食，居于花笼，白毛如雪，取来为颖。它毛发不绝。它见毛颖纷纷落入主宾客席，也不以为意。他的梦越来越长，细节日渐丰富。临近清晨，梦与现实贯联对接，清明澄澈。玉兔更似《石头记》里的通灵宝玉，下来走一遭，见得人世朝暮繁杂，非常喜欢。但它属天上玉兔，非女娲遗石。它丹眸转动，落银河光彩，所向人间，写下文才，却不沉溺，一副潇洒样子，观世人荣落。他透过梦境，瞧见了远方蓬莱，知道它终将回首峰峦，怅然而返。

每每醒来，他浑身困乏，像刚从山中大猎返回。只是家事暂定，学业进步，他不及多想。

以防万一，他不再携毛颖笔进入图书资料室。管理员觉着奇怪，却也没多问。借还书时，他们相视，点头，并不多话。他发现她的键盘和游戏机打烂一个又一个，外接手柄总完好无损，崭新一般。毛颖笔亦是如此。每到代笔，他放弃键盘，用淘来的大面板墨水屏，手写录入。他不需动脑，毛颖自然书写。有时毛颖写着，他跟着默读，读到兴致处脑袋飞转，毛颖的笔法却会减慢。当他产生自己的想法，毛颖便写不动了，卡在空中，等他续写。他续过几回，效果不佳，绞尽脑汁时，笔杆折断，他总需找老先生修笔、洗笔。老先生感叹毛颖的笔尖不是一般物件，不沾灰尘，真脏了，稍微一涮，便恢复雪白绒毛模样。老先生从不问毛颖来头。他们心照不宣。

毛颖笔尖不染世俗，方能代笔，写物性文章。他拿着笔杆，若想介入，反阻了毛颖代笔时一窥人间的机会，笔杆当然要折。所幸他只做代笔文章，能任毛颖自由发挥。渐渐地，他练就本事，毛颖代笔，他眼睛读，却心不在焉，心的深处，又跟着文章内容走，如在梦中随波逐流，任故事发展。代笔结束，他身心如梦初醒，偶尔能记一些细节。他也不焦虑。他知道毛颖文章已融入潜意识的纷杂背景中，不会消失。

他寻的书日渐偏门，托图书资料室的福，总能找着。有时虽从外馆借调，但最罕有的总藏在地底深处。他与图书管理员熟了。她不知从何处多弄了一张卡。书只要是特藏，他便径直去地下书库。黄铜机器人都认得他，时常为他指路。一次，书借得多，大黄铜机器人甚至帮他扛书，尾随至防火门门口。又一次，适逢地下书库检修，施工队跟着图书管理员下去，待一天，检修完毕，一切正常。他好奇心重起。图书管理员送大师傅离开。他踩着闭馆的点儿，来到地下三层，第一次瞧见防火门大开。他本以为高六米宽五米的钢铁墙壁会向前开启。他没想到，它们本就是墙壁，能左右回撤，彻底退入地洞的腔体之外。此时此刻，黄铜机器人们如码头船工，成群结队，安装齿轮杠杆，机械结构密布成网。它们于沉默中保持节奏一致，一寸一寸将墙壁复位。墙壁背后，数不尽的密排书架没有尽头。这回，书架没有彼此紧贴，它们互相拉开距离，保持两人的宽度，延伸至无穷远方。你永远不晓得书库的容量。

五

他开题顺利，报告题取名"宇宙崇高与人心惟危"。文艺复兴前后，人们相信，宇宙如层层蛋壳包裹，地球与人类位于中心。漆黑天穹仅是最外一层黑暗。而黑暗之外，上帝与水晶天的光芒普照。星星便是蛋壳缝隙透出的光亮。它们启示人类，彼岸世界无穷美好。启蒙与科学打破旧思。宇宙为虚空，黑暗即无限，地球位于偏僻轨道，人类并非出于上帝之手。神圣故事不再以三角的稳定形态构图，人与生命不再占据绘画主角。风景画满是狂风骤雨，静物画有骷髅与死蝇。欧洲人开始用纯粹的黑暗表示宇宙与存在。康德论证，崇高出于自然浩瀚。万物雷鸣，天地苍茫，渺小人类无法消受宇宙洪荒。人又总需克服无限的恐惧与死亡的怪诞，思想便尝试为自然建立法则。立法之时，心灵获虚构的避风港，暴虐宇宙似乎不再威胁，人类对它突生敬意，称为崇高。他讨论，科学规则的底部，未知仍汹涌蓬勃，冲击人类心灵。上至科学星图，下至民间戏作，博斯的人间乐园，丢勒的动物，戈雅的巨人，透纳的晨昏。绘画暗示，稳定体系总风雨飘摇，崇高不仰仗规则,而来自规则外的世界。人心惟危,无法离开自身界限,只能想象崇高,但没法真正理解宇宙。

部分老师怀疑他的论证,但所有老师都赞叹他整理的图文材料。他导师圆场,即便疏漏,他整合的内容已成学术贡献。外校老师问他:"参考图例哪里来的,市内古籍馆不全,你跑了沿海多少省图?"另一老师补充:"这一章讲文艺复兴的波斯天文学源头,国内材料不全,英美的文献也不够,你去了远东小国?"他没多想,直接回:"柏木大图书资料室借的,地下书库全。"本校老师适时保持沉默。他的导师再次圆场:"我们的电子文献特别齐全,但原本古籍不够,他还得去外国进修,对不对?"本校老师以目示意,他亦发觉说多了,赶忙找补:"抱歉,表述不准。图像更直观,传播广,国内能搜到。我正申留学项目,准备去英国,那里文字材料全。"他导师开玩笑:"抢的东西多。"气氛活泼,话题转移。

那晚,他夜不能寐。他专注自己小小的学术宇宙,忘记别人如何钻研学问。他枕着《毛颖杂记》,脑中回忆柏木大人文学院的文章著述。早几年并不如人意,图书资料室修缮后,人人皆称文献好借。数字化工程结束,人文学院更是成果丰硕,一扫缩编前的萎靡态势。院里师生曾言,以小博大,却未形成自傲之风。近年来学院成绩蒸蒸日上,生源壮大,教师员工却个个低调内敛,活得闲云野鹤。报刊采访他导师:"科研压力日增,为何柏木大人文学院仍悠然自处?"他导师正色回答:"道家讲拱手而治,我们只顺手成文。"有人批判柏木大只出顺手文章。他则清楚,顺手是小趣,是博人一乐的东西,比不得顺手出的洋洋洒洒长文。他导师近五年不写期刊论文,每年却著作不断。

导师也拿毛颖?

他心下唏嘘,不知该不该问。他恍惚入梦,五幕剧的第三幕径直上演,讲毛颖在文明世界的生活,只是不知毛颖是月球人,是兔,还是笔。它们忙于为秦编撰。它们善随人意,正直、邪曲、巧拙,皆一一随着人世的逻辑,编撰为可理解的图文说明。人们忘了自己为何拥有编撰技巧,完全忽视毛颖。它们也不多说,从不泄露毛颖编撰的奥妙。两厢默契,两厢沉默,毛颖没在人间留下任何痕迹。

隔天,复见导师,没等开口,他导师先抢了话头,点评开题与近期投稿论文,然后话锋一转,问他:"你写电子屏的毛笔,哪里买的?"他低头答:"是毛颖笔,资料室地下书库捡的,笔杆找附近老先生做的。"他导师继续发问:"你拿毛颖笔做了学术?"

"没,但我用它做代笔。"

"代笔?"

"《资本欲望和战争消耗》,是我写的。《男权返祖和灵长类雄性社群结构的关系》,也是我写的。我既批判崇拜,也营造狂热。我写中国人喜居山林、饱游饫看,写欧洲人凝视天穹与宇宙,写美国式的现实主义荒诞,写非洲的图腾、中东的藤蔓,写澳洲土著的梦境宇宙。"

他导师笑了:"你认为,灵长类没有人类那么残暴,干不出真正伤天害理的事。"

"对。不,都是代笔,毛颖成文,我接的工作要求话题度,或者得写得简单明了,能带来异域的刺激或者心灵鸡片。"他停顿,又叹气,"也不能全认到毛颖头上,我参与撰写,潜意识记得的。我就是毛颖笔墨的呈送管道,各种内容流过去,总会挂些在我这里。"

"挣得多吗,够还医疗费?"

他点头。

"没拿毛颖做学术文章?"

"没有。"他抬头直视。

他导师略微惊讶,尔后恍然,轻轻叹气,说道:"你比我们强。你有了自己的方式,有了你和毛颖独特的关系,我不会干扰。一句话:向外走远,向内走深。你该去柏木大以外的图书馆看看了。"

他们又聊些家常,他道谢离开。走时,他问导师,是否也有毛颖。对方答:"就像抓阄,每人从柏木大地库拿的东西不同,最现代的玩意儿,还要数图书管理员的游戏手柄。"

他了然返回,安心准备出国。日子临近,资料室书库愈发无法满足他的借书申请。又值书库检修,他提前得知,早早等着。待图书管理员与大师傅下去,他手持毛颖,缓步跟随。黄铜机器人瞧见他,没有作声。他跟到地下五层,走丢了,正着急,图书管理员自正前方复还。游戏手柄正面朝下,落足地面,细细碎碎迈步,走在她前方,像个宠物。她微微皱眉,打量他手中毛颖。毛颖笔锋微微向左摆动。地底无风。她耸肩,让他过去,嘱咐他跟着毛颖的指示走。毛颖找着靠近边缘的楼梯口,直奔地底。一时间,他不知已到了第十八层或第十九层。地面逐渐阴湿泥泞。楼梯止处,脚陷水中,冰凉刺骨。毛颖不再指引。他远远看着维修大师傅的工装铁铲,不由向前。走近了,灯光打亮,物件都干净,只不见人影。他扫视周围,地底不再宽广,远有墙壁,内嵌大小不等甬道。他看见洞口有白毛,忍不住想拿,却迈不动步。着急之时,大师傅喊他,让他回来。他暂时作罢,走回楼梯。大师傅问他:"是这里的,还是别处的?"他摸不着头脑,回答:"柏木大的。"大师傅笑了,催他回资料室,说如有缘分,总得复返。

"您下来维修什么?"

"捞泥,捞出来,堆到那边角落,机器人用来修护上面的书库。"

六

他申请游学项目,一年间分别待了三个地方,波兰的克拉科夫,意大利的博洛尼亚,苏格兰的爱丁堡。三座城市旧学丰富,古建筑列世界名录。克拉科夫大学城位于市中心,柱石林立,穿廊道便似返回文艺复兴与启蒙时代。同为大学城,柏木大很新,旧事物全压在地底。克拉科夫旁边是奥斯维辛。他到时已近冬天。欧洲内陆寒冷,地球气候日渐异常,没到中国立冬,克拉科夫便雨雪不断。他直接厚衣棉服,怕深冬温度断崖下跌,赶紧冒着风雪,乘巴士去奥斯维辛。旅游淡季,游客寥寥,荒野肃杀,讲解员自带苍凉气息。他独自顺铁轨行到哨岗,然后独自折返,走至焚化炉废墟处,一脚踏空,侧身着地,听着一声脆响,没起身,赶忙翻找毛颖笔。竹制笔杆断成两截。笔头绒白,雪落而不化。波兰保安身材壮硕,脊背如石,小心蹲到他面前,观察毛颖挂雪,用他不懂的语言赞美毛颖。大个子扶他起来,安慰他,用英文说,雅盖隆大学的植物园有中国竹子。他仍心下黯然,担心不再有完整毛颖。暮色提前降临,风停息,雪愈大。离开前,他最后望一眼行刑墙,白色活物一闪而过。他不放过任何可能,但墙角积雪,不见痕迹。弹坑亦被白雪填满。不,一半是雪,一半是绒毛。他用手捏弹坑上半部,柔软温暖,毛颖质地与中国的又不尽相同。他捏了一撮。

雅盖隆大学有最早的天文学与数学独立教席,哥白尼求学于此,只是最初学医。他的项目挂靠自然科学史方向,可浏览中世纪与文艺复兴手稿。图书馆相应负责人已认得他,或确切说,负责人稀罕毛颖。大学图书馆建馆近七百年,藏书百万,古物沉积。老负责人生于二战期间,自认见多识广。他初到雅盖隆,第一次看哥白尼《天体运行论》原稿,忍不住掏出电子屏,用毛颖摹画记录。老负责人靠近,赞美。负责人懂毛颖是古物,好奇古物为何能与现代技术契合,便问毛颖何来。他不便细答,回应本校图书馆所得。老负责人半信半疑。他再去图书馆,老负责人发觉毛颖短了,笔杆折断,便告诉他,植物园的木材属自然科学,沾的是生机,图书馆老书室的老木头属文物,才引智者亡灵。老负责人声称有废弃蘸水笔杆,可送毛颖。他半信半疑,跟着老头横穿大学,走到皮革装饰的巴洛克走廊尽头。侧有暗门,拾阶而下,走到底,小屋阴暗。老头手提马灯似的光亮,仔细挑选细长盒子,选了小巧柏木盒,掀开盖,一支小巧柏木笔。他放下灯,摘下笔头,将笔杆递与他,告诉他,二战期间,雅盖隆教师大多被害,地底小屋存了他们的旧物。校方有不成文规定,斯人已逝,遗志仍存,应走向四方。他没多问,收下笔杆,毛颖镶嵌。自那以后,他笔稳了,书也读得深。枕边仍放《毛颖杂记》,他读得少了。他的梦没断,看见持笔的毛颖四海为家,点墨为城。圣诞时他用毛颖抄了诗句,赠予老负责人:"笔秃愿脱冠以从,赤身谢德归蒿蓬。"临走时,老负责人又用弹壳做了笔盖,告诉他,这子弹曾打穿他祖父肩膀,没将祖父打死。祖父是克拉科夫本地人。二战时,祖父英勇,他们全家生还。

到博洛尼亚，万物回春。古城廊道如骑楼，从城外延伸至城内，爬至山顶教堂。他收到柏木大通知：图书资料室进入二期修缮工程，全由机器完成，力求建立全面、网状、便捷的存取书机制。图书管理员发邮件，说如发现资料室没有的书，记下来，回国补充。他问具体修缮计划。管理员回，信息学院和人工智能学院只管开发深度学习，具体架构，机器自知该如何处理。他总心存怀疑。而自毛颖得了柏木笔杆，好运不期而至。雅盖隆老负责人从布拉格修道院图书馆印了教堂钟表结构图，转赠于他。博洛尼亚大学刚建立近东研究所，他能读到阿拉伯天文学几乎所有资料。罗马艺术与科学中心成立，正式恢复旧名，猞猁学派。他以访问学生身份入派。学派箴言，以猞猁之目洞悉自然奥秘。毛颖仿佛借着欧洲的柏木，进入另一片大陆的自然历史。他继续收集材料，并不以毛颖著研究文章。毛颖却表达欲旺盛。驻地孔子学院寻着他，让他写中意文化交流的稿件。他乐得外快。毛颖落笔文章，令人喜爱，他读了则觉似曾相识。公众号颇受欢迎，主编亦让他得空做些插图。他让毛颖自行编撰，画出的模样似波洛克泼的油彩，只更为疏朗。主编觉着他有艺术才能。他回答，夜晚梦的。入夜，果有相应梦境，墨迹遍布，没有实景，色彩浑浊。毛颖重现设计插图的过程，用的吴昌硕颜色、黄宾虹皴擦。醒来，手边研究文章正写道，哥白尼并未发现太阳为宇宙的中心，亚里士多德并未错认地球为宇宙中心。他们建立模型。

人如白驹过隙,宇宙并不改变。人无法直接接触宇宙与生命,人编撰的模型则触及万物,造就现实。他瞧着毛颖笔,琢磨万物模态是否为人所撰写。他想着毛颖种种,脑仁生疼。按理,毛颖属志怪世界,应归远古仙术,可他的毛颖只写现当代东西,依着技术才能实现。

博洛尼亚周边,葡萄园闲逛不尽。学校友人喜爱他文章,邀他四处品尝葡萄酒。他高兴时,也忘记毛颖给的困惑。临近夏至,艳阳不绝,大学师生开始散去,到海边寻凉爽地方。友人往南意家乡度假,恐返回他已到爱丁堡,便告诉他,可独自去郊外老庄园。友人父亲有一架仿制的小巧"捕星器",可赠予他。毛颖教他不怯盛情。老宅交通不便,到时又是傍晚。管家让他住一夜。他打开木盒,并排放"捕星器"与"三弧仪"仿制品。哥白尼求学博洛尼亚,由医转天文,借助时兴的仪器,重新审视宇宙。三年来,第一次枕边没有《毛颖杂记》,他夜不能寐,辗转许久,起身逛老宅。老屋不大,但有书房,挑高两层,有螺旋木质楼梯,书架崭新。友人家学深厚,族谱追溯到文艺复兴以前。已故父亲研习本国历史,藏书丰富。他并未取书,只一层一层浏览书名,走到一层角落,发现地有暗门。他犹豫,不自觉拿出毛颖,弹壳笔帽锃亮,取下来,笔尖拐弯,指向地下。他轻轻触暗门,自动翻转,水泥楼梯。地下一层藏宝贵旧书,地下二层应急使用,地下三层储存美酒,还有地下四层。四周漆黑,不再有灯,他屏息迈步,好似返回地下书库。很快,他双足踏入泥泞,洞穴不大,只有一条甬道。他算着时间足够,沿路前行。周有壁画,颇似主教堂的地狱模样,没走多远,视野宽广,来到中庭似的场所。穹顶钟乳石闪烁,远处有光,光中人影晃动,仔细瞧,那人正用铲垒泥。

柏木大的维修大师傅。

他想喊,但心中紧张,口不能声。大师傅发现他,没认出他,但大声提醒:"太远,电不够,回去吧。"大师傅反复用不同语种呼喊,也不知何时学的语言。他手机电力不足,只得作罢,战战兢兢复返。他明白了地底的空间是另一模样。爬回地下一层藏书室,他坐着歇气,尔后不由静息。对面的书他认得——从地下书库借的第一本图册,图中土星环旁,诸神密布。他找着毛颖涂过的画作。有限天穹外层,云雾环绕,云层外面,又一层坚实土地。仿佛地底天穹前后相接,层层叠叠,没有尽头。

七

他视频电话,问友人家传书库的秘密。友人学医,不常使用书屋,也不知地底甬道。临行前,他又去拜访,问了管家。管家一直笑而不语,最后才说,老教授提过,他也总是能下到地底,每次回来,都能找着祖辈藏的罕有珍本,或者获得一些灵感。夏至，他乘飞机抵达苏格兰，收到管家信息。管家一面视他游学顺利，一面告诉他，老教授晚年行动不便，无法远足，去地下书屋的时间反越来越长，回来时总说去了哪座图书馆，见着哪位久未谋面的挚友。管家告诫，应将一切压在心底，有缘再道。

爱丁堡大学早于柏木大，落地了图书与数码材料的自动编目、可视借阅、远程阅读功能。据说，一些技术属世界前列，无人可比。大学主校区与图书馆位于城堡山，他租住在对面高地。山不大，不止一座，起伏壮观。城市临海纳山，纬度高，夏昼长。读博期间第一次，他待不住了。他腋下夹毛颖笔与电子平板，闲逛高低不定、宽窄不一的道路。小巷酒馆依山挖洞，里面聚集喝酒闲聊的师生，通过可视眼镜讨论实验与文章。他兴起，接了几笔大活儿，靠毛颖奋笔疾书几个昼夜，买下新款增强互动镜。爱丁堡自制局域信号分享。大学挖空三座山，地底连通，建成数据处理中心，供学校与市内长居者使用。镜片较厚，图层界面富有纵深。毛颖天然能与虚拟画面互动。他身坐高椅，目视远方，持毛颖，于虚空描画虚拟内容。有时窗口过多，他需伸胳膊，够着远处。本地研究者没见过如此先进顺畅的互动笔头。他不再蜷缩于屋中或图书室。他辗转于酒馆、咖啡厅、室外公园，引起足够关注。

一天，一位研究员当面邀请，说信息互动实验需懂行的测试者。地下实验室静谧广大。研究员亲自解释，说全息互动图文并举，看似直观，却并非单纯、粗糙、信息密度不足或欠缺逻辑。如果直观之外，逻辑恰当，符合人潜意识与本能，直观便带来智性、感性、启示，如米开朗琪罗的圣家庭、格列柯的天堂人间、丁托列托的矫饰构图、埃舍尔的悖论。当然，直观的逻辑需培养，需重构。研究员很有民族自豪感，认为苏格兰启蒙质疑神学规律，是启蒙真正的发源地。苏格兰人用科学重释万物，于是蒸汽驱动世界，进化驱动人性，资本驱动社会。但苏格兰人不认为自己造出的规则趋于永恒。休谟就觉得事件前后相继，不出于自然规律，只来自习惯。启蒙学者让天上法则降落人间。

他则心有戚戚，不知该自主动笔，还是毛颖主笔。全息互动全然铺展，藏爱丁堡全部文献。他先按捺毛颖，自行按图索骥。爱丁堡书目丛网枝权密布，连贯为热带雨林一般的分层植被。直观背后的确充满逻辑。他寻完自身所需的书目，装作感叹，说忘了摘笔盖。研究员自远处强调："我就说嘛，他刚刚只是热身。"他仔细瞧，不知何时，研究员旁立一位老研究员，身材高挑，鹤发苍眉。毛颖已依自己意志，沿人类文明的思想线索，狂舞起来。他尽量压节奏。毛颖则非常兴奋。它们相处多年，它第一次显露自身快乐，它也第一次接触复杂算法的直观界面。它显然并不满意。不到五分钟，它已穿透图形，进入代码架构。负责的研究员犹豫是否叫停，老研究员拦着他。

那毛颖笔自代码顶层往下,毛颖颜色随界面与数据变换,最终浸透黑色。一小时后,它修订底层设计,却仍不满足。它笔芯使劲往地底戳。他只得开口问:"下面还有什么?"研究员回答:"核心服务器。"他问:"我们能不能下去参观?"老研究员点头:"下午可获得权限认证。"午休时间,研究员偷偷告诉他,老研究员有特殊通道,研究员自己都没进过爱丁堡的地底世界。据说千年来,上至领主君王,下至窃贼大恶之人,多动过心思,用过地库,不断改造。直到去年,爱丁堡地库才修缮成功,书目丛网得以构建。等待时,他浏览消息:柏木大同爱丁堡签订合作协议,引进数据库技术,继续资料室地下书库二期修缮工程。报道喜庆,图文丰富。原副领导返回,却没进资料室,只在院门口与师生合影。

爱丁堡地库没声响,没机器人运作。维护、修缮、调整,皆由人为。这回,毛颖笔摆脱他手,一蹦一跳,自行去了。他心下紧张,大步追赶。研究员终于问:"到底哪儿弄来的?"他只有照实回答:"柏木大地库捡的兔毛,做成颖,笔杆与笔帽是雅盖隆二战已故老师的遗物。"老研究员并不多话,紧盯毛颖动作。毛颖笔宛若维修工,重接数据连接方式,甚至探入机身内部,久不出来。

"它能改造芯片。"老研究员总结。

三人不再作声,跟着毛颖一排一排检修。走至尽头,毛颖敲击地板。研究员招呼他,一起撬开地面,下有甬道,石制地板，并无寒气。光之所及，墙壁内嵌线路。毛颖一蹦一跳引路。没走多久，便见暗门。他轻轻推开，只见博洛尼亚郊区，地下书屋。他不再惊讶，潜心跟着毛颖走。道路渐宽，湿气变重，他听着叮当作响的声音。远处有人大喊："再挖深，最后拿柏木贴墙。"拐弯处果有柏木墙壁，侧有装饰，想是被拆了来填墓，看模样是清末柏木大本地的雕刻。他想上前看，毛颖笔咚咚咚跺地，不让他前行。研究员们不明就里。他则想到时空的通路果然古已有之，只是他没运气，没法往过去走。他折返，紧跟毛颖，没多远便到柏木大地底。石板铺路，墙壁浇筑，维修大师傅与图书管理员正清点书目。他与毛颖带着人到了。所有人面面相觑。没人准备戳破任何事情。

最后，图书管理员瞧见老研究员白褂外的徽章，问："您来自爱丁堡大学？"她伸手："我们是柏木大学人文学院的图书资料室管理人员。"老研究员从善如流，搓热手心，笃定相握，说："很高兴同贵校合作。"图书管理员赶忙说："我们有从苏格兰格拉斯哥运来的《人类理解研究》较早的版本，可否请您寻人鉴定？"老研究员点头答应。维修大师傅说，就在那里，又自感叹，怪不得今天总被它绊倒。他和研究员各自抱一摞书，老研究员持毛颖，按指引回返。临走时，他与图书管理员互换困惑目光。倒是大师傅提醒："路面不平，小心脚下，早些回来。"

隔天，爱丁堡数据中心的地板敲不开了。研究员将书送至古籍部修复。老研究员请他们参与家庭聚餐。席间，他们心照不宣，没提地下事情，只说捡了旧书。倒是老研究员提了曾一度遍布欧洲的猞猁学派。传言中，学派成员只属附庸，猞猁才是洞悉世间的通路。他便跟着讲了韩愈的《毛颖传》：山间兔子，养万物有功，后成神灵，又复化为兔，落到人间，进而成人，被携入朝，写尽天下道理文章。只人类赏赠微薄，以老见疏，它们就消失回去。而世间百态已被它们标定，人与物按着它们写过的线索繁衍至今。研究员点头，说事情总是相通的。

夜晚，毛颖戏剧又入梦中，第四幕没讲毛颖故事，而讲它带来的世界。人心惟危，毛颖的编撰上抵造物决策，下至自然物质的纤毫妙处。毛颖画冰山，将人世比作冰山露出海面的部分。它休闲时抵达人间，修饰冰川的峰峦与沟壑。它也认真工作，只都在海面以下。冰体结构支持冰山，非人类所能把控。冰出自海，人只见过海面，以为那是宇宙全貌。毛颖则懂得海底暗流，懂得冰体如何破碎。它成功设计了一座又一座冰山。它的笔法并非异志仙术。它来自别样的智慧。人世只是毛颖创造的体系之一。它有别的想法。它按需所取，迭代物种、人类与社会。

八

他刚回校，便收到图书管理员信息，地库修缮二期工程即将完工,将有多人队伍视察并检验成果,让他也参加。他不明就里,找她当面问询。她将他拉到地下三层。漆黑墙面与黑铁巨门投射唐三彩纹样,看来已不似藏旧物之处,更像博物馆。她说:"你瞧,新书库要求有展览性质。"她摇开小门,密排书库消失,取而代之柏木书架。木材厚实,做工简约。他说:"我以为是数字化修缮,这是申请文化遗产。"她使眼色:"不冲突,这一层申请重点古籍项目,再往下,还是以前的规划,所以地下书库现在分为三区,古籍展示区、密排书库、模糊层。"

"模糊层?"

"不要装,你是走过模糊带的人。"

"我走过甬道,像洞穴,只是更矮更窄。"

她若有所思,说:"我到过最下面,上不见顶,下不见底,只有一层烟雾,到膝盖;有时烟雾厚了,过腰,就有危险,这手柄就变红,就嗡嗡大叫,让我回去。大师傅一直说他没见过雾气,只有浅浅的河床,周围全是烂泥。"

他们沉默。

他想到现实问题:"检验组一定要去最底层吗?"

"对,这也是我找你的原因,我的手柄定位编目,你的毛颖定位编目外的路。"

"可上次怎么处理的?"

"上次我失踪,然后返回,没人敢下到底。这次所有人都相信改造完工了,不再有神秘事件。前副领导虽然不信,但改造工程返图和数据显示非常完美。前副领导还是决定参加,一起陪着下来。日程定了,是明天。"

他点头,但并没有信心。两人拾阶而下。地底世界变化不大。她说大部分黄铜机器人会躲藏到地库边缘的墙壁里面,检验组视察当天,只能看着少量精装机器。他们边走边取书。大个子黄铜人紧跟其后,负责扛书。她负责未编目内容,知道方位。他羡慕她取书如探囊取物的模样。底层世界变得更为广大,空旷无边,仍能听着机器人于远处不断深挖,让人觉着能从柏木大地下书库挖出所有想要的东西。

毛颖脱出他手,直插泥沼,笔锋向上,不再指路。他伸手,拔不动,再使劲,它陷得更深。他不敢动了,眼见毛颖由白至黑,没入空无。

它离开他。

她吓得抱紧手柄。两人不知所措。

她最后问:"明天还来吗?"

他答:"来的。"

他再次夜不能寐,内心清楚,他之于毛颖,只是借势而作,他自身并无生产与创造。他留恋毛颖,只因毛颖带给他无法企及或把握的世界。他起身撰写毕业论文,写到风景画于文艺复兴后期出现。人类第一次于心灵版图之外,瞧见上帝普照之外的自然。自那以后,一个并不宁静的世界渗入人心。狂风骤雨,地动山摇,古神降临,人的造物反噬人类。人类小小的头脑与身体无法消受真实世界,也无法凭借自身了解真理的知识与美妙的感受。艺术与科学取代上帝与神话,构成新时代数不尽的表达体系。只是它们渐行渐远,离开文艺复兴初期,人类刚学会一窥世界的时刻。他写道:"中世纪认为五为整全,毛颖属于整全以外。"他删除毛颖,写:"人类智性的进步,来自整全以外,只是欧洲人的不可知,自天降临,中国的,则源自地底。"

天已见亮,一夜无眠。他打开《毛颖杂记》。戏剧故事的第五幕突然抵达结尾。终于,人类厌倦于毛颖的编撰,说毛颖的毛已被拔尽,毛颖的灵气已消失。人类觉着自己已有了书写万物的能力。始皇变得不满意毛颖,自然而然疏远了它,不再见它。最后,全人类都忘了它。毛颖们却很高兴。它们终于离开庙堂,离开市井,返回广袤山河,长了新的毛发,重新养育丰草长林的世界。

他合书,重新翻页,《毛颖杂记》变无字白本。他来不及黯然,图书管理员发来语音:时间提前,让他快去。

以往人文学院门可罗雀,建院以来从未如今日一般热闹。几十年来,人们口耳相传,柏木大地库凿通古人墓穴,又存亡者书籍,即便用作高校新址,年轻师生也镇不住地下阴气。柏木大本不应信邪,但新世纪以来,时代回转,启蒙渐失,处理地库遗留的隐患逐渐变为紧迫事项。大屏幕展示改造后的地库实貌。地下三层的巨门色泽庄重,书架赤色为主,存已修复或复制的重要书目。往下六层皆为密排，机器人色泽明亮，体表光滑，穿梭取书，除却维修人员与图书馆馆员必要看护，不再需要师生亲自取书。旁白解释，地底仍处开采阶段，全智能施工。画面较为昏暗，特质机器人如小型盾构机，挖出他见过的甬道。

他以学生代表身份，同图书管理员一起引路。前副领导面露犹疑，进入地库，则更心有戚戚。图书管理员松开手柄，只带平板导航，解释不要乱走，怕碍着取书机器自动线路计算。检验组人员强调："自适应系统需要测试。"那人走离图书管理员设计的路线。他与前副领导皆屏住呼吸。那人走两步，被四轮移动书盒绊倒。盒子长方形状，质地雪白，看似纸盒，实际坚硬。那人摔破鼻梁，他赶忙去扶，见一侧书架放白色纱布，质地柔软，粘有白毛。他抓纱布，协助捂伤口，扶正鼻梁。那人似乎没觉着疼，只吓着了，不知摔倒前看到什么。一时安静。前副领导赶忙代为解释，说数据中心算力不足，自适应系统主要用于机器之间的自行协调，地库墙壁与地底新建层的开掘与维护也颇费算力，因此不建议外人下来，除非跟着管理员引导。众人面有异议，却并未反对。服务机器人抵达，送伤号返回。一行人继续参观密排书库。一切规整有序，明亮洁白，刺得眼生疼。有人转动手柄，对面有椅。他仿佛看见白兔，其他人狐疑。图书管理员补充："我昨天验编目，累了，坐着歇会儿，忘收回去了，下次让机器人收拾。"

他们终于抵达楼梯尽头,但没到模糊带。整个地库止步于此。他与图书管理员松一口气,没再紧绷神经,盯着每个人的动向。他们并未看见,前副领导目视平展展的墙壁,面露惊异,冷汗流淌,却探出双手,用力推墙。整面墙如防火门般往后退却,后面空间上不见天,下不见底。数不尽的黄铜机器人躲在里面,突受惊吓,四肢着地,纷纷择路逃窜,进入洁白的地下书库,撞倒撞碎无数密排书架。它们持续不断往外涌,如大坝溃于蚁穴。他无法立足,眼看着前副领导半个身体被压在钢铁巨物下面。他找不到图书管理员。他试图援救。他看着白兔落入书库。

如诗中说,它飞若白鹭,走若白马,口衔柏木笔杆,双目若灯火入夜,转身如雪后月明。它于纷乱中跳跃打转。他忘记一切,迈步跌跌撞撞跟随。它很快厌了,调转方向,跳入黑暗。

他也跟着一跃。

九

他见万物清明,恍若隔世。检验组已成功视察地库,返回会议室,进行报告。气氛热烈,前副领导获得赞誉。图书管理员与他坐于边缘。他发现一人鼻梁有疤,问旁边人,答是前年来柏木大,撞倒书架留的。他又对图书管理员说,自己似乎丢了东西在地下。她点头,说她好像也落了东西,然后悄悄透露,如果拿东西没还,会忘记借的事物,还了,记忆就回来了,她以前试过。他仍有不舍,说快毕业时再还《毛颖杂记》。前副领导虽受赞美,仍郁郁寡欢,会后宴席上,亦兴致不高。他问导师,导师言每涉及地下书库修缮,前副领导总陷入抑郁,或许这才是他成功的奥秘。宾客将散,前副领导拉他到角落,问:"我没去过地下书库,对吗?"他绞尽脑汁回忆,细想毛颖种种,答:"就我所知,没去过。"对方不信,继续问:"真的?"他心中没底,说:"您应问问图书管理员,她做登记。""我以前问过她,刚刚又问了,她说不记得,系统登记也没有。"他们二人同时望向图书管理员。她攥着手柄,一脸踌躇,看到他们,只得耸肩。次日,前副领导再次升职,又离开柏木大。走时,他面有忐忑,没人知道他如何成功指导了两次修缮。

  他不再持笔,心中落空。但他论文写得顺利,借书总有黄铜人相送,偏门书籍也能由算法寻到。他偶然于走廊见着熟识的黄铜人,大个头不认得他了。他当自己被毛颖拒绝,十分沮丧。

  图书管理员劝他,说:"人类才不是万事缘由,你更不是。或许,毛颖只是借着你跑出来,看看世界,顺便为自己修了一道数字化和智能化的门户。这样,它就可以通过算法书写世界,闲杂人等也更难干扰它自己的自由世界。"

  他知道,她说得没错,她配得上图书管理员岗位。他只是陷在循环中,而她已掌握了书库的真谛。他与她对视。他不会问她地下的经历。

他的文章与结论越写越偏门。他导师仍支持他,希望他扎根大城市。他觉得自己的根脉已自行折断,钻入地底。他的心再也扎不进柏木大的地界。他决定离开,返回家乡,从事科研与教育。他导师颇为不解,他答辩后,才恍然大悟,问道:"笔呢?"他鼻头第一次发酸,顿了顿,才回答:"丢在地下书库的最底层了。"他导师慨然,对他说:"可你去过真正地底,我在柏木大二十余年,也只去过地下四层,我的大多师友和我一样。我一直想,留下的人,没法走得更深。"

他离校前最后一件事,便是还书。他将所有行李寄存在门口,飞奔着返回人文学院图书资料室。图书管理员接过《毛颖杂记》,翻开,书如唐僧取经得的白本。她没有多言,转身亲自回地底书库。他一直等,直到阳光转向,落日不再,图书管理员方才复归。她手中捧书,仍是那本《毛颖杂记》。

她说:"我拿着这书,没有黄铜人接手,我就调手柄,倒是有数据指示,我往下又往上,一直在跑,累死了,就是不给准确信息。地下书库可能也犹豫不决。最后,屏幕才显示,此书不再编目,可流通于世。"

他一时手足颤抖。

她笃定递书:"它是你的了,第一次有书愿意离开。"

他错过飞机,在修笔老先生处借宿一晚。他借着月光,小心翻开《毛颖杂记》。时隔近一年，书页重现一行字："使颖名字存无穷。"

他想，人果然不可心存念想，否则万事皆成命运。

自那以后，他不再思索书与世的佯谬，变得愈发耐心。他抵达西南边陲家乡，在南部山区谋一教职，过上头枕大山，脚踩大川的日子。横断山草木长青，地质奇险，物质长期落后，数据与虚拟建设反而走得更快。几年后，学校让他负责全息阅览库与虚拟现实教育改造工程。他仿着柏木大，腾空大学地下仓库，将纸质书细细码入，地面图书馆做成明亮的增强现实互动空间。项目落地成功，他拒绝其他高校邀请，遂成为图书馆副领导。他得空时便翻翻《毛颖杂记》。书里不再出现新的诗句或故事，但旧物也有趣。他总能看到一句："谁知山林宽，穴处颇自好。"

他的博士论文终得出版。他通过文艺复兴前后期的天文绘图，讨论人类的理性无法真正弥合自然力量。怪诞与惊异总从知识体系的缝隙渗入，人的心灵总备受折磨，或得到启示。他最后写到，我们仍在蒙昧边缘，刚刚瞧见智慧，便将其葬送，不过智慧一直存在，在都市角落，在山林之间。他已不记得自己写过的大部分内容，想来或许当时只是毛颖作祟。

后来，一日傍晚，天朗气清，日月交相辉映，山野皓皓。他已离校，又想起欠一位老师一本书，便返回图书馆，来到地下书库。地面凭空出现空洞，俯视有梯。他不再战栗或慌张。

他顺梯滑下,反复曲折,抵达深处,脚踩泥泞。沿甬道远行,没走太久,发现地底河床。大河十分宽广,涡流卷动,却无声响。他极目眺望,瞧见灯光处,柏木大的黄铜人正修筑矮矮堤坝。堤坝上面,维修大师傅与图书管理员同时与他招手。他们手指河的中心。

他瞧见他的毛颖笔,正静静逆流而上。他目送它,去了地下书库远古的未来。

(文中柏木大地下图书馆设定与幻叟共同完成,特此感谢,也请期待更多相关故事。)

记一次对五感论文的编审

《记一次对五感论文的编审》是一篇出色的"点子"科幻作品。通过将感官挪位的沉浸式体验引入审稿方式,它不仅挑战了我们对理性、感性与绝对真实的传统定义,还引领读者进入一个全新的"调试空间",在人类与万物之间建立更深层次的同频共振。小说巧妙地将中国神话的疗愈功能、未来医疗的伦理尺度以及人与自然界限消融的生态思考融为一体,互为映照。双翅目以编辑部这样一个微观场景为起点,揭示了对人类未来生活图景多层次的颠覆性思考。

——马辰

著有《绿色他者:中国科幻与生态批评》(*The Green Other: Ecocritcism in Chinese SF*,预计2025年底出版),常驻伦敦,致力于生态批评和医学人文的跨界研究

做一棵树,究竟是什么感受呢?

我无从得知,毕竟我只拥有过"人"的五感,只体会过"人"的情绪和冲动,也只产生过"人"的思维和理性。但倘若,我们可以进行"感官挪位"呢?

双翅目设想了一款"五感游戏"。游戏中,玩家可以暂时超越人类感官的限制,亲身感受种种"非人"的世界,借此思考个体、知觉与世界的关系。这种感知无法通过人类的语言准确传达,小说却用一种极具陌异感的叙述方式,打开了可能性的窗口。

——吕广钊

独著《繁与盛:中英当代科幻文学中的历史断裂与政治经济》(*The Boom & The Boom: Historical Rupture and Political Economy in Contemporary British and Chinese Science Fiction*)

身体是现实的战场,也是理论的战场。只不过,在一个技术主导的时代,虚拟现实和沉浸体验正在制造世界上最遥远的距离和最深切的隔离。想象只是个体的颅内狂欢,而共情不过是自恋的投射。我们要如何卸载,又将归于何处?我们应当有所选择。

——吴维忆

发表《当代中国科幻"非人"想象的生态意蕴》等核心期刊论文,关注生态艺术、艺术与科技的跨学科研究

一

我打完卡,还未坐定,隔壁老赵开始咆哮。编审间隔音效果好,听不清内容。他像闷罐里的狮子,又像家国沦丧的古代诗人,浑厚的呜咽声持续了十五分钟才偃旗息鼓。我开始不习惯,劝老赵回文字部,他不听,他相信自己的神经。三个月后,一切形成规律,我只能作罢。

综合学术期刊《视界融合》是最早建立五感论文编审部的机构之一,拿了不少项目经费,也保留了经典的纯文字编审。老赵与我师出同门,长我五岁,想法和行为比较保守,至今无法有效适应增强现实的世界。年前,我与他带着小编辑们购置年会礼物。嘉年华综合超市新装配增强互动体验,希望打造主题乐园式的购物效果。增强镜片自动接入超市系统,轰然而至的斑斓信息抓紧老赵的视神经。他是位居家男子,喜好瓜果梨桃、杯盘碗盏,长久以来网上购物,日常置办则到门口小市场。他不熟悉"商品拜物教"的新玩法。他愣头青似的死死盯着蹦来跳去的互动图式,完全被牵着走。我们来不及笑他,他已拎着榴莲,走向居家区域,直奔标有纳米级瓷碗的方位,直接高抬腿,撞上展台。仿白瓷的茶杯、茶碗、茶碟、茶壶哗啦啦一片,应声落地。我的镜片弹出广告:"声如磐竹,脆而不碎。"所幸商家没骗人。

事后,一直坚定做文字编辑的老赵一百八十度转弯,申请调往五感论文编审部。单位担心他内心受伤,安排他接受心理咨询。看诊大夫擅长实验心理,没挖掘老赵童年阴影,只总结:老赵一切正常,不过心灵敏感,共情力强,高强度的沉浸体验会让他虚实不分、真假不辨,抽象的文字工作更有利身心健康。可老赵不听。他整个人扑向茶具的视频转发达上万次,他女儿同班同学瞧见,笑了他一阵子。虽然老赵女儿活泼开朗,没放心上,他却看不开。他对我说,得了解年轻人,得和女儿有共同语言。我对他的动机持保留态度,不过没拦他。一周后,五感论文中层编审开了碰头会,决定给老赵最舒适最安全的体验。充满理性的王编让出自己的编审室——她的配置最好。人事和心理标定一个月流程走完,老赵加入五感编审队伍。他是个敬业的家伙,迅速学会装备的使用与维护,可谓全身心投入。

可惜《视界融合》不属自然科学期刊。我们每年一半以上文章虽与技术口相关,也有不少直接涉及基础研究,但由于刊物定位,论文的立论、逻辑和结论,都须往社会科学和人文科学方向靠拢。新主编老胡有文人浪漫,支持"想象终究落地"的实践派观点。以他的背景,他的决策显得过于有胆识。

新官上任,他直接同专攻人工智能的勿用公司合作。五感论文审核设备由勿用支持。勿用的设计部相信"科学即想象"。《视界融合》的期刊风格就这么定调了。

中午,食堂人满为患,老赵没来。他做事投入,消耗大,容易饿,习惯提前就餐。我等到将近闭餐,他才狼狈不堪而来。理性的王编嘱咐,老赵算是五感论文的新人,我需多照看。他情绪外露,我每天中午瞧他的表情,便能将论文内容猜个八九。他在对面坐下,猛扒白米饭,说刚把小编辑们数落了一番,让他们不要把超出限度的论文直接送外审。"你知道吗?"他说,"外审老专家差点吓出心脏病,我也吓坏了。小李可好,喜欢得不行,还跟我辩白,说这篇文章值得发,要找王编再审。"我告诉老赵:"小李和你们不一样,她坐过山车要抢头排,去鬼屋恨不得追着鬼跑。"他评价:"年轻娃娃,无知者无畏。"我只得严肃起来:"我跟你说过,讨论敏感问题的五感论文,感官层面就是会比较刺激,但我们看的是论证,外审和小李的喜好再天差地别,也和论证无关。""你干吗?"他不高兴了,"我比你早入社,我做文字编审的年头是你的两倍,你可能比我懂五感,但我比你懂论证。"他嗓门高八度,食堂阿姨投来警示目光。他埋头悻悻地吃肉,我也不太高兴,拿了瓶"快乐水"。我一直想告诉他,自从加入五感编审队伍,他脾气变暴躁了。我跟王编汇报情况。理性的王编扪心自问,说太理性的人,会不会没法真正地设身处地,体验五感?我的性格和她类似，我也自忖，是不是因为冷漠，我才能在五感部门一路升迁？

"所以，部门需要老赵这样的人。"王编得出结论。

我不好多说，等着老赵吃完。他漱口，抹嘴，正式向我道歉，说自己变暴躁了。我转移话题，问他那篇论文的后续处理。他答："退稿。外审专家的评语已很完备，那篇论文论证五感交联的现实可行性和伦理问题，但作者举的案例要么比较极端，要么全是神话。"有些场面太刺激，老赵说他仅读了部分场景。我想了想，也符合逻辑。《视界融合》经常收到幻想小说似的脑洞文章，大多转到我这儿处理。我推荐作者们将五感论文直接改为装置艺术，其中三分之一都能成功落地。可以说，《视界融合》的知名度一半以上得益于被退稿人高涨的创作热情。我同老赵握手言和。他说上午那篇耗了他太多精力，下午找两篇简单的审。

我还没坐稳，系统弹出警示，是申诉，要求重审退稿论文。《视界融合》有退稿反馈渠道，大多时候形同虚设，编辑不太理会。我瞟一眼编辑评语，看到外审专家的反馈，猜着是上午老赵刚退的那篇。外审措辞严厉，认为类似的五感交联本就背德，玷污神话与人性，不属于《视界融合》的伦理讨论范围。老赵则委婉不少，只说不适合本刊。倒是小李节外生枝。她作为初审，认为论文讨论了未来身体美学的可能性。退稿后，她居然在初审栏又补一句："建议适当添加现实案例，申诉再审。"

刚吃完午饭,我脑子有点蒙,胃有点沉,按理说不适合审争议论文。可人终究抵不住好奇心泛滥。我将论文接入编审室,按论文要求脱去里外衣服,套上约三毫米厚的膜状触感皮肤,贴隐形视镜,戴外接耳廓,塞鼻管,咬紧嚼子。我深呼吸,有些怀念用纸笔就可以进行编审的旧日时光,进入审核室。

我直接定位问题章节。一片漆黑。我想左右转头,却做不到。心理暗示透过火红的山脉与紫色的天穹渗入我思绪深处。我的大脑皮层已不在天灵盖之下,我的头颅已不在脖颈之上。精神的网络往胃肠集中,我的面部神经整体下移。我腹部开口,充满焦烂味道。我双乳睁眼。我的脑袋正咕噜噜滚向山脚,落到底时,却没有停。它沿山麓一路攀岩,滚向山巅,滚入黑色的太阳。跳进太阳前,它回头,笑眯眯地对我说:"欢迎进入感知新世界。"

二

理智的反射弧为我做出判断。我下意识搓动不同指节,输入指令代码。论文文字与注释嵌入视角,适时让我与惊悚的体验保持距离。

一个东欧国家做的沉浸游戏,国际推广时遭遇不同地区的分级审核,是去年争议最大的五感游戏。它的卖点是封闭式沉浸体验与感官挪位。我看过相关讨论,评价分两极:一半人觉着这游戏能带来沉浸体验的新维度,另一半人觉着它会造成感官紊乱和创伤性唤醒。国内分级体系提上日程又反复延期。时代变得太快,法规跟不上,静观其变成为常态,独立五感游戏的引进搁浅大半,我也没细研究。

此时此刻,我像没头苍蝇似的,跑上一座又一座山头,慢慢接受了自己没有头的事实。五感论文持续弹出文字提示。本片段非中国特供,是半人诸神系统的一位主要角色。游戏的体验环节自半人,至半兽,至蚊虫,至草木,至微生物,最终会跨越有机无机之界,让玩家体验自然神性的永恒。论文标注了游戏参考资料,道家"朽木不雕",郭象独化之论,都被用于设计游戏的核心机制。但文章话锋一转,点明感官挪位不是想象——我们的确运用了科学原理。

我觉得肠道蠕动,该死的心理暗示透过神经,进入皮层。我用力思考感官挪位的可玩性,突然觉着,信息过载的器官不再是大脑,而位于小腹,位于肠道里面。我听见自己吼了一嗓子,心下想着老赵会不会从隔壁跳过来救我。我的肠道给出答案:"他不会。""隔壁的隔壁,小李等小编辑们也不会,他们头一次见我如此失态,高兴还来不及,可能正笑盈盈地拍摄素材。"肠道发出抱怨,腹部轻蔑地呵呵两声——是我的声音,但更加浑厚有力。我赶忙用新长成的嘴大声命令:"原理分析。"

黑日不再摇摆,四周突然静谧。粗大的字体与引证拦住去路。小标题加亮："肠道菌群的智能系统。"我长吁气。因为没有鼻腔，腹部的大口负责呼吸。它鱼鳃般一张一翕，我品出中午的木须肉盖饭味道。不得不承认，这游戏为了增强感官挪位的可信度，甚至放弃了沉浸感。刑天的设计集解释，肠道菌群属人体内独立生态，具有特异性，不少研究都肯定了肠道菌群的集体智能，可根据个体的菌群，进行人体理疗乃至精神治疗。刑天则假设，当人失去头颅，肠道的复杂生态可取代思想。当然，一切只是映射。玩家没有丢掉脑袋，只是将脑中思维投用到腹部，与肠道的生态网对应。复杂的系统关联足以支撑感官挪位的真实体验，何况刑天本就以腹为面，中国玩家的潜意识更有利于适应刑天的沉浸人设。

我不由点头，或准确地说，我的点头动作已顺利置换为弓背与弯腰。人的适应性真可怕。我努力让胸部的眼球向下瞟，同时收缩腹肌，以便观察自己的大嘴。嘴唇很厚，很干，嘴角咧开可到腰两侧，张到最大时宛如河马张口，再使点劲，整个人会向后断为两节。胳膊伸入口中，能摸着热乎乎湿漉漉的舌头，厚厚的舌苔，不规则的牙床，还有黏膜另一侧被挤压的、蠕动得更加剧烈的肠道。我思考其中奥妙，肠道变烫，能觉着充血的毛细血管网正努力为肠道菌群加温。我需要冷静。我双臂抱紧胸口。黑暗中，该死的文字提示仍沿视网膜滚动。真正的眼球贴着隐形视镜，我无法阻止信息流入。

论文说，游戏关卡要求刑天手持盾与斧，不断与黄帝交战，直到胜利。晋级意味着对感官挪位的适应性增强。打通三种半人环节，即可进入半兽阶段。半人马、小天使、斯芬克司，甚至猪八戒，被归入半人。九色鹿、麒麟、龙却归入半兽。论文认同游戏的分类法和进阶逻辑。我这才想起我都没看论文的题目和摘要。周遭红色预警。黄帝正逼近刑天。我感到危机，汗毛竖立，可我不想走游戏剧情。我收紧胳臂，挡住视线，找着目录，找着封面。

论文题目是：论感官挪位对增强现实的适应性提升。

目录分三部分。第一部分剖析游戏，第二部分分析成功的感官挪位案例，第三部分讲增强现实的多维度感官。现实案例有以听觉置换视觉的章节。我眨眼敲开。瞬间山风骤起，黄帝咆哮。无头刑天缺乏听觉。视觉代替听觉是另一回事。我吓得张开胳臂睁眼，只瞧见黑色太阳吸收所有波段，瞧见自己惊恐大叫的凄惨声音。按剧情，黄帝正将我劈为两半，视觉体验被诡异的听觉效果取代。粘连的五脏六腑咕嘟咕嘟四散分离。我的思维伴随着我的肠道生态系统飞溅向四荒八野。黄帝立于他的新领地放声大笑。我的每一寸神经正飘落入土，渗入地表，与天地共同庆祝新文明的诞生。整个游戏单元完成，论文防护系统才调动起来，提示已触发章节融合，可能导致感官紊乱。论文和游戏同时卸载了我。我感到人们冲进审核室，检查我的指标，将我翻身，搀我到沙发，七手八脚剥掉我的触感膜。我的感官缓慢聚焦，终于听清一句，老赵说，你也有今天。

看来我没事。

审核记录显示，只有初审编辑小李完整体验了论文的感性场景与理性论证。她喜欢卡夫卡的甲壳虫、洛夫克拉夫特的古神和莱姆的胶质索拉里斯星。她给了权限范围内的最高评价。外审编辑体验了游戏场景，身体指标异常，论文后三分之二只完成了文字审核。他反对浅薄的感官刺激，反对玷污古典的中国神话，反对西方现代文学描绘的"怪力乱神"。他的反馈言辞激烈，认为技术和艺术的结合本就是笑谈。纯粹的艺术带来纯粹的灵魂，泛滥的技术带来人类的堕落。他如此推崇人本身的高尚，以至于人之外的事物都低劣可悲，不应浸染人类。他称此为人文领域的"最高底线"。老赵发现初审与外审走了两个极端，便亲自测试论文。他比我强。他战胜了黄帝。他采取切香肠策略，每次只进入场景一分钟，给自己充足缓冲时间，同时让五感审核系统发生必要的卡顿。他获得可乘之机，一点一点打败黄帝。他没来得及高兴，便败在卡夫卡的甲壳虫环节。早年的老赵经历过轻度抑郁，只是病程有些久。当他变为甲壳虫内核，整个身心指标立刻陷入应激状态。关卡要求，身为甲壳虫的玩家须与家人完成理性沟通，让他们接受变异的至亲。老赵批注："这是不可能的任务，比战胜黄帝还可怕。"他被困在甲壳虫内，呜咽，怒吼，最终放弃。正当他踌躇如何推进审核时，第二外审的反馈抵达。第二外审觉得论文虽猎奇，猎奇部分却也全部来自那款在国际层面都颇具争议的游戏。他肯定了论文的出发点与目的，对论证过程不置可否，但他不建议发在《视界融合》上，因为不是所有的融合都具普遍性。老赵认为有理，直接填了退稿栏。

三

我休息了半小时，才去找王编。王编正和小李谈，老赵等在门口。他展现了难得的高尚品格，没揶揄我。他说他能过第一关，但过不了卡夫卡，我应该正好相反。我同意他的看法。老赵共情力强，高敏感导致对通感的高适应力，平时可能饱受折磨，关键时刻反能迅速捕捉感官挪位的可能性并加以利用。我天生有一层名为理性的外壳，卡夫卡式体验属某种日常，带壳交流不是难事，如突然陷入没有壳的世界，必然六神无主，精神容易被全新的感官体验撕裂。我们靠着墙聊了一会儿，花一支烟功夫得出结论：这款游戏太关注感官挪位的普遍性，忽视了个体的特向差异。无头刑天关卡对老赵属初级难度，对我至少是中级。游戏的进阶机制有问题。论文忽视了游戏引发争议的源头，反以游戏为论据，讨论感官挪位的现实可能性。第二外审的反馈合乎道理。

老赵问:"那论文怎么又弹回来了?"

我摇头:"小李开了她一年一次的特审通道,建议论文作者添加现实案例,申诉再审。我只看了问题章节,还没看修改部分。"

老赵提出质疑。他中午刚退了稿,怎么可能下午就修改再审,除非是已写好的部分被删了又加回来。我们调出论文目录,果然,论文第二部分和第三部分增加了许多现实案例。同时,我们收到系统提示:王编批了论文特审。这意味着我们不必再寻求第三外审,而是由主编——胡大编辑——和社里相关编辑重读论文,上会讨论,最终则由特审编辑们投票,决定是否上刊。

特审意味着,即便论文发表,知网五感论文阅读系统也会加星号,强调论文为刊物特推。五感论文由于既需理性论证,又充满非常直观的感性体验,向来分歧多。特推成为排除反对意见,着眼创新的手段,也容易成为众矢之的。自国家推广五感论文,少有期刊使用特推权限,人文科学更少。理工科的深空与深海勘探有专项特推渠道,属应用领域。人文艺术学科则充满不确定,自从五感论文——《中国现当代乡土文学男性生殖返祖与性投射研究》——特审刊发,就少有刊物走特审环节了。五感论文系统与国际五感档案对接。《中国现当代乡土文学男性生殖返祖与性投射研究》一文被荷兰性研究者引用,并结合面向裹小脚传统的性癖研究,让中国男性成为东亚性别研究的群体样本。正是这一篇文章打开了世界学术探究中国数千年封建男权五感的大门，多是批判，当然也有狂热的信徒加以赞美。封建男权的形象自然与中国五四以来反封建、反帝国主义、反殖民的理念背道而驰，也不利于当代中国同第三世界真正苦难的人民友善相处。只是许多事情已不可挽回，历史、土地、生殖、权力与性成为后续论文关键词的常用标签。国内人文学术又开始对一切的一切讳莫如深。五感论文的特审也从力排众议推陈出新，变为名副其实的鸡肋。小李硕士毕业加入《视界融合》。她的毕业论文从非压抑、非创伤的角度——简单地说，从非弗洛伊德视角——讲了女性的五感。我理解她对感官挪位的认同。

快下班时，王编才和小李聊完。她把我们叫进办公室。小李眼角有光，耳根泛红，看来刚和王编吵了。王编从衣领到发根仍一丝不苟，看不出情绪痕迹。她从头到脚打量我和老赵，让我们自觉比小李强不了多少。我们坐到王编对面。她调出系统，理性地告知，特审环节不再匿名，如果刊登，所有参与评审的编辑和论文作者，都将实名标记，对外公开。她认为这不是坏事，《视界融合》可以借此机会检验自身立场。胡编也同意了她的决策。往后一周，她、胡编、小李、老赵还有我，都须完整审核这篇论文。她强调，不能因感性干扰或个人喜好而影响理性判定。她已和立场鲜明的小李谈了。她在提点我和老赵。我认同地点头。老赵则沉吟半晌，终于说出自从参审五感论文,埋藏在内心深处的体会。

他说:"设立五感论文评审的目的,本是将感觉纳入逻辑与论证的考量,默认感觉和情感能影响逻辑的结构,所以,深度体验五感,又要排除感官干扰,这一评审要求有自相矛盾的成分。"

"我不认为人有真正的通感。"王编也很坦诚。她说在知识层面,我们只有通过冷酷的理性达到共识,但人类不会只有一种共识。她说:"老赵你来《视界融合》以前在文学期刊工作,文字表达看起来抽象,有时却能调动全部五感,激发一个新世界。许多世界、不同的世界。每个世界各有各的共识,我们不能硬说它们之间存在通感。所以,我认为,感官挪位是个更恰当的阐释方式。我们每到一个文学世界,我们的感知就需要挪位一次,以适应那个世界的理性共识。无法完成挪位的,自然无法进入那个世界,也就不会欣赏那个文学作品。五感论文只是把文学表达'具身化'了,便于分析。也是基于这个层面,我认同这篇论文的论证思路。"

我和老赵没说话。

"当然你们不一定同意我的话,小李也不同意。这是我的个人立场。而从《视界融合》角度看,我们需要一个推荐或不推荐这篇论文的统一基础,这一基础肯定不会来自我们各自的感性差异,我也不会要求我们的感受需达到统一。我们要在论证层面达成评审的大致相同,我希望这是第二轮审核大家评判的出发点。"

王编说话总让人难以反驳。已是下班时间，我们迅速达成一致，但又各怀心思，简单道别，各回各家。路上，我想到一个问题：王编的立场或许没错，但不适合这篇论文。以感官挪位的立场，进入五感体验，以检验关于挪位的论证，一切水到渠成，心理暗示或循环论证的意义或许大于论证本身。但不认同感官挪位的人，大多无法顺畅地完成体验，也就无法审视其论证。当然，我告诉自己，所有的文学或艺术评论都有类似问题，只是五感娱乐和五感论证将所有症结放大了。

我回到家，从四肢到大脑都无法摆脱白天的场景，干脆重新接入内部系统，阅读去匿名的信息。第一外审虽研究关于感性的学问，但他的所有观点都与《视界融合》背道而驰。不知为何，他一直处于外审名单前列，到他手里的文章几乎无法过审。第二外审的确是学界权威，她的反馈不无道理，估计王编和胡编会参考她的意见。至于论文作者，她导师与第二外审属同一学派，她还是个博士二年级的留学生。按理说，国内无法获取未引进的、争议游戏的体验片段与分析权限。她通过自身的身份，以及她导师的渠道，与游戏制作团队沟通，拿到了研究使用权。自虚拟现实与增强现实普及，五感论文系统已成为某种意义上的"内参文献"。胡编一直倡导小心谨慎，论文作者的导师则认为五感论文应帮助建立民用虚拟体验的分级标准与分级根据。也难怪论文作者倾向于论证五感的极限。

四

接下来一周，我暂时搁置其他工作，专注论文特审。我和老赵时不时分享经验，生怕遭遇猝不及防的创伤性体验。小李给了更多提示。游戏半兽环节将近尾声，有一个"彩蛋"：刑天关卡丢掉的头颅会在触发特定对话时弹出来，煞有其事地重复玩家的公开言论。此时，游戏机制将全力调动感官挪位的适应性刺激。对于玩家，那颗头颅说的每句话都将激发运动神经的镜像模仿。简言之，玩家会觉着自己正在控制那头颅说话。同时，玩家又须与游戏角色完成另一重对话，以开启下一关卡。双重头颅体验实在太怪异。小李过关后眼圈都发黑。她建议，不要盯着那颗柴郡猫似的、飘在空中的、自己的脑袋。王编和胡编完全不与我们交流经验。胡编不见踪影，王编不露声色。我们道行果然不够。

论文第二部分又分为两章。第一章讲游戏参考的现实案例。不得不承认，这是作者论证得最好的部分，细致程度和科学性不比一些教授的五感课题差。游戏设计者制作五感模拟时，大多出于想象，三分之二场景没有直接使用案例数据。作者则将所有科研案例制作成五感模型，与游戏感官的挪位环节尽量对应。刑天失去头颅参考古老的斩首实验。研究者与犯人商议，当犯人头颅落地，研究者将大声呼喊犯人名字，如犯人仍有意识，能够听见，便睁眼，眨三下。史料记载，犯人的目光清晰坚定，整个过程持续了三分钟左右。如今，一些偏门的外科前沿专家已建议尝试使用宝贵的几分钟，进行急救、脑手术或头颅冷冻。五感论文按照数据，提供了脑瘤切除成功、头颅冷冻瞬间和急救失败的体验。不似刑天那般骇人，也确有相似之处。回光返照之时，确实万物清晰，颅中灵魂似乎出窍。

　　肠道菌群则完全属于另一套思路。二十一世纪五十年代后，皮肤病、肠道病、癌症治疗有的直接参考患者肠道菌群配药，有的以肠道菌群为营养调剂的主要手段。相关菌群模型多如牛毛。我试了论文提供的成功治疗方案以及心理暗示，连续几天，自觉肠道都变好了。游戏则选了最为复杂的肠道菌群，同人脸的面部表情识别进行映射与嵌合，做出刑天丢失头颅、面部移动的体验。论文解释，由于游戏创作依赖想象，游戏的体验也依赖想象，游戏便并不需要坐实现实的可行性，只要现实当中存在感官挪位的锚点，刑天失首、面庞挪位，便可以成为五感意象。唯一的问题是，设计者太热衷于肠道菌群的智能理论，没有认真考察头颅丢失的体验。感官挪位的想象性体验便有脱靶的潜在性危险。毕竟，肠道菌群的面部表达做得再真实，也无法落实丢失头颅的空虚。其间鸿沟全凭玩家自己的想象填补，自然会出问题。整款游戏设计得比较"飞"，几乎每一关卡都有五感锚点丢失的潜在危险，引发关于创伤性体验的国际争议在所难免。至于"彩蛋"，是设计者面对争议变本加厉的挑衅行为。一部分玩家觉得这才是艺术，才是游戏，另一部分则反对五感游戏推广。

有趣的是，现实案例没带来恐慌体验。我检验论文机制设计，作者安排了很全面的安全措施和感官锚点定位。我开始理解小李对这篇文章的认可。我批注："作者不应把游戏体验放到第一章。"又注一句："需要重新培训五感论文的写作方式。"

第二章消耗了整整四天时间。我没采取切香肠战术，试图完整体验人类感官挪位的真实效果。卡夫卡的甲壳对应皮肤结痂、烧伤体验、理疗效果，石膏固定糅合为复杂的、来自皮肤表面的感官凝滞感。触感膜活性层层减弱，我将体感真实度推向最高，接通电极的胶状膜突然失活，吸着我的皮肤整体下坠、收缩。呼吸开始受阻。我没尖叫。我闭着气退出论文审核，视野恢复后迅速剥离触感皮肤。一分钟后，那团皮肤在地面粘连、融合，又分解，最后依赖表面张力聚合为一团不定向组织。我定了定神，联系应用部。下午，应用部将事情定性为产品无法满足感官体验，触感膜失活。他们去和制造商鲁尔公司沟通了。我心有疑窦，没有追究。半人马体验利用人类退化的尾部系统，先假设人有尾巴，再将伤残的幻肢体验接入尾部感官，制造人有四足的倍增触感。如果单玩游戏，我还是喜欢半人马，但知道原理，我心下不是滋味。小李告诉我，确实有人根据这款游戏，讨论人类的慕残本能。我不无惊恐："所以你推崇这游戏？""不，"小李白了我一眼，"我觉得你和赵叔从一开始就误解了我，我支持的是这论文，不是游戏。我觉得争议游戏没什么可怕的，见着争议就回避就禁止，才可怕。所以这论文有价值，虽然我承认，它有些段落是比较恐怖。"小李坦白，她初审时为求速度，没有全身心走完所有场景细节。这一轮，她在三头人处受挫。

近十年，精神解离和人格分裂的研究获得更多实质性进展，患者更受重视，更少遭受非人待遇。临床观察数据增多。游戏参考圣彼得堡人体器官博物馆的双头人展品，设计精神解离体验，为进入草木与微生物的关卡进行铺垫。小李高中时有重度抑郁和一定解离症状，游戏环节打通了尘封已久的早年感知。角色是中国人熟悉的形象：哪吒、孙悟空、二郎神。玩家主要参与大圣的七十二般变化，完成与巨灵神、哪吒、二郎神的战斗，但无法躲过太上老君的偷袭。八卦炉炼丹将重塑玩家的感知挪位，成功后方可捣毁炼丹炉和玉帝的天宫。而同时，游戏设计了"彩蛋"，可触发不同的变身系统，玩家可由悟空置换为哪吒或二郎神。小李置换的时机不好。她在哪吒变为三头六臂的瞬间，进入哪吒体内。她说她顿时感到精神一分为三。分裂出的两个她，是曾让她倍感羞愧与倍感恐惧的两部分。那两个狰狞的面庞贴着她的后脖颈生长而出，她能几乎脸贴脸地瞧见她们。她们是哪吒的模样，但她们的表情与容貌充满她的底色，旁人看，也一眼便知是套了皮的她。游戏容貌参考上世纪中期经典动画片《大闹天宫》的哪吒形象。成年人似的五官表达与幼儿容貌互相嵌合，化为三头六臂，头颅互相凝视时，脸贴着脸摩擦，那观感充满了巨物恐怖的氛围。而她的另外两颗脑袋并不听她的指挥。易于羞耻的人格最先进入歇斯底里，突然尖叫。而充满幽暗的人格报以冷笑，调转火尖枪，扎向自己。小李来不及害怕，本能控制属于她的两条胳膊拾起风火轮，让它变大、变大、变细、变细，套到脖子上，用力一剐，属于她自己的头颅应声落地。她这才以旁观者身份评估那两个不受控制的人格。风火轮的火燎着她的大脑，她咬紧牙关，收回现实世界对身体的主动权，将自己卸载于论文和游戏。

离开后，她没脱离皮肤，戴着全套装备冲到楼下花园。春末夏初，阳光温和，树荫尚浅。她大口呼吸，稍稍平静，才抱着胳臂，蜷到树下，泪流恸哭。

五.

小李所在的"小编"审核室并不独立。一间大房分为四部分,中间由透明弹力墙相隔。主观视角置顶实时播放,周围人都能看见。出事时,已有同事冲进她的区域。她自割其首,吓着所有人。王编刚好路过,赶入房间。她说小李在自救,让大家先别动。社里大群也炸了锅。老赵也在现场。他领会王编精神,在群里建议,所有人都让路。小李这才没受干扰,跌跌撞撞,到她最喜欢的小花园找回自己。

花园事件后,我们的论文特审半公开化了。我和小李的反应被严肃对待。评估显示,我们仍能继续完成审核任务。王编决定延长审核周期,邀请此前的外审再次加入。第二外审回复同意参加,没说别的。第一外审拒绝邀请,质疑《视界融合》的特审行为。圈里四处传着小道消息。不出两日,舆论很快走偏。一说《视界融合》为了引进争议游戏,为论文特开绿灯;二说《视界融合》与论文课题组过从甚密,特审即是公开走关系;三说这游戏和这论文都挺邪乎。最后一种传言导致一周内论文和游戏出现可疑盗版,发生两起五感事故。虽没有人员伤亡,也惊动了警方和教育部。市场管理部门又搞了一轮盗版打击。胡编和王编去教育部做了汇报,我带着小李去公安局。他们分别了解情况,最后告诉我,位于边境的五感软硬件走私有试玩环节,吸了"叶子"的人不论看论文还是玩游戏,都险些陷入人身危险。我也告诉他们,国外已有不同程度、不同情况的致死案件,警方可以将社里的审核行为视为预案或预演。总的来说,他们很好沟通,也认可我们的科研。事态迅速平息，进入可控范围。

我们忙于对外应付，老赵反暂时置身事外，最早完成审核。他跳过"彩蛋"和隐藏关卡，跳过许多注释和案例详解，走完所有篇章。他熬过一个通宵，第二天凌晨三点，完成任务后，他一个电话，将我从床上拎起，拉到西海，与我对着满月，看湖中树叶波光闪烁的倒影。他说，熬过游戏相关章节就好啦，后面的现实案例虽更凄惨，刺激性反而不强，更引人深思。他评价，这很有趣，也可能是我们麻木了。他严肃地告诉我："从这个角度看，问题游戏的刺激性未尝不是一件好事。"他低头，抠开新买的、火柴盒似的增强现实盲盒。星光流淌，流入湖中，又升入天穹。被城市辉光抹去的银河逐渐显露。歌声吟诵："影落明湖青黛光，金阙前开二峰长，银河倒挂三石梁。"他解释："小学的小朋友圈最近很流行，我女儿总抽，这款比较容易拿到。"我点头，我也见过有人当街开盒。可此时此刻，星光铺就的小道显得如此真实，我用脚尝试，双足越过辉光，踩入水中。我收回腿。老赵又开了新盲盒。一簇小小礼花闪过，他外面套了一层胖乎乎的章鱼。他自如地抬手，活动指节，章鱼触手随之灵活摆动，伸长，碰触金色的虚拟道路，一层层修饰，直到无限。星光路变为星光台阶。他将虚拟触手由无限收回自己的体内。

我问，这是你第几次开章鱼盲盒。

"第一次。"

"你以前没练过协调性？"

"没，我连增强现实的协调性测验都没过。"

"你肯定不是天才，你连笨鸟先飞的资质和勤奋都没有。"

"你猜得没错。"

我们没再说话，等着天光变亮，等着虚拟银河与虚拟章鱼逐渐消散。

"我要回去歇了。"老赵终于开口，起身，如释重负。

我问他："你的初步判断？"

他回："感官挪位的落点有些浅，适应性定义了真实。"他补充道："小李自救，正是因为她充分适应了论文系统，懂得利用刑天的体验对付哪吒的三头六臂。换别人，可能会导致社里五感审核的第一次恶性事故。"

我没回他。

我们深知论文的潜在价值与它是否被认可、是否能刊发，属两种问题。

我想起小李在公安局落着泪，回答问题时，逻辑却清晰有力。她告诉我，她好像学会了分别控制感性和理性。等论文审核完，她要进行自我研究。

有了小李的前车之鉴，我与王编进入哪吒环节都颇为谨慎。我顺利完成论文第二部分游戏相关的评估。论文没切入植物界与无机物环节，说那是下一章的内容，我们先来考察游戏未纳入的感官挪位。如老赵所言，全部为现实案例的采样。

大多我很熟悉,有一些我听过,只有少量体验属猎奇人士的玩法。我首先经历阿尔茨海默病。头脑的退行导致记忆与认知错位,感官随之紊乱。我走入杂志社大门,小李和我打招呼,我认不出她。我进入办公室倒茶,哆哆嗦嗦打碎了母亲亲手制的茶具。老赵主动来照顾我,喂我饭。我生活无法自理,我不理解为何单位还留着我工作。或许我的记忆仍能为大脑凋亡的五感表征提供科研和伦理数据。我最后平展展躺在审核室中间,终于想通,阿尔茨海默病的体验是五感论文给的,关于社里的意象全部来自我自己的想象力。论文前一章和游戏,充分刺激了我对于感官挪位的自我保护性想象。此时此刻,我的想象力正努力帮我挽回阿尔茨海默病那不可折返的症状。

癌症是另一种体验。论文一半以上注释来自癌症五感研究。所幸本世纪癌症预筛和靶向药有长足进展,五感数据几乎全部提取自那些已逝的、愿意分享的开明人士,和那些凭借意志与智慧成功战胜癌症或与癌症长期共存的人。自然科学的第一篇五感论文来自癌症研究。自那以后,五感论证逐渐成熟,也进入人文领域。对于本论文,癌症细胞肆无忌惮地生长与扩散,着床后继续生长,天然带来感官挪位的异常体验。我胃部长瘤,肠道出血,肝脏硬化,视神经遭受压迫;扩散后,全身器官衰竭,骨瘦如柴。我有时灵肉分离,有时全身每个感受器都疼痛难忍。我感谢提供数据的患者,他们让癌症部分的心理暗示拥有力量和希望。我也感谢那款争议游戏,没拿癌症的感官异常做文章。论文展现了两个癌症五感体验由痛苦转向平和的案例。我变为丛林，新的树木从血管深处抽芽。我变为宇宙，超新星于每个感受器爆炸，黑洞于细胞的缝隙之间生成。我学会了同宇宙的生灭和解。

我经历灾难、事故，但这一切都不如战争来得恐怖。像故事里说的，所谓和平只是假象，无数绝望与挣扎时时刻刻发生于世界各地，它们悄无声息地消逝，保证我们对于欣欣向荣的体验与想象。战争部分论文的引用一层套着一层，到最后都是一些来源不明的标注或保护证人的条款。感受却非常真实，印证了论文的引用并非捏造。和游戏利用想象力的刺激不同，我们的皮肤与神经官能能分辨真正的苦难。我断手、断腿，失去半个身体。我是爆炸袭击的无辜受害者，玻璃碎片和铁钉打烂了我的身体。我被反复杀害。战后，我反复陷入创伤性回忆，反复回到受害场景。我知道，大部分体验是这样被采集的。我还经历了文明社会的各种私刑与暴力。加害者那古老的残忍结合了当代技术，足够让我完完整整地经历人类文明带给人类自身的所有苦难。

我没采取切香肠策略，我一个场景一个场景地经历着，期待着战争的痛苦早日终了。我知道我的神经已经麻木，我只想早些结束。我如果将自己卸载，不一定有勇气重返五感地狱。终于，我读完了第二部分，赶紧接入第三部分。我进入植物界与无机物的环节。五感宇宙顿时变得友善。暴雨将至，山石上面的猞猁盯着我，目光深邃，似乎凭借本能，瞧见了我与它相似的挣扎。它悄无声息地又看了我一阵，转身离去。我想到，一个人和一个人的区别，要比一个人和一只猞猁的区别大得多。大很多。这不是白马非马的游戏，而是一个确凿的事实，一种不可回避的真理。

六

　　论文强调，适应性与真实之间存在无限复杂的调试空间。进化之外，人的适应性主要来自对感受的筛选和想象。五感系统所营造的感官挪位，便是同时调试体验与想象力，是让想象重构体验可能带来的创伤，让一切变得可以叙述，可以理解，可以交流，可以无限创造。争议游戏太专注于想象了。五感案例能将想象拉回现实，让想象落地。可是，论文第三部分伊始，话锋一转——五感的沉浸式体验可能无限扩大特定个体的特定易感性，有时想象力也无法挽回创伤。沉浸式的增强现实体验，或可回避五感系统的潜在风险。非沉浸式的、日常的增强现实，则可借鉴感官挪位的适应性与想象力设计，进行培训与训练。

　　的确，第三部分许多场景不需要触感皮肤。大部分时候，我可以着正常衣冠，摘下嚼子，凭借隐形镜片、环绕声和嗅觉，感知世界。我变为虎鲸，五大洋是我的花园，我第一次进入波罗的海，我的朋友正靠近南极。它的声音经过海底波动，经过人类新建的反射弧面，很快传到我这里。它说冰川正在崩塌，而我正感到暖流回卷。海洋变得更加亲近，我随时能听到整个地球的声音。我变为热带雨林，亚马孙河横贯于我，我面向太阳与雨水，我的根脉盘曲着深入黏稠土壤。动植物宛若我体内的菌落。它们自有智能，而与我同化。我又返回古代，变为远古藻类。我覆盖海面，我即是蓝色行星的呼吸。我直接从太阳处获得能量。万物于我之后，寄生于我。这也是问题游戏给的最终体验。它借用了莱姆的《泥人十四》，表明微生物与藻类寄生于宇宙，植物寄生于微生物、半寄生于太阳，动物寄生于植物。人类则是地球的终极寄生体，处于寄生链条的微末之处，贪婪地汲取动物、植物、细菌、病毒，面对宇宙却恍然无知。人类需要逐渐解除寄生，解除感官的局限，一步一步直接体验宇宙，进入宇宙，方能获得真正的生命。

　　我被它说服了。毕竟，历经刑天断首、疾病侵袭、战争残害，虎鲸耳中深海的低频共振、藻类表面宇宙的热烈波动，都能让神经镇定、精神升华，让我饱受折磨的头脑和四肢百骸暂时脱离现实局限，接近万物永恒。论文说这属于适应性的拓展。我多少觉得，游戏和论文先抑后扬的表述，有助于让人全身心开放，拥抱众生。不过，有一点确实有理——通常情况，没有触感膜，我即便接入虎鲸或深海动物的五感接口，也难有沉浸体验。日常刺激过于丰富，感官已然麻木。《视界融合》每年都收到反暴力、反性犯罪的五感分析。犯罪者、施暴者、购买者，感官向度单一，共情与通感能力不如爬行类动物均值。增强现实与虚拟现实反而加强了他们身陷感知茧房的程度。我也有感知茧房，新闻播放恶性事件，纪录片播放动物的自然奇迹，我只当微风过境，并没有特别触动。但经历游戏与现实案例的感官挪位，我的适应性和我对真实的感知被拓宽了。

论文说，适应性并非麻木不仁，戕害他人，投机而生。适应性需要将整个自然和宇宙纳入感知范围。人类个体如想在有限生命中获得更强的适应性，获得更快的适应性，便需增强五感，以增强现实。我们需要五感系统的拓展，增强对于真实世界的感受与理解。自上世纪网络发展到本世纪增强现实普及，感知茧房的问题一直存在。论文认为，五感系统中的感官挪位是第一步，其最终的目的，是让每一个个体都能通过增强现实，进行自主挪位与适应。

如第二外审所言，论文立论成立。从我的角度，论文论证也顺理成章。然后，我同老赵聊，才发现论文的叙述设计了不同支线。我的感知茧房硬，但使用增强现实的年头长，论文机制根据我的审读反馈，增加了更多问题游戏和现实案例的场景体验。我问了一圈，除了找不到人的胡大主编，他们的疾病体验和战争创伤体验都比我少。我实在忍不住，读了论文代码。果然，自刑天被斩首，我就被归为需要暴力打开感知茧房的一类。老赵正好与我相反，他所遭受的折磨，与我相比，可谓如沐春风。但他几乎走完了所有增强现实和远程作业的案例。他在手术台前待了四个小时，借助虚拟现实和增强现实，为地球另一极的患者做病灶切除手术。我也在现场，我是被成功治愈的病人。他进行深海勘探，与深海鱼互动。探测器陷入涡流，他体验了探测器失效前的最后视角。他是工厂主管，他手下全是智能机器。增强现实的网络沿着他的运动神经，爬到他体外，连接所有智能接口。工厂构成了他的潜意识世界。他每日工作八小时，任何一个流程有问题，都能进入他的感知网络。他也有幸体验了增强现实盲盒的质检过程。青年和少年儿童为主要消费者，他们更敏感，更易与增强现实发生意料之外的互动，因而增强现实质检员需要丰富的想象力和异于常人的思路。老赵过关了。他本觉得自己与此无缘。如今，按论文附带的软件评估，他万一编辑岗失业，确实可以考虑应聘增强现实的质检员，如果运气好，还可以做专利审核员。老赵的经历很快传得社里人人皆知，同事赞他因祸得福。我不得不承认，自己有些嫉妒。我偷偷进行自身评估，论文机制说，所谓的理性人大多只是因麻木而自觉精神稳定，不适合从事感知工作，否则会造成社会性的感知茧房灾难——旁注吐出一大堆公共恶性事件。我无法反驳，只有作罢。

小李的体验场景平均分配，说明她比较均衡。她恢复后，递了全勤专项审核的申请，特审结束前，将论文又过了两遍。第三次阅读，论文机制几乎开放了所有体验。午餐时，我们三人坐下，列出表格，将所有场景和论证列出来，觉得应是全本。可论文的防护机制如此细致，针对特定心理的体验非常有针对性。王编也审了两遍。第二遍时，她意外进入支线，熬了通宵，早上被按时到单位的老赵撞见。老赵问她，她说剔骨还父，割肉还母。王编生父母去世早，养父母子女众多，情况复杂，有几年每几个月都有纠纷找到社里。老赵略知一二，没敢多问。我们一致认为，这论文设计已超出了论文该有的架构。隔天，据说延庆发生纵火案，虽然只点了田间一栋房，社里却传来消息：那是胡编自置的五感审核室。下午，警方通告，纵火人是胡编自己。他看完论文，烧了那房间。他在内部审核库标注："论文作者不可能仅有一人。"王编也标了同样内容。小李变得沮丧，自语道，如果涉嫌学术欺诈，肯定上不了刊了。

七

特审上会定在周五傍晚，工作时间外。社里准备简餐，我们下班便集中到会议室。胡编的审核室事件由纵火定性为意外事故，予以警告，没有拘留。教育部要求重新审视五感论文的安全性，特审便由内部会议转为行业内的半公开会议，邀请码发了几十人。我们还没到，虚拟会议室的人已基本齐了。小李在小群里发信息，第一外审和第二外审都会发言。王编回，她会先念一个通告。胡编和王编最近同论文作者的团队高频沟通。老赵告诉我，不一定全部刊发，王编的意思是，删除个体特异性机制，只出一个简版。我回，那有点可惜。老赵说，他也觉得争议论文自有其价值。

会议室不大，呈长方形，四周为镜，投射线上参会人员的实时影像。我和老赵就座，镜中的同行友人悄悄与我们打招呼。胡编最后赶到，腋下难得夹着一沓纸质文件。王编向小李示意。空着的三个座席上出现全息影像。论文作者呈实像，另外两位呈虚像。作者系东南亚留学生，名杜钦。她发言前，王编先念了论文违规的处理意见。五感论文确实非杜钦一人创作。她撰写论文主体，撰写论证，撰写五感分析。但论文关涉战争与刑事案件的现实案例，大多由一位来自非洲的五感记者完成。他的足迹遍布落后的第三世界国家，用比较原始的手段采集、整合、提纯，形成五感体验的场景信息。发达国家针对涉军事、涉刑事的敏感五感信息，施行保密处理，仅对本国特定研究开放。不过，极端体验的五感遍布全球，并非垄断资源。相反，许多机构找上门来，找这位五感记者购买场景数据。他做了几次生意后，才萌生建立属于自己的五感数据库的念头。他如今辗转于小国之间，身份特殊，参与了论文的场景搭建，没有参与论文署名。此后很长一段时间，他也不准备公开身份。王编介绍完，一位呈虚像的投影微微发亮三次，那便是五感记者。

我悄悄发信息给小李，问她这加密的全息通信是怎么回事。她回她只负责镜面内的旁听影像，座席周围的全息投影由胡编直接搭建。他从公安局回来后就忙这个。设备和系统是勿用人工智能公司给的。我给老赵看我和小李的对话。老赵输入，如果上不了刊，勿用公司可能接手全部论文。我点头——涉外的争议文章，确实会转给国内上市的跨国公司。学术问题政治经济化，一些事情似乎就合理了。

另一位合作作者是问题游戏的架构师之一。全息的杜钦示意王编，王编便让她先说。杜钦的中文略带热带的潮湿气息，却又中气十足，像是北方出身的练家子。她承认最早联系问题游戏团队时，就有私心。她学过架构，只是皮毛。她可以使用通用的五感论文架构，不进行特异化处理，但她深信，本论文需要特异化叙事，尤其是针对读者个体的特异化。她看中了问题游戏，不是因其猎奇，而是因为它的感官挪位处理很有针对性。是时，问题游戏在国际范围推广受阻。大平台的版本全为阉割版，毕竟普世的分级制度同问题游戏矛盾。许多人用分布式的游戏发行接触问题游戏，但游戏主创希望获得更广泛的受众和更高度的认可。杜钦最先找到传说中最固执的架构师，对他说，五感论文的平台半开放，有很多待开发余地。五感论文毕竟要讨论前沿，不会有普世的审核机制。如果能将游戏机制对接五感论文，论文的审核者、阅读者、下载者自会接触到游戏，接触到你想表达的叙事机制。她补充："的确，里面会有你看不上的人，但也不至于是白给的对手。"架构师思考了三天，答应合作，要求是，不署名。另一位虚像全息投影开启语音，模糊了声纹，也不知源语言来自哪国。他说话的调子像有人用手搓气球表面。他强调："我很固执，越固执的人越容易上激将法的当。我今天出席会议，也是激将法使然，不过我并非没有立场。我的立场很简单：学术论文本身存在一种叙事学，它的内容和表达最好互相契合。如果说那位哥们更重视受苦受难的、被压迫的内容，那我更重视形式。全地球的论文机制，都不会比我的更好。就目前情况而言，诸位的审核反馈我读了，我会增加五感的安全措施。"

架构师最后补充："另外，我答应参与论文还出于一种好奇——全球学术垄断来自西方话语，中国作为曾经落后的国家，拥有自己话语领域以后，会不会和他们一样？"

会议室里沉默几秒。王编问，这是否是选取刑天和哪吒场景的缘由？

对方没回话，虚像投影微微发亮三次，权作肯定。

王编又问杜钦，关于多作者，是否有其他补充说明？

杜钦答没有，她已与导师团队和另外两位未署名的作者沟通协调，表示愿意接受《视界融合》的特审处理结果。

王编颔首示意,念了社里和部里的指示:论文虽有争议和隐患,却也具有学术价值。一方面,社里将就论文署名问题给予警告,主作者杜钦需承担相应学术约束后果;另一方面,出于保护条例,决定尊重另外两位作者的隐私权,论文可保持另外两位作者的匿名状态,进行后续的上刊、发布、传播等行为。

我心中一块石头落地,小李也暗暗舒一口气。她先作简要报告。身为论文初审编辑,她确实忽略了许多细节问题。而对于五感论文,需要见微知著,她认为自己申请特审的行为有些鲁莽,但理由充分。论文的五感机制虽存有安全隐患,但如进行更为细致的特异化设计,便有益于分担隐患。感官挪位或许不是一个好定位,五感的适应性与可调整性则是论文的亮点。小李希望上刊。她相信,人类需要学会通感,学会共情。论文在心灵麻木与感官过载之间寻求了微妙的动态平衡,值得推广。

我赞同小李的意见。我挪用老赵的箴言:"适应性定义真实。""进化的适应性来自基因,个体的适应性则来自文明层面的表观遗传和表观挪位。如今社会每三十年发生一轮变革,个体的感知与认知都需迭代。五感论文,或者说,相应的五感游戏等艺术作品,是增强适应性的前提,能让人从感受力的底层对变革敞开,由底层上升时,又留出认知与自我的调整空间。毕竟,概念与经验相比十分匮乏。二十世纪人类已遭受了无数由概念指导经验的惨痛经历。设立五感论文的初衷,便是让感性充分融入对概念体系的论证。我相信这篇论文是个好样本。"

老赵的发言更抒情一些。他进了一步,说想象力定义适应性。他细致梳理了他所经历的场景,强调想象力不是脑洞,不是幻想,不是胡思乱想。科学与艺术的创新都来自想象。其原因在于想象综合了感性与认知。想象在五感层面创造新感性,在认知层面创造新的、理解世界的机制。很少有论文能同时分析想象的双重功能。这篇论文其实做到了,只是落点收敛为由感官挪位到增强现实。他说,相信体验过论文的人都能理解,问题游戏和问题论文的真正指向,都是适应性。感知和认知通过想象的综合,达到对于不同现实的适应性,这才是文章的实际价值。老赵推荐文章上刊,但需修改。他建议补充针对增强现实艺术表达的论证。

八

按规定,特审可不参考外审意见。王编仍请了第一外审和第二外审。

第一外审仍确信感官论证是钻空子的把戏,纯正的理论才是人性的高峰。他质疑五感记者数据的可信度,认为落后混乱的地方充满可操作余地,目的即是用惊悚画面震慑文明人的神经。他要求提供数据的切实来源。五感记者的虚像自始至终没有发言。不论第一外审如何质疑,他的身形也不再闪烁。第一外审转而面向游戏架构师。他说搞游戏的怎么可能懂理论,让他来做论文架构,就是瞎搞。游戏架构师的虚像跳了跳,由虚转实。他居然长得像张飞,竖起来的头发连着竖起来的胡子。他没说话,当着所有人面,实名登记进入五感论文系统,切入特审论文后台,调出审阅数据,投射了第一外审反复体验的影像——尽是欺凌妇女的场景。他摊手,告诉王编,他可以给五感系统做一份人员筛查防护,把潜在的犯人踢出审核池子。没等王编回应,第一外审大吼大叫起来,一时闹得很难看。听众来自全球各地,小李没卸载他们。最后胡编卸载了第一外审,说后续沟通情况会向大家汇报。

后台显示,第二外审又读了两遍论文。她仍维持原来的意见。论文或许比预判的更有价值,但不建议发《视界融合》。她说基本同意我们的观点,没必要多言。

王编的意见出人意料地简明扼要。她说,必须承认,就目前生物学与人工技术的发展,人之为人的特点,主要不在于五感的丰富性,而在于复杂的思维能力。《视界融合》的立刊之本,是相信五感可以拓展思维的视界,而非以五感取代思维。论文过度强调后者,不一定可取,或许也确实不适合刊发于《视界融合》。她与第二外审点头示意。

老赵有些激动，想发言。

王编适时补充说，从神话到文学，抽象文字一直以想象支撑人类的适应性，她不认为五感艺术品和五感论文会取代文字，毕竟，个人的感觉并无普遍性。个体自出生到死亡，带着自己的喜怒哀乐走过一遭，最后以非常私人化的方式离开世界。他们带走了一切，留下想象的空间。我们将他们的遗产抽象为理论、艺术和叙事。《视界融合》刊发论文，属学术期刊，我们更重视理论。如出现导致特异性体验和过度共情的五感论文，我们则需反复思考，这到底出自自我补偿，出自自我感动，还是我们真正达到了设身处地？她相信，动物的五感，让它们有时比人类更擅长设身处地，因而人类的设身处地不应完全来自感觉，而应来自理论和理性。这篇论文还没有做到。

她说完，会议室内陷入近三分钟的寂静。最后，胡编打破沉默。他同意王编。他摊开纸质材料，说他搜了古老的文献，有许多文字论文，提出过类似论点。这一篇特审论文，场景经验更翔实，论文机制更好，但理论层面的确不充分。他说，不如这三篇。他闭口不谈自己纵火烧房的事情，只打了圆场。他建议，这篇论文可先转投勿用公司的内部学术刊。他已将文章推荐过去，对方基础研究部初步判定，文章的应用价值很高，内刊转外刊的概率很大。他又说，自己很喜欢这篇文章，论文作者应剔除场景，只谈理论，将五感文章转化为纯文字论文，再投《视界融合》。他相信，纯文字的深刻，不会比五感差。

胡编言毕。王编问在座诸君有无补充意见。场外有几位听众谈了看法。我没仔细听。胡编和王编应沟通过，会前便有定论。目前看，半公开的特审会效果不错。她话里有话，简言之，学术刊物与学术论证的形态并不持平。她负责《视界融合》的五感部分，她做出了选择。胡编的目的是平衡，以至于他的意见成为最该被抹去的部分。

按特审会规定，举手投票环节全由内部人员完成，即胡编、王编、老赵、小李和我。胡编与王编投了反对，老赵和小李投了赞成。我大脑突然一片空白，十几秒没举手。小李瞪着我。老赵的眼神意味深长。王编面无表情。胡编面带微笑。

我变成了那个立场不坚定的人。我努力思考。我在想，我还在想。所有人直勾勾地盯着我，不发一言。或许我不应思考，我的感知散向四面八方。我怀念论文让我经历的万事万物，但适应性和想象力似乎都不决定真实。一些莫名的决策决定真实。

个人的决策真能决定真实吗？

我开口："我认为这篇论文的体例超出了学术刊物本身，一篇论文到底应该旁征博引，仅求一点创新，还是应该本身即是一种理论、一套感知体系、一种叙事、一件艺术品？我的理想是后者。这篇论文应该不受限制地公开发行。"

说完，我意识到我的补充论点既支持上刊，也支持不上刊；既支持进入勿用公司的应用研究内部刊，也反对上勿用公司的任何刊物。

关键在于，刊物是否会为了一篇论文改变其办刊方式，人类的共识是否会为了人类的创新让出道路？

冷汗沿着我脊背往下淌，我投了反对上刊的关键一票。

九

五感记者迅速下线。大胡子架构师摆摆手，对镜头外的不知何人说，我们确实可以建立自己的学术系统。杜钦保持了沉着与优雅，向我们致谢，决定修改论文后，将文章拆为两个版本，文字版再投《视界融合》，五感版投勿用的内部刊。特审会在其乐融融的氛围中散会，不久后，于行业内传为佳话。

胡编终究因烧毁审核室，平调去了高校。王编则应聘去了另一文字刊物，做了主编。我接替王编，负责《视界融合》的五感部分。小李辞职去做了自己的五感独立刊，没再联系我。一年后，她同问题游戏的团队合作，加入了依据区块链技术的国际论文评审体系，建立国内第一个基于分布式评审机制的学术刊物《单子视界》。许多单位都想同她合作。杜钦完成学业，返回家乡。据传，那位五感记者于她的家乡遇害，她便没有继续深造，选择返回故土，寻求属于自己的研究根脉。

老赵保有了对我的包容,我们达成一种中年人式的和解。他催我去找小李,毕竟《视界融合》如能与《单子视界》合作,我就能升为主编。我说要辞职,让他接替我的位子,让他去——小李每年还送他些礼物。老赵说他最高只当副职,他又指着我说,你不会辞职的。他评价我,说我其实很擅长鸵鸟战术。

胡编离开前,刊发了文字版论文。勿用公司依据五感版论文,开发了动物感官研究。问题游戏经历舆论起伏,终于成为被包装成商业产品的邪典游戏。游戏团队则摇身一变,转而投身论文机制的研究。

大胡子架构师还发来一封信,说,想象终须落地,一件艺术品会是一篇论证自然与人性的论文,一篇论文也应是脱离于体系的一件独立艺术品。他邀请我上链做外审。他也邀请了老赵。隔天老赵便辞职,快乐地过上了居家的文人生活。他告诉我,上链外审,价格不菲。

我们仍每周去西海边上坐坐。西海的增强现实已叠加为不同世界。我看着的景象总和老赵不同。我们心照不宣。我们的世界正在随着个人的选择特异化。地球正变得愈加丰富,愈加生机盎然。只是我们因不同的五感、不同的论述、不同的叙事、不同的决策,正渐行渐远。总有一天,我和老赵将相遇于西海,但彼此并不相见。

四勿龙

《四勿龙》是人工智能应用于人类生活的"高端局",更是基于人工智能应用展开的深刻的哲学对话。小说充满奇思妙想,探讨了集成智能创造,更提出了"装饰智能"概念,"文明是个体的装饰"等观点,将人工智能的应用性探索转向审美认知建构与人类文明的整体性审视,无限延展人类的想象边界,让人惊叹。

——江玉琴

教授,主要从事科幻赛博格理论研究,主编《中国当代科幻作家访谈录》《科技人文新融合:新文科建设视野中的科幻小说研究》《纵深与超越:后理论与比较文学跨学科研究》

"非礼勿视,非礼勿听,非礼勿言,非礼勿动",熟悉双翅目第一本书《公鸡王子》的读者知道,四勿最初是用来对抗阿西莫夫机器人三定律的设定,三定律律令严整,四勿的意思却一直在衍变,面对难以观察的事物、难以捉摸的情状、难以形容的存在、难以解释的行为,每个人都可能获得自己的答案,《四勿龙》推演的人工智能开拓史,正是双翅目的问题与方法:科学与想象模棱两可。

——写诗的浦岛

创作音乐专辑《阿浦乱荡》《同时代人格》

自《公鸡王子》开始,双翅目将对智能本质、自我认知和生态哲学等严肃问题的深入思辨融入一系列与人工智能相关的故事中。表面上看,她呼应了阿西莫夫的机器人系列,试图以一系列制造人工智能的故事,反复演绎其不同于经典机器人三定律的"四勿法则"。双翅目不但具有高度的文体自觉性,在意叙事的效率和语言的质感,更有年轻作者的极大勇气,将思辨的过程而非仅仅是结果呈现在读者面前。

——慕明

作者,著有小说集《宛转环》

一

"娄珪的设计又被否了。"旁人说,"两年没方案通过,会留她吗?"

娄珪停下脚步,仰头,听人议论自己。

"吴总想留,常主任不愿意。他们一直拉扯,娄珪的试用期可以延到无限。"

"她弄砸四勿龙竞标,留不下。"

"结果没出,不一定。我听说,其他设计也一般,都是花哨东西。龙嘛,中国的图腾。这回不收虚拟的想象的互动界面,要实实在在的人工智能龙,至少对标西方龙。"

"鲁尔公司的龙融合蝙蝠、恐龙,用轻质材料,做中空。二代准备搞龙家族系列,五花八门的,目前没实用价值,可飞起来真像。"

"投放主题乐园也是应用。"

"中国龙怎么飞呢?故事讲得漂亮,我没法想象一条蛇形动物在天上扭。"

"空间站龙或深海龙可行,符合勿用的应用导向,娄珪不愿意。知道她的竞标台本吗？她说龙是装饰，是文化和信仰的修饰，是瓷盘边缘和柱头的形象，她不认可龙做主角。"

有人点头："她说的不算错，装饰品也是应用，做成小玩意儿，民用价值更大。"

"龙竞标不仅是民用形象。"另一人提点，"我们勿用公司需要一些精神层面的主题，那种纪念碑式的建筑或雕塑或任何适用于公共集会的仪式性东西。在一个就虚的时代，只做实的会吃亏，或者卖力而少功。四勿龙项目就算是一个就虚的大工程，也不能太虚，搞成劳民伤财的空洞泡泡。这儿存在一条微妙的分寸线。需要产品，却不一定量产；需要品牌，却要超越公司局限，达到中国龙的民族高度。所谓虚作实时实亦虚。吴总认为，只有娄珪能做成四勿龙。"

"你觉得吴总这是肯定小娄还是否定小娄？四勿龙项目横竖看都像个反讽主题，有钱有名，可没弄好，是两头空。想象的动物很难做底层感知设计。我以为我司默认四勿生肖不做龙。"

"我认为，我司至少要做出尝试的姿态。"

"所以指派娄珪？"

"你得承认，她那样子，做成做不成对谁都无伤大碍，对她自己也一样。"

娄珪决定听到此为止。她清嗓子，走出拐角，勿用公司总部休息区变得安静。她环顾四周，同事纷纷躲开她眼神，目光乱飘。她发现好友傅荟仍选择角落就餐。傅荟捂着嘴哧哧笑。她大咧咧坐到傅荟旁边,傅荟问:"什么时候能让我安安静静做个边缘人?"

娄珪大声回答:"对不起,我虽然也是边缘人,但我扎眼。"

傅荟将多备的一份饭推向娄珪。一切恢复正常。娄珪想,如果没有傅荟帮助缓冲人际关系,不用勿用公司辞退,一个月内,她也会自己原地离职。倒不怨勿用。她认可勿用。自陈陌建立勿用公司,"非礼勿视,非礼勿听,非礼勿言,非礼勿动"的人工智能四勿动物一直抵御流量化的资本冲击。勿用深耕智能的科研,做坚实产品。创造不等于标签,不是画饼。娄珪梦想创造实打实的艺术。她毕业自艺术院校,她的智能装置作品接连获评三届青年组首奖。她很快厌倦了封闭于博物馆与画廊的展品。她开始质疑画地为牢而成价值的作品。她转向偏应用的智能设计,应聘进入勿用公司。

十五年后,当勿用正式成为国际人工智能行业的龙头,勿用设计部的箴言将是"科学即想象"。

娄珪面试时,勿用公司尚未分裂为进化派与想象派两个支系。正处壮年的常远主任负责勿用科研部,以动物的智能进化为主导,人工智能基础研究为底层构建。常远认为,地球经历亿年,孕育生命,其间沉淀的智能模式优于人类的创造。产品部负责人吴处相信创造本身。面试中,两人的分歧初现端倪。娄珪作品集的主题为"青铜纹样的新颅相学"。她以饕餮的互动面具为智能界面,先做表情和功能设计,再做所需的情绪与智能架构。常远判定有创意但不切实际。吴处觉得值得拓展。陈陌参与最后一轮面试。陈陌问得不多,让娄珪讲"非礼勿视,非礼勿听,非礼勿言,非礼勿动"的意思。一向自信且颇有主意的娄珪突然挠头,表示同期面试的伙伴傅荟给她讲了自己的理解,她非常认同,以至于想不出更好的答案:"四勿不给标准,只为寻求方向。科研也是规划方向,以试错寻求真理。勿视是求明视,勿听是求兼听,勿言是求立言,勿动是求笃行。四勿本身意味着真诚地求索。人工智能动物如果能做到这四点,就是比人类更加文明的生命。"

陈陌点头,对常远和吴处说:"她能接受别人的意见。"

娄珪与傅荟同时入职,傅荟在产品部,娄珪在科研部。两年过去,娄珪认定,她同常远不对付。如何是好?她需求助傅荟。她仍不习惯求助于人。她憋着不说话。傅荟感受到她情绪,摇头:"我能力有限。你得提高社交能力。"

"我如果离开勿用,去象山搞一个工作室,青年退休,过闲云野鹤采菊东篱的日子,就永远不用发愁社交了。没准儿,我的内心期待离开勿用,才搞砸竞标。"

"不要乱说。第一,面对现实吧,人没法离开社交,没有互动将无限自指,你的脑子要死机。第二,你喜欢四勿动物的设计,你喜欢共生的智能体,你只是没法把自己喜欢的东西对接到公众世俗层面,你又没有自己想的那么清高。这让你不能真正投入到喜欢做的事儿里面,然后,你将一切归结于勿用公司的社交困境。"

"我以为你会安慰我。"

"你是个遇事需要哄的人吗?"

"你怎么这么懂我?"

"你之前收集材料,给我推过陆龟蒙的《招野龙对》。你很认同野龙,抱怨在勿用做不成野龙。我只应了一下,没正经回你。因为我想,我们真的做得了野龙吗?我也向往野龙。'观乎无极之外,息乎大荒之墟,穷端倪而尽变化,其乐不至耶?'我居然背熟了。可我做不到。不是我吃不了'寒而蛰,阳而升',风餐野外的苦。野龙以劳为乐,家龙以逸为乐。可我们的选择没有野龙家龙二者取其一那么简单。你选择入职勿用,没直接做工作室,你已经靠本能得出答案。你还没面对你自己的选择。"

傅荟的语气平稳友善。傅荟话不多,除却工作交流,她平时以聆听为主,偶尔进行一些判断。大部分时候,娄珪讲,傅荟听,关键时刻,傅荟说得才比娄珪多。

傅荟劝:"我没你的才能,所以希望你不要糊里糊涂使用自己的才能。"

"不,你有才能,你能管理我。我要祈求龙王爷,让你赶紧升成部门领导,我做你下属,就自由了。"

"你怎么还没弄明白。"傅荟第一次显得有些生气,"我们得各自走出两条路,才能算交集。"

这回,娄珪真的有点糊涂。

傅荟收到信息。来自科研部外派人员,傅荟去地方合作单位做产品把关认识的。傅荟表情由愠转喜:"庾生内部消息:智能龙项目流标,一年后重来,勿用大概率派你继续申。"

"他人不在总部,怎么知道得如此清楚。"

"他马上调回做副手,本来让他接手竞标,他让给了你。他可能是你上级。"

"我拒绝。一个常远就够了。"

"他们做你上级,天降大任于你,也挺好。"

二

古老的故事讲人能养龙。豢龙氏拿捏龙的嗜欲,顺着龙的喜好,圈养二龙。两条龙不再游百川、食巨鲸。它们悠然做了宫内的龙,还招呼野龙与它们同乐。野龙冠角披鳞,泉潜天飞,嘘云乘风,抑骄泽枯。它拥有广阔视域,懂人的沧桑。它自然不屑与家龙共同陷于牢笼。家龙也的确被人类剁成肉酱而食尽。

娄珪重修竞标材料。她仍琢磨家龙与野龙的分别。她忍不住同团队副手聊《招野龙对》。权赋耸肩:"我们不是龙,我们是养龙的人。头儿啊,机会不易,不要弄错方向。"

权赋是一位几乎没有想象力和浪漫情怀的实干家。一开始,常远安排他协助娄珪,娄珪心有忐忑,担心他们相处同她和常远一样,争执不断。所幸,权赋属不说二话的执行者,日常工作能立即削除不必要的枝枝节节。娄珪的四勿龙设计烦琐庞杂,没有权赋,难以按时落地。两年工作,娄珪感谢科研部端正了她的执行力。或许正如傅荟所言,她非常适合同权赋乃至常远合作。

我是养龙,不,我是造龙的人。

娄珪平静心绪,让一切回到原点。

智能龙概念提出前,她已设计了龙。

彼时,她是生涩也生猛的在读学生。新颅相学刚刚问世。旧颅相学认为头骨与面骨的结构反映了颅内大脑的思维结构。旧颅相学于十八九世纪盛行,人们依据面相判断智商,很快,旧颅相学沦为伪科学。人虽不符合旧颅相学的假说,颅相仍是一种思路。新颅相学初用于人工智能的交互设计。仿生面庞的恐怖谷效应困扰科学家与工程师。五官一致表情僵硬的人脸耗费财力,效果堪忧。新颅相学不追求直接复制人的面庞,转而研究人脸表情达意的功能性。讽刺漫画寥寥几笔,便能勾勒一副惹人发笑、让人深思的嘴脸。为何简单的线条能突破恐怖谷,传情表意,甚至显得非常深刻?新颅相学以此为出发点。新颅相设计根植于功能，而非相似。功能对齐即可，样貌不需相同。人是此理，动物亦然。常远的人工智能进化理论相信动物与人的交流自面部表情始。人工智能的沟通性可以由外及里。先做微表情与肢体动态建模，再推演至内部神经网络与机械结构搭建。常远由此推进了四勿动物惟妙惟肖的表达能力。陈陌创立四勿的共生智能网络。新颅相设计则发掘四勿的表达力。人工智能动物迅速占据仿生人与机械人未曾触及的生态位。勿用公司稳定了兼备服务型与宠物型的市场。想象的生命被定标为下一片蓝海。

娄珪毕业设计做了龙九子的椒图与赑屃。校图书馆引进全智能系统，通宵开放借阅与自习。椒图口衔门环，管理门禁，遇危狰狞，平日和善。椒图五官活灵活现。娄珪以狮面为底，重新按新颅相学原则，对照人类神态，让椒图表情与人面对齐。安装后，师生颇喜欢椒图。它没有恐怖谷问题，它似乎能表征另一种生命。椒图借鉴猫科动物，赑屃更接近原创。龟型人工智能背驮借阅界面，缓慢移动于图书馆走廊，移动于不同借阅室之间。赑屃的行为模式直接借鉴自然巨龟，赑屃的表情接近真正的龙，缺乏自然参考。娄珪处理得惟妙惟肖。有人说她使用鳄鱼五官，有人说她使用蛇的面颊。审核专家认为，赑屃的神形超越了动物颅相的有限表达，又与人类不同，契合于对想象生命的人工智能再造。她没公开全部技术。勿用产品部直接联系，帮她申请专利。她于勿用实习了三个月。她几乎没犹豫同勿用合作。产品部总监吴处同她说:"想象生命的智能设计不能仅来自有机生物。无机物,整个地球生态圈,乃至宇宙,全部是构成新颅相学的元素。"

娄珪非常认同,心生向往,想加入勿用,成为吴处的学生。随后的事情向另一条路径发展。她进了科研部,从事闭门造车的工作,几乎见不到处于应用前沿的吴总。傅荟日常出差,多视频通话。四勿龙设计卡壳时刻,她深夜到公司跑步机猛冲一小时。龙看着花哨,却烫手,勿用没人愿出头。她刚入职便将路走成独木桥。她想,一口气走了这么远,没法后退。

龙比龙九子复杂。龙九子攀岩附壁,有立琴头,有守洪钟,有剑柄吞口,有盘踞殿脊,功能性强,可以针对特定器物进行设计。它们的形态大多属爬行动物,并不需重新从底层建模。娄珪自知她的创意在赑屃颅相。她几乎没参考动物颅相,直接使用人面的定位与草绘。图书馆互动界面所需的智能系统知识性强,情绪复杂度不高,属求稳沟通。赑屃的新颅相学设计是求诸外的结果,简单说,借到所需的书或推荐其他路径,即完成沟通。龙项目招标,意在通过人工智能现实化中国龙的图腾文化与精神版图。娄珪自告奋勇,接下任务,带着团队调研两个月,才发现项目本身就虚于意识形态,没指明求诸外的功能导向。作为半个新手,她到不同部门取经,初拟的计划看似宏大,可横竖看来不像落地性强、目标集中的产品,仅是一条条互不相干的产品链。

把玩于手的小龙类似宠物，形似蛇，主要家用。中大型体积的龙九子适于不同公共场合，主要参与构造商用和政府的对外设施。让人内心澎湃的巨型龙上可入天，飘浮深空，下可入海，深潜海沟，是大工程，也是地标类展示性的象征物。

娄珪花了一段时间恢复冷静，开始质疑项目的合理性。她的四勿龙团队三分之二成员年纪比她大，余下三分之一几乎与她同龄。她毕业后留了一年空档，做实地调研和产品实习，又参与了为期两年的游学项目，设计经验多，但没正经工作经验。她从小被祖辈父母宠着长大，遇事不让人，属愿出头不吃亏的性格。四勿龙项目建立，她年纪轻轻欣然接受主导职位，甚至没觉得不妥。傅荟评价："心大也不是坏事。"

她回过味儿来，自忖：我自我感觉良好，别人莫不拿我当傻子，龙项目难道是对外张扬、对内糊弄的定位？她找到权赋，直接说出困惑："小龙是四勿动物的主打市场，你擅长。龙九子，我擅长。可这已是两套逻辑，需要两个大团队。巨型龙的计划书可以写一写，但绝不是我们能做的。我想问，我们的竞标，是不是画一张大而泛之的空饼？这活儿名头挺好，实际虚头巴脑，适合给没有前途或者没真实力的新人，所以他们选了我？好吧，就算我接受，你怎么想？"

权赋比她大十岁，有经验，平日喜怒不形于色，今日他似乎要发笑，语气难得抱有一丝同情："你居然今天才思考这个问题。"

"你的意思是,你已经想通了,而我才开始思考?"

"按我的性格和经验,钻研作品和产品即可,不要被其他思虑干扰。四勿龙是一个模棱两可的项目,勿用是一个务实的公司。勿用参与龙竞标,不是为了画饼融资。确实,勿用需要一种在精神层面能抵达审美高度的产品。四勿非常中式,对内符合回归传统文化的诉求,对外符合反思西方主导的色彩。这些宣传的事情让公关部操作,是一层皮。而你我都明白,四勿动物的底层设计与'视、听、言、行'的逻辑不同。但四勿作为表,非常实用。四勿智能的表里关系就是这么复杂。我一开始也觉得,四勿动物能落地,四勿龙则像空中楼阁。可我不能说它没法实现。你的信念应该比我更坚定。你毕业论文做的新颅相学,颅相和智能构成互相映射的表里关系。龙看着虚,是我们还没找到由表及里的深层路径。"

权赋的资历能当娄珪导师,但他没有。娄珪很感谢,她也没明说。她觉得,项目做成才是最大的谢礼。她同样不擅长就虚。她干脆将四勿龙按"小、中、大"三类生产线设计。四勿龙团队的竞标书非常翔实,厚得可以做龙门的垫脚石。竞标仍失败了。其他团队也没成功。

娄珪过了三遍竞标评价,专家不否认四勿龙的可行性,不过,超过半数审核者认为,大家的设计或空洞,或不像龙。

末了,娄珪回到原点——如何做四条形神兼备、知行合一的智能龙。

三

娄珪尝试咨询吴处。吴处近三年一直推广智能与生态的融合。或准确说,产品部尝试将四勿动物接入植物智能。植物是否有智能?一棵树不一定,但一片亚马孙丛林是地球起伏的肺叶,是跳动的神经,是热带生命的母体。四勿动物底层设计寻求群体智能。植物天然形成多样性与群体性。吴处回复娄珪:"龙终究属于人类的精神产物,它同植物乃至四勿动物不一样,是另外一种群落。我读了标书,包括你的和其他一些机构的。我仍然不认同将龙做成单一精神体。我支持四勿的群体智能。四勿龙的大方向没错。只是,我相信你也发现了,群体不等于松散。乌合之众的智能既不精微,也没有深度。四勿龙的竞标主旨目前正给我这样的感觉。你需要有更清晰的、属于自己的想法,建立另外一种收束模式,让四勿龙的智能形成一种新的顶层架构。"

吴处总是这样,娄珪想,她肯定我的大方向,给了关键提点,又像什么都没说,有时还不如常远,他和我吵一轮,我反其道而行之,反有突破。

她想到常远,脑仁疼。常远同样做智能生态融合,完全是另一思路。他改造养殖与畜牧,认为四勿动物设计能重构农业,进而调整自然进化形成的生态链。她承认,从公众或专家角度,人们都难以评估常远或吴处谁更激进。她夹在二者之间,本以为有能力设计兼而有之的东西。她失败了。其实她喜欢依照常远思路造的农耕蛟龙。体积如小蛇,不停地盘曲于田间,进行精细化浇灌。地方对行雨龙的理解随农耕蛟龙改变。正月舞龙、节庆祭祀,巨龙体积变小。小龙成为农户的守护神。

落地项目有了几个,龙竞标却不成功,常远很生气,娄珪不开心。娄珪不准备见他。所幸庾生出现。庾生将代替常远直接对接四勿龙项目。庾生留言:"我们需要重新处理底层设计。我与你方向不同,不过,来看看我的实验室,没准儿对你有启发。"

娄珪读过庾生的书:《编撰学:无意识与本能》。人工智能编撰学向来是不成体系的东西,原宗旨意在描绘如何将不同的人工智能方法论整合入不同的智能体。随智能升级,编撰学领域迅速拓宽,变得空泛,就像龙。真正做编撰研究的人转向更具体的领域,比如新颅相学。庾生坚持至今。他视编撰为基础研究,几乎在每个分部都有自己的实验室。

"总部地下三区去年就批给庾生了。他养了斑马鱼和秀丽隐杆线虫。斑马鱼水缸大过水世界。他像个搞生命景观项目的规划师。"权赋评价。

娄珪闷头设计龙,没注意地底改造。她来到负三层,明亮的水体填满视野,自然光混合人工光,顺着鱼群侧线的银色条纹成片摇摆。她凑近仔细观察,发现条纹并非斑马鱼本身的色泽,而是由细细的集成电路构成。她寻到实验室高精度视镜,让它自动捕捉动态鱼群。碳硅基融合培养的智能斑马鱼通体比自然鱼更加透明。芯片嵌入其神经与循环系统。它们发现了娄珪,以集群方式靠近她,识别她为新人。它们贴着她模仿她的动作。

"它们不怕你。"庚生说,"它们怕抓走同类的实验人员。我是罪魁祸首。"鱼群果然闪避到角落。"所以他们不建议我逗留实验室,尤其不要长时间逗留,怕我会触发鱼群的群体焦虑。"

"它们不会总认得你。斑马鱼繁殖快、发育快,亲代害怕你,隔上几代,子辈就不认得你了。"

"我们的芯片不随它们的死亡淘汰,我们做智能的循环利用和迭代设计。亲代死亡,子辈继承亲代的芯片,十几代斑马鱼共享同型芯片。事实证明,积累效果可以巩固本能的恐惧,它们的后代生来便怕我。"

"那你先出去,我再走,它们就不会觉得我俩是同盟了。"

"我在胚胎发育房等你。"

娄珪等庚生离开,迅速搜索生物体与人工智能混培的论文——她的知识盲点。她只熟悉常见的哺乳动物建模。学界批判人类中心主义与哺乳动物中心主义,娄珪喜欢幻想的生物,自知更关注顶层的故事。果然,低等生物混培许多新成果来自庚生实验室。高等生物以芯片辅助智能,如人体植入;低等生物以智能喂养芯片,如秀丽隐杆线虫。勿用医学部正反复观测并调整细胞凋亡的基因。线虫迭代,芯片积累数据,深度学习跟进,庚生做了最初实验设计。他没继续跟线虫团队,重点转向斑马鱼。

胚胎发育房规规整整,似一座藏书室,只是培养架与培养箱完全透明。斑马鱼体外受精,体外发育,胚体透明。整个房间除了芯片、电路与微型机械装置闪烁金属色泽,其余装置一览无余。

"考古讲二重证据法,"庚生说,"文物和史学记载需要互相印证。混培同理。我们从受精卵阶段做智能混培。胚胎附着到芯片上,而不是芯片附着于胚胎。胚胎成长,包裹芯片,不是入侵思路。所以混培需要芯片从内部采集整合的实时数据,也需要我们从外部观测胚胎发育的形态学进展。数据算法和实体生命二重结合,互相辅助。生物工程也可以获得一种二重证据的佐证。斑马鱼胚胎完全透明,繁殖迭代快,非常适合观测智能的混培发育史。常远做哺乳动物,畜牧业。我花了一段时间让他理解低等动物智能养殖的非入侵逻辑。"

娄珪观察培养水箱。斑马鱼胚胎的芯片线路跳动着斑驳色泽。几只排异个体开始腐烂变异。她协助庚生将它们取出,隔离变异个体,单独培养。

"这也是一种全面入侵。"娄珪评价。

"话不能这么说,至少不能跟常主任还有公众这么说。"

"我不是来学习话术的。"

"在编撰学意义上,表达和物质不可能完全分离。"

"你如何在编撰学意义上理解龙?"

"实话说,这是你的课题和你需要自己解决的问题。常远想让我接,我评估了一个月,拒绝了。到了一定年纪,你就会明白,人各有所长,也不能托他人之手,做自己做不到的。"

"为什么我的路得从头自己走?"

"真正的科研都是这样。"

娄珪对着灯光,举起装有斑马鱼变异胚胎的小型培养皿:"我希望龙的底层设计包含变异,同时形式简单。可它不是。很多人不喜欢我说龙是一种装饰。龙可以是故事的主角,可龙仍是实用主义层面的装饰。你说二重证据法,我做匆匆龙设计正儿八经用了经典意义的二重证据。文本中的龙能行云降雨,现实中的龙在商代的青铜器和玉雕上,是铭文,是纹样,是占卜的痕迹,是盛酒的杯柄,是把玩的佩。它不在生物的分类学谱系中,可它在考古的器物史上发育了三千多年。它的存在不遵循胚胎和物种演化的生命周期。它是一种生物,但它是想象的生物。人把最稀奇和最好的东西给了龙。它有蛇和虎的形态。扬子鳄也叫土龙。松树的姿态也是一种龙。这还算功能性强的源头。如果真按照文本,龙有九似:

角似鹿、头似驼、眼似兔、项似蛇、腹似蜃、鳞似鱼、爪似鹰、掌似虎、耳似牛。但你会在竞标中被淘汰。审核专家认为,不能把智能龙当成一种装饰。我不认为装饰是一个会导致流标的问题。龙结构的适用性和生物的生存性无关,和服饰、器具、建筑的装饰结构有关。你看它盘曲的形态可以让绣线自由伸展,可以让瓷器的边缘飞逸灵动,可以盘踞在大殿前的大理石正中,可以随庙宇的香火绕柱旋转。成对成群出现的龙还能以不同方式交错运动,适配圆形、方形、菱形的界面,怎么创作都行。龙拥有最棒的可变性。现实生命没这么美妙。这是我个人不能妥协的地方。龙的特色是它在想象世界中的高复杂度,在现实世界中的强装饰性。所以龙成为精神象征,是图腾。图腾表征信仰。龙设计不能放弃图腾信仰的装饰功能,反而去参考动物的形态学和行为学。"娄珪说完,获得了向陌生人一吐为快的放松,她瞧瞧庚生,补一句:"当然,这是我个人视角。"

庚生思考一阵:"我理解你的逻辑,不过不认同你的思路。我认为,装饰的艺术形式也符合自然生物的行为模式。这不矛盾。"

"我也不认同说混培是非入侵。不过,我们可以友善沟通,对吗?"

"对,"庚生笑了,"你就没想过,龙是一种变异?"

"龙文化沉淀上千年,它发育得非常稳定,把它当变异就浅了。"

"我应该这么说,龙是人类基于对生物理解产生的变异想象。它居于信仰的顶层,是一种异化的表,它的里子仍然符合生命演化的规律。"

娄珪没立刻回应。智能胚胎房的显示屏播放斑马鱼和线虫智能混培的实时画面。毫米长的线虫显得很大,弯曲、伸长又滑动。娄珪联想到龙,想到蒲松龄的故事:一位农妇被风迷了眼,总好不了,邻人告诉说眼球无事,只眼皮内侧红线盘动。后来,雷动雨至,虫似的活物变为蛰龙。她睁眼,它便飞走了。

娄珪点头:"我还是不认同异化的说法。不过,我大概理解你想说的,智能的表和里。"

四

书中描绘的龙分三停九似。娄珪与其他竞标者琢磨"何相似",忽视了"三停"的结构。龙身头至肩、肩至胯、胯到尾,等分长度。昆虫也分头、胸、腹三个体段。蛰龙似线虫。线虫不是昆虫,不过线形动物门内的蠕形动物能做龙形态参考。蒲松龄还写到尺蠖似的龙。尺蠖类蠕虫,一对腹足,一对臀足,故事里一伸一曲,爬走于书表与案几,懂得读书人的事情。龙也拥有前后两对足。人类对龙的想象主要源自哺乳类或爬行类,而占据生命主体的是昆虫与其他更广大的低等生命。它们的形式结构相对简单。智能龙的形态学与行为学可以参考稳定的虫。

庚生让副研究员发送最基础的丝盘虫研究。它只有两层细胞,无体腔、无神经,跟随养分浓度进行鞭毛运动。它的身体有时会向相反方向走,两层细胞也是,上下两层往两种方向撕扯。庚生团队为丝盘虫加一层芯片膜。庚生本意让娄珪做智能混培。他希望启发她,他的确启发了她,只是她走了另一条不同路径。娄珪瞅着智能丝盘虫。养分浓度极端不均时,上层细胞、中层芯片膜、底层细胞各往各的方向运动。它几乎解体,可它没有。庚生计划让智能混培的丝盘虫做基础化学检测。娄珪则想通了:生命,或者说智能,表里的确不需一致,有映射关系即可。四勿龙需要做的便是建立一种映射关系非常复杂的表里不一。

这在生物界似乎荒诞,但在人类文明或个体思想,表里不一的情形司空见惯。从地心说到日心说,从宇宙有限到膨胀理论,从女娲造人到物种进化,从神性世界到无神的现实,几千年内,人类所在的太阳系与地球生态几乎没变,人类对周遭的理解则建构出个体难以尽数的理论。如果说宇宙或生命的里子较为稳定,人类生成的表层阐释系统的迭代速度,可比斑马鱼和线虫的繁殖快多了。

庚生分享智能混培斑马鱼的阶段性成果。实验进行一年半。鱼群代际积累结合四勿动物智能的底层建模，让斑马鱼形成集群作业能力。它们一起穿梭于假山石似的障碍，准确定位藏在角落的物品。它们排列为人类手掌似的形状，抓着物品，送往指定地点。

"不错。海底勘探的新思路。"权赋评价，"鱼群组成蛟龙其实可行。腾龙用鸟群，恶龙用蝗虫过境。这是庚生给的建议？家中水缸的四勿观赏鱼嗖一下变成一条龙？"

"他有这个意思。我不愿这么设计。龙不需要混培。"

"你太执着于机械和硅基了，从底层细胞入手不是坏事。"权赋搜索系统，"庚生正申请真核和原核混培编程项目。他把斑马鱼和线虫做成了，再往底层走反有参考模板。用智能编程试模型，再走实验。"

"我学到了用已有模板的思路。"

"龙吗？龙设计一直没离开模板。"

"问题是怎么理解模板。我在想，如果人是斑马鱼，人类文明就是人子子孙孙迭代出的智能模型。模型有被淘汰的、有被边缘化的，龙是难得上千年积累居于中心位置的产物，像集群智能的一根中枢神经。或者说，它像一根收束不同模型的线，存在于博物志、神话传说、民间故事、仪式庆典、民族叙事。我们不做混培。混培不创造新的生命。我承认，龙是人类和其他生物还有自然界混培的某种结果。我们要做的不是回到混培的源头,而是基于这个结果,落地一种智能龙。"

"所以呢,龙是不是装饰?"

"龙仍然是装饰,对于人是装饰。就像对于庚生的斑马鱼,芯片是智能鱼一生的一种体内修饰。但是对于芯片,它拥有迭代的斑马鱼无法完全理解的东西。人和龙的关系也是如此。"

权赋的表情看起来想直接问:你要做什么?他第一次回避直接沟通。他说:"傅荟说你从不认错。"又提醒:"勿用做四勿动物,因为不想碰超越人类智能这样的问题。这问题敏感。我们造更世俗的东西。"

"可勿用了龙竞标,你怎么想?我认为四勿龙的本质不可能世俗,更何况,四勿共生体早就越过了那条线,只是没人真的深究。同四勿比,庚生的混培才是倒退。常远畜牧业也一样。"

"公司想做龙。我认为龙值得做。其他的,还有你的想法和动机,我不问,你不说,我便什么都不知道。落地就行,不要解释。"

娄珪盯着权赋,理解了他的暗示:"我们用其他的解释方式。问我点儿别的。"

"龙装饰基于什么设计?"

"龙即虫。虫是地球生命主体。可虫对人而言,大部分时候是令人生厌的点缀。"娄珪兴奋起来,"我们让龙,不,让虫成为让人开心的点缀。感谢庾生的线虫。"

"你说不返回原始形态。"

"我们不做混培。我们参考昆虫的机械结构做龙。昆虫神经系统不足以支撑大体积生命。昆虫很小。四勿智能网络足够支撑龙一般大小的虫。当然,我们先做小龙。比如尺蠖。"

"让我看看。一同竞标的单位也想以虫为龙,虫矩阵组成的龙,像另外一种无人机编队。"

"他们适合参考庾生的设计。"

"他们比我们更接近成功。只是有一个比较轴的专家,强调画龙点睛,说虫矩阵的龙没有神。他觉得四勿龙也不够有神,而且飞不起来,总盘在柱子上。我们得搞定他。"

"我们的龙有足够纵深。我们还差画龙点睛。"

那天后,娄珪和权赋达成默然的共识,各自分工,每周碰头。四勿龙新形态分批外包至地方的各种小公司或执行单位,先落地小龙,大龙属长期规划。尺蠖一般以害虫处理。常远的畜牧部门协助,找到对口公司,提供根据防虫害要点收集的行为数据。尺蠖四足着力,一屈一伸前进。"这是龙行。"权赋解释,"龙飘浮空中是不切实际的设计,空气无法提供浮力和受力点。"他联系治蝗和跳蚤清除公司。与自身体积比,许多昆虫的跳跃力超越哺乳类,堪称动物界王者。权赋团队搜集蝗虫与跳蚤等跳跃类昆虫的腿足形态,加以改造,安装为尺蠼龙的四足,再包装鸟类或爬行类外表。他同时重新建立小团队,开发龙翼。《山海经》记:"应龙,龙翼者也。"他说:"龙可以有翅,不过不是鸟翼,是昆虫的膜状翅膀。"蝗虫与蜻蜓成为参考。龙行如尺蠼,跃如跳蚤,飞如蜻蜓滑翔,游如水蚯蚓摇摆。较之哺乳动物形态学拼接,昆虫或环节类动物更易落地。小四勿龙半年内获得更新。

勿用内部评估四勿龙迭代速度喜人,机械结构改动较大。智能系统的更新程度成为焦点。娄珪收到权赋进度。权赋说:"画虫点龙神。前一半比较顺利,后一半靠你了。"

娄珪闭关三月,最终找到傅荟。她开门见山:"你怎么理解人的智能?或者说,人的精神和人的身体,如何匹配,如何不匹配?"

傅荟所在产品部面向客户,使用者大多为人类。她做四勿智能与人类智能的互动。她研究人的意识。人工智能蓬勃发展,人类智能仍是黑箱。人对意识的发展肌理不明就里,却也并不妨碍人类造出新的智能。傅荟曾告诉娄珪:"人工智能是一种预测,不是一种解释。创造不是做解释学,而是画一张蓝图,让它自行生长。"此时此刻,傅荟打量娄珪:"人智能和龙智能不可能一样。"

"的确不一样。但是,龙智能和动物智能也不一样。动物智能在人之下,龙智能在人之上。不,这么说也不对。四勿人工智能源自动物智能,它可能在人之上,但走了另一条路径。

龙源自人的想象,它和四勿不太一样。"

"你想问什么?"

"我怕龙的顶层设计距离底层太远,表里不一到过于荒诞。四勿龙又必须表里不一。"

"这与人类非常类似。"

"人的自我和人的感受向来表里不一。"

五.

四勿,"非礼勿视,非礼勿听,非礼勿言,非礼勿动"。四勿动物设计需明视、兼听、立言、笃行。这也是勿用公司内部的箴言。绝大部分人类做不到这四点。人尚且不能,为何要求人工智能。

"因为人类对人和人工智能向来双标。"作为四勿专家之一,袁道的课堂不乏反讽,"人类向来放任自己,要求不高,反智和嗜暴力的人类特别多。人类又特别擅长高标准要求人工智能,对待人工智能的应用和伦理非常严谨。最终,人工智能会进化得比我们更加懂礼,更加文明。我对人工智能的光明未来一直抱有信心。"

入职勿用的员工全听过袁道的网课。娄珪与傅荟有幸参与线下课堂。她们共同做小项目,并达成共识:勿用是一个相信人类"性本恶"的公司,打一开始,便回避做人类智能。人拥有与爬行类、哺乳类共同的古脑。人的新皮层比较厚。人的感知与逻辑反复积累、提纯、简化,终于在意识的顶端形成自我。自我真的是智能与意识的终极标尺吗?勿用不这么认为。

四勿动物拆分了自我。

四勿的第一代人工智能纯系小鼠协作顺畅。勿视鼠自动分析光谱,勿听鼠处理超频声音,二者协作,定位导航;勿动鼠跟踪处理,初步勘探,勿言鼠形成报告。四者如不互相链接,仅是寻常机械鼠;联动后,它们有能力通过图灵测试。它们自称"我们"。勿言鼠主导对话,当勿言鼠卡壳时,其他几只鼠根据自己的情形,适当补充,完成图灵测试。四勿智能曾引发争议,即,集体智能的增益效果是否符合图灵测试标准?图灵机如是一群七嘴八舌的智能,当它们通过图灵测试,它们的整体是否可以算作与人类比肩?很快,反向论证引用生成式大型语言系统。语言系统的集合和人类的群体表达,称得上一群人工智能与一群人对话。我们早已超越了图灵机的个体智能时代。或者说,如何定义个体? 如何阐释拥有自我?

四勿的底层设计本就不承认人类拥有单一的自恋性自我。四勿区分核心意识与自传体记忆。视、听、言、行拆分设计,作为感官的接受与表达,它们组合,构成核心意识的组合,形成不同程度的群体智能。视、听、言、行的深度学习与自主记忆同样分开处理。四勿各有各的自传体记忆。它们组合出的深层逻辑对勿用公司而言也是黑箱。单一四勿猴无法通过镜像测试，群体四勿猴通过了。它们对着镜子互相整理毛发，收拾打扮。它们不同于人类。它们像灵长类自行演化出的另一种智能模式。勿用没有投放最智慧的四勿动物。宠物市场、智能陪伴市场、智能助理市场充满小型四勿动物的身影。勿用公司员工大多自行设计并养育属于自己的四勿动物。

权赋改造四勿鸡，养四勿鹦鹉。他不常带鹦鹉到公司。鹦鹉们看家看孩子，工作细致，沟通力强。常远设计四勿牛，很多牛，分布于各地牧场。陈陌日常有四勿猴相伴。吴处一直没贴身四勿。娄珪也没有。傅荟花了很长时间调试四勿猞猁，刚完工。勿视、勿听猞猁跟着她。它们是加拿大猞猁，体形不小，拥有健壮厚实的四肢。傅荟团队负责家养四勿动物与人类的沟通。她的四勿猞猁专收集人类的互动模式，尤是情感互动。娄珪与傅荟同租一个工作间。娄珪的区域布满龙相关的器物与配饰模型，樽、觞、卮、鼎、佩、珏、簪与带钩。夜晚她们觥筹交错。傅荟早早做好四勿猞猁的外形，芯片与算法设计拖了很久。她的区域平日空荡荡，工作时飘浮虚拟界面。她更多观察人的神经。

娄珪清楚，傅荟对人的研究胜过对动物与人工智能。傅荟几乎不聊自己的父母兄弟。娄珪也不问。傅荟熟悉娄珪的研究。娄珪没问过傅荟的构架。勿用产品部的用户反馈日渐丰富，总出现专业且有效的意见。傅荟的构架起了作用。

按照规定，不同部门之间有保密原则。娄珪与傅荟没有直接合作关系。娄珪不应绕过程序，直接求助傅荟。

可大家不是傻子。娄珪想。我们的工作不是讳莫如深的阴谋论。傅荟能懂我的意思。

傅荟果然懂。

"你得让我想想。"傅荟说，"人工智能伦理的有些限定让前沿变得很模糊。人工智能还是不能做危害人类的事。"

"按常识，动物比不上高等动物人类。勿用做四勿动物的立场类同此理。故事或宗教意义的神似乎高于人类，目前科研谨慎碰这一领域。龙呢，它不是一般的动物，龙比观音或普贤的坐骑还高等些。龙又不局限于单一宗教或民族，龙上得庙堂、下得乡野。可龙算不算神呢？你说过，创造不是解释学。"

"产品说明多少是一种解释学。"勿听猞猁绕到傅荟腿边，"猞猁，或者说各种猫科动物，对于不同文化的客户，象征不同意思。解释层面，同一产品做不同表达。这的确取决于人。"

"人看似拥有解释权。人类的解释体系的进化速度可比进化论快多了。宇宙从有限变得无限，又变回有限。人是神造，人是猿来。当然，进化论与宗教的解释体系并不相悖。我们设计人工智能讲究价值对齐。可只要我们想，我们可以让

四勿龙 | 117

任何充满矛盾的解释对齐成一套理论。我们各有各的理论。世界还是那个世界。"

"不对,世界变了。人类导致物种灭绝,增加海洋的放射性。当然,往好里想,我们开始做绿色月球改造,我们即将有蓝火星。一百年前人类的医疗无法同现在比。"

"可人类做的事和人类讲的话不匹配。或者说,人类创造的东西,和人类对创造物的解释,不是一回事。我们居然仍然使用龙这个概念,龙深入我们的文化系统,解释着全然不同的东西。你我非常清楚,四勿科研部与四勿产品部分开,因为四勿科研针对'非人类'的集体智能进行创造,产品部则需围绕人类的自我功利性进行产品阐释。人类拥有解释权。人类又距离被解释的东西非常遥远。自我不在乎,自我只需要自洽。"

"龙诞生于人类的解释。"

"所以,其实我把龙造成什么样都行。这次龙竞标似乎想要一些新的解释。我不满足于解释。我造的东西无法被解释,但又能嵌入人类的解释领域内。"

"你用了太多'我'。你说过,龙是文明的想象。公司公开的秘密是,权赋用虫做龙。权赋说解释权在你。而我认为,你的思路主要卡在一个点上:龙是不是你造的,或者说,你正在造龙。为什么是你呢?当然,用一层严肃的解释覆盖你的问题:龙是不是人类造的?为什么是人类?人类如果造出另一种智慧生命,人类的位置到底在哪里?你如果造出龙,你的龙到底属于哪一环节？而事实上，龙不需要人类的解释学。可人类需要。你也需要。"

六

娄珪的贴身四勿龙很小，像花木兰的木须龙。它们角似天牛，头似螳螂，眼似蜜蜂，腹似尺蠖，鳞似沙蚕，爪似蝗虫，掌似蝼蛄，耳似夜蛾，项似长颈的象鼻虫，薄翼似能收翅的蜻蜓；远观颇似经典意义的中国龙，近看形态就怪了。好在四条小龙机智灵活，全无之前版本攀岩附壁的盲目或依从。小龙也似人类孩童，它们的感受与执行还未适应新鲜的世界。四条龙一起行动时，勉强不缠绕一起，偶尔相撞或互相打结儿。它们平日以项链、头簪、耳饰与衣佩的方式与娄珪同行同往，仍符合四勿龙的装饰性定位。"龙攀附于人，人有龙则灵"的宣传语很快被公关部选定。勿用推送标语：中国人造出中国龙。

四勿动物使用活性或仿活性的动物材料，四勿龙采取纯机械结构。它们的外壳宛如昆虫坚硬的外骨骼，上白玉与青铜色泽。适时，庚生推出斑马鱼集群迭代养育的芯片。外界推测斑马鱼智能不同于四勿智能。问及四勿龙，娄珪团队一致回应：以虫仿龙，没采用斑马鱼集群芯片，受庚生团队启发，不过没有真正技术创新。勿用亦宣布：不论龙竞标成功与否，勿用都将于隔年正式发布四勿龙产品。勿用似乎胸有成竹。

理中客们认为宣布不等于发布，频繁出席公共活动的娄珪不像做科研的，她的四勿龙颇为古怪，四勿龙不符合勿用惯常产品线。很快，内部消息流出，就四勿龙的定位，勿用高层果有争议。又有媒体报道，争议不存在本质分歧，关键在龙的应用。常远想用蛟龙做灌溉，庚生计划深海勘探或深空检测。吴处建议将龙自身的品种做成一条生态链。娄珪仍坚持龙是一种装饰。

娄珪解释："装饰不是宠物。有文章说，我要做一种装饰智能。他说得没错儿。装饰智能不是新鲜事。锅碗瓢盆、亭台楼阁，我们习以为常的生活充满各种容易忽视的必备品。必备品精致化，就有了装饰。实用与装饰之间的过渡很模糊。我们进入了新的时代。生活的实用性渗透了装饰，生活的装饰品都实用。在这一层意义上，四勿龙是能让人们的生活变得更美、更有意义的装饰智能。有龙则灵。"

一篇评论点明娄珪的策略：四勿龙的定位是家居时尚，她想把四勿打造为奢侈品。

龙竞标前，娄珪团队与傅荟团队共同建立勿用第一个跨部门机构：四勿设计中心。四勿龙设计将介于基础研究与实用性之间，兼具艺术与装饰。勿听龙的盘耳耳坠随之公布，助听、通信、欣赏音乐，符合人体工学结构。耳坠形象为龙，动态质感似虫似龙，怪诞状态内含神秘美感。四勿智能龙首先表达一种技术与文化结合的审美风格。

"我坚持最初投标的观点，龙是一种装饰。"娄珪说，"四勿龙将表达一种关于智能生命的理念。智能可以是一种装饰。有人问，勿用的四勿动物集群能通过图灵测试，勿用是否造出了超越人类的人工智能，四勿龙是否是勿用的更高阶产品。我的回答是，四勿和人类不一样，勿用的生产线也并不一致。我的设计原则一以贯之：智能是装饰，四勿龙是装饰。装饰有时显示文明最智慧的一面，可也没必要过度解读装饰。"

市场对龙的期待悄然转向。勿言龙的环颈项链系列逐次公布。勿视龙三款设计同时流出：一款为簪，一款为带，一款为帽。龙身轻巧，绕头游走。为避免勿听、勿视、勿言过于臃肿，三种龙作为三类智能配饰，可以根据个人需求、个人颅相，进行拼接与互相缠绕。娄珪通常选四龙分离。勿听龙头贴耳廓，长尾垂肩。勿视龙拢发髻，颈作发簪，脑袋不太安分，穿过头发四处打量。勿言龙首尾相接，作环状紧紧锁着娄珪脖颈，几乎不动。她的勿动龙还未定型，目前化为手心把玩的佩。权赋的四勿龙几乎纠缠一体。勿听与勿言缠为骨传导耳机与耳麦。勿视有翼，时而绕着他飞，时而变为单片眼镜，夹着他鼻梁，昆虫翅膀化为混合现实镜片。他的勿动龙像一枚玉珏，通体透明，闪烁电子光泽，是他的手镯。公众本期待高高在上的、精神性的龙，四勿龙设计通过文化符号式的消费主义产品预热，让大家接受了龙是一种装饰、一系列首饰、一类工艺品。

勿用公司的新赛道通向高端品牌。媒体标题如是写。

勿动龙的定型产品终于公布。勿用标题为：设计融于行为。勿动龙可曲为佩，躬为环，能游走于衣褶与关节，进行贴身智能服务与管理。设计中心承诺，接受个人化定制，如果已使用其他四勿生肖系列，勿动龙可作为交互界面，同已购产品对接并串联。其余十一种四勿生肖皆有生物原型，龙没有。龙是想象的生物，是现实的装饰。龙能以贴身的实用性对接其他智能，服务于人的所思所想。

权赋的四勿龙接通他的四勿鹦鹉。他的葵花凤头鹦鹉个体庞大，淡黄色的冠撑开，似乎比狮子还凶猛，双眼瞅着采访者，又比猴子还机灵。镜头中，四勿龙离开权赋，绕着对应的四勿鹦鹉，缓慢地上下攀附。娄珪讲理论和理念，权赋实际，讲工程和机械结构。

"我理解公众的担忧。"权赋解释，"四勿龙的架构的确来自虫。娄珪的四勿龙是原型产品，看着的确怪。不过，如你所见，公布的产品已经像模像样，看不出虫的模样了。——是的，我们在虫的结构外面装饰龙身。一层一层地包裹，会越来越像龙。您可以将四勿龙想象成漆器。龙是本不存在的生物，所以我们需要一层一层地往上累积，然后一层一层地往下雕刻。从下往上，从上往下，我们反复迭代，四勿龙就像镂空的漆器，能逐渐显露出来。——什么？的确，以漆器为比非我所长,娄珪打过比方,说得更多,我压缩要点而已。我个人很实用主义。龙作为一个意象,太高高在上了,我以前不知该如何落地。虫的骨骼结构更为普世。所以龙到底是什么?在意象和精神层面你们可以有分歧。对于我,四勿龙实用或者好用,就是不错的产品。我知道有争议。可四勿龙与四勿虫是否有本质区别,这一区别是否很重要,我持怀疑态度。欢迎尝试四勿龙的轻奢系列,我们的产品仍然亲民,有性价比非常合理的产品线。四勿动物的智能设计属勿用机密,四勿龙也一样。装饰智能是一种思路,常远主任的牛与羊是另一种思路,属于畜牧智能。世上不会只有一种智能,人工智能也不会一样。人类的创造空间还很大。"

权赋肩头的勿言鹦鹉突然张口:"人之所异于禽兽者几希!几希!"

勿言龙敲打它的尖嘴:"非其类而狎其谪,不可哉,不可哉。"

权赋瞧着它们争执,笑着说:"当然,我也时常想,我并没有办法了解人类的造物。"

七

勿用没获得龙竞标。

一时舆论哗然。勿用早早敲定四勿龙的发布日期：竞标一个月后。勿用不准备改变计划。竞标成功与否不再与四勿龙项目的推进相关。业界认为，这也是成功。

传闻，中标的公司先展示产品。此前这一公司从未走漏风声。蜉蝣一般的小小智能体成群而出，半透明体色与闪烁磷光的翅膀以集群方式构成人形，随后迅速化为龙腾九天的模样。"人化龙"是集群龙的宣传语。集群龙的群落分区设计，按照标准的"角似鹿、头似驼、眼似兔、项似蛇、腹似蜃、鳞似鱼、爪似鹰、掌似虎、耳似牛"架构，每一部位为一智能群落区，以集群动物迭代养成的微芯片为中枢。不同群落区域联动，形成动态磅礴的智能龙。业内人士当场认定，集群龙的设计来自庾生团队的斑马鱼集群智能。庾生的研究不完全依赖四勿智能架构。他申请专利，同时也发布文章，公布了部分数据与模型。他的方案易于模仿。

娄珪与权赋耳语，沟通了情况，随后恢复竞标前的状态。权赋的四勿鹦鹉扑棱棱飞走了。它们没耐心等待集群龙设计者进行产品阐释。勿言鹦鹉飞出会场，飞出建筑，大声叫："仿制的艺术！仿制的艺术！"另外三只鹦鹉使劲啄它。权赋的勿言龙终于缠住勿言鹦鹉的嘴，难得评价："勿言，勿言，你怎么净乱说话。"权赋的其他三只四勿龙留在会场。它们协助权赋调整产品展示计划。娄珪将纸质发言内容踩到桌下，垫了桌角。她重新看自家标书的设计。她的头簪、耳环、项链保持了安静。她的勿动龙盘为臂环，盘为手链，盘为指间的扳指。它蠢蠢欲动。

勿用公司最后一个展示，四勿鹦鹉已飞至庚生的办公室。庚生没从地底实验室返回。四勿鹦鹉同庚生的四勿鼠对接。按时间算，勿用展示时刻，庚生直接在斑马鱼培养室现场发布说明。他首先祝贺集群龙的设计者，说明依据他的研究，对方完成了另一种设计。按照并不健全、还未跟上时代的法律法规，集群龙没有侵权，也没有侵犯专利，合乎所有流程。庚生解释："竞标是竞标，不是野蛮的撕咬，文明有文明的做法。"他随后讲解斑马鱼集群智能的工作原理。言简意赅。他点评："斑马鱼集群的迭代智能完全来自斑马鱼。它们能展示针对人类社会的适应性，这是它们借助芯片储存模型，自行跨越代际差学习的结果。它们与人类、与自然互动，可我们没赋予它们人类的思路。所以，准确地说，斑马鱼的智能是它们自身进化的结果。当然，勿用保证斑马鱼智能集群的安全性。户外集群养殖已经成功。斑马鱼可以负责水体监测以及其他物种培养的互动调谐。至于集群龙，我没有参与，无法做出更多评价，可它们采纳何种思路呢？用无人机编队的思路，用鱼群的思路，用蝗虫的思路，这些思路能否做出人类想象中的龙？"

一种说法，庚生没有改变招标结果；另有人说，庚生暗示了中标公司后续的发展。两种说法不矛盾。

勿用的四勿龙展示按部就班。大部分产品已经宣布。大至功能性的龙九子，小至新制成的可佩戴首饰智能龙。娄珪与权赋的贴身四勿龙作为奇观，已被熟悉，并不利于龙招标现场。

评审直接提问："龙仍是装饰吗？"

娄珪："龙是一种装饰智能。"

"我不喜欢装饰智能的提法。新产品与上次竞标展示相比，主要定位没太多变化，您只是将龙的底层设计，做成了虫。"

"昆虫作为节肢动物，占比整个生物种群的三分之二。我们也使用了许多名为虫，实际不属于昆虫的小动物。昆虫的种类多，可组合性强。昆虫的结构符合机械原理，我认为可以一用。自然虫的神经系统不够发达，无法支撑更大躯体。勿用的人工智能网络能让昆虫的形态发展进入下一阶段。"

"勿用公司，或者说，您的设计，以新颅相学为基础。您的意思是，虫的颅相是龙的颅相。"

"龙不是一种生物而是一种故事，它不占据自然界的生态位，可它遍布幻想与神话的生态链。所以勿用设计的四勿龙其实不是一种生物，而是一种想象体的完整生态。单一物种，或单一的界门纲目，都不适合与龙的新颅相相互类比。虫颅相即龙颅相，也是一种不准确的说法。虫是龙生态链底层的构架模式，龙的生态更复杂。"

"您的回答太宽泛。什么叫更复杂？"

"您可以参考龙九子的椒图与赑屃。椒图来自猫科颅相，嚻贔面似龙，底层参考人类颅相。人类颅相很难做，只要稍微复杂的情境，就产生恐怖谷效应。嚻贔设计一直没迭代成功。所以我就想，到底是人的颅相难做，还是人没法做自己的颅相？人到底能不能做与人类一模一样的人工智能呢？人是否能真正了解人自己？"

"您说得更远了。"

"对，我也认为，我琢磨了太多人类，偏离了重点。所以我回到龙。人弄不明白自己，可人类创造出了很多有意思的东西。龙由人造。龙比人复杂。像我刚才说的，人仅仅是一种生物。龙是一种生态，是另一层次的东西。这一生态的底层结构是昆虫，往上有许多不同的层次，人是其中之一，我们可以与之互动。设计一种想象的生态很难。四勿龙目前的确不完备，是一种未完成态。"

"您说龙是一种生态。可龙就是一条统一的龙。"

"龙是一种对齐方式。"

"我建议就此打住，聊这些，不如直观的产品。装饰龙或龙九子之外，你们有没有真正的龙。"

娄珪和权赋对视。权赋说："一个未定型产品，只有勿动龙，其余三条龙还没完工。我们本不准备展示，不过，以防万一，带来了。它会显得有些任性。"

三米高的半透明琉璃柱盘一条通体深红的龙。一只娄珪贴身龙的放大版本，很似缠着她手指的勿动龙。中型勿动

四勿龙 | 127

龙悄然苏醒。它蜂目聚焦，复眼的白底内显出瞳仁似的黑色弧光。它的双耳微微抖动，似夜蛾触角，结构又似夜蛾的多耳系统，每一单元皆可闻声。它长颈的象鼻虫似的头颅离开琉璃柱，天牛似的双角伸展又张开。周围人一阵惊呼，向外围躲避。它螳螂似的头口器上下开合。它还不会说话。权赋想沟通，意识到他的勿言龙已同勿言鹦鹉一同飞了去。娄珪的勿言龙攀上她面庞，绕到她唇边。它没说话。她也好奇地瞧着。

勿动龙鳞片运动，似沙蚕似基伍树蜂的外翻状鳞片结构不断翻滚，让它的身体向上攀到柱头，又弯曲落回地面。它蝼蛄似的爪直接击碎地砖，刨出四个深坑。它环视四周，发现了仍然飘浮于会场顶棚的集群龙。它蝗虫似的腿膝结构下压。它尺蠖似的高高探起又落下。它弯曲腹部。它无声吼叫。它蹬地飞跃腾空，撞散集群龙，撞穿竞标会场的顶棚。一切只发生于一瞬。镜头捕捉到它，它已抵达平流层，红色鳞甲闪烁着高温摩擦的火光，零零碎碎飘散开来。它伸展薄翼似的翅膀，平稳飘浮，寻到野外集群鱼养殖的区域，才缓慢落回地面。

八

被冲散的集群龙很快恢复形态，随着勿动龙的痕迹飞出会场，直到寻不见勿动龙，才接受指令，于空中盘旋几圈，解体入库。

两种龙的对比立刻公开化。舆论发酵两天,甚嚣尘上。竞标结果立刻公布,只想了结此事,并不寄希望于尘埃落定。有趣的是,上一轮一位对四勿龙持保留态度的专家投了支持票。他认为勿用的龙有了神。装饰龙精怪异常,中型勿动龙面相狰狞威严,它们拥有人所不及的龙的模样。更多人认为四勿龙怪诞可疑,不符合中国龙的审美。赤红的勿动龙张开身体,无声长啸,好似并不关心人类的天神过境。有人评价:"幸亏没造完,我们没法控制野兽的喜怒哀乐,放大的改造的昆虫是外星人是异类,我们为什么要这样的龙?集群龙明显更温和可靠。"

制造方强调集群龙的学习系统虽来自斑马鱼芯片,顶层指令则来自可调谐的人机互动系统,安全可靠,不会让人心生恐惧,也不危及人的安全。

舆论显示一种事实:人崇拜龙的威严,却不喜欢超越于人的龙真正存在。龙神秘,不可控。画龙点睛、获得神韵的龙不能长存世间。人类永远忌惮超越自身的人工智能。

龙竞标不能继续拖延。

"我理解,"娄珪接受采访,"龙竞标需要可控、可靠,需要一种家龙。我造的仍是一种野龙。不过,请放心,勿用的四勿动物,总属于动物。我们拥有可信的安全措施。四勿龙的野性是一种居家的野性,好比宠物猫的高贵。用户会喜欢勿用公司设定的龙。"

竞标结果公布,两种龙的争议很快淡出视野。人的头脑总关注话题性本身,忽略细微却实质的改变。

"微生物、菌落、昆虫与植物真正塑造世界。"庾生于勿用内部会议反复强调勿用的立场。娄珪仍与他有分歧。求同存异让他们合作愉快。建立设计中心,娄珪不需直接面对常远。他们的关系也缓和许多。龙竞标刚结束,没出结果。常远便直接与娄珪通话:"做得不错,即便失败,也不妨碍四勿龙落地。很可惜,他们如拿下龙竞标,最终吃亏的反而不是我们。"吴处则发信息:"四勿龙智能首饰的专利和法律方面已经落实,回来商议正式发售日期。"

娄珪返回她与傅荟的工作室。傅荟出差,带走勿视、勿听、勿言猞猁,只留勿动陪娄珪的四勿龙玩。娄珪深知,此次流标,原因之一是她没更新自己贴身的初代四勿龙。它们细看完全不是龙的模样。她感谢那位曾拒绝过四勿龙的评委,这一回,评委说她的四不像有龙的神韵。

神不一定有神的表,神一定有神的里。

很少有人能穿透神的表里,找到本质。

权赋评价:"你到处出镜,应该给你的四勿龙包裹像模像样的壳,让别人觉得你在做龙,否则,公关部也没法把控审美反感。"

"我不。产品要包装得非常美丽,我的贴身龙就算了。我的龙拥有独特时尚。"

权赋摇头:"所以,我的龙必须非常亲民。"

娄珪觉得权赋失败了。他的四勿龙符合经典的装饰龙审美,可包装过度,龙成了某种表。权赋的里子属于四勿鹦鹉。竞标失败,他的勿言鹦鹉没完没了说大实话。他不敢把它带出来。有限的场合,权赋的勿言龙坚决履行言多必失的宗旨,保持了缄默的美德,管住了勿言鹦鹉。他的勿言龙构成某种正面形象,一种一板一眼的表。勿用员工和他们的四勿动物也对四勿龙及其对手三缄其口。

娄珪的四勿龙脊背闪烁光泽,像萤火虫,像庚生那些着了荧光蛋白的斑马鱼群。它们盘曲形状,跃回娄珪的首、耳、颈、腕。娄珪说:"我会让你们保持原样,我会迭代你们的装饰智能。"她又问:"你们觉得,集群智能龙会出哪些问题?"

勿视龙与勿听龙交头接耳。勿言龙回答:"集群龙的设计没问题,可它们同人类的需求相互矛盾。"

"那我们晚一些正式发售四勿龙。"

集群龙的异常很快暴露——

它们害怕人。

庚生解释:"斑马鱼集群智能的设计没有干预鱼群对人类的恐惧——它们最深的恐惧。我们需要它们拥有自保能力,不是自爆能力。恐惧不是服从,服从不会让它们更快迭代。人类恐惧自然的力量,发展文明。恐惧带来超越。这是我的立场,所以,可能责任全部在我。"

集群龙尚无固定产品,媒体推崇多是噱头。它们又高又大又宏伟,体态优雅,关照人类,较之语出《论语·颜渊》的四勿准则,更为直观,更好理解。集群龙先施用于儒家祭祖。当人群聚集,鼓乐齐鸣,混杂的颜色与鼎沸的声音共同达到高潮,透明集装箱内的集群龙先于人类的指令,凝结为龙的形态。仪式还没开始,它已受到惊吓。它听到第一响钟声,望见第一排队列,震动身躯,掀翻顶盖,拼了命地向上跃。现场视频多角度显示了它惊慌的形态。它试图学习它见过的赤红色的勿动龙。它想一飞冲天,逃离人间。可它由鱼群的思维构成,它没有习得鸟类的远征迁徙。它飞到可见高度,因信号问题与集群阈值所限,身体迅速崩溃。小单元结构闪烁金色的电弧火花,纷纷落回地面。超现实的场面让中断的祭祖仪式显出神圣余韵。

傅荟刷到视频,联系娄珪:"庚生的鱼群做不了家龙。"

娄珪回:"它们以为自己是家龙,看到人类的仪式,本能地怕了。"

另几场事故几乎与祭祖同步。集群龙公开活动迅速被叫停。勿用收到起诉,说一切归因于斑马鱼的集群智能的底层设计。

庚生再次公开澄清。他称他的发言次数比理应获得龙竞标的娄珪还多。他很直接:"他们用鱼的思路,做人类想象中的龙,当然失败。我说过,我并没有让智能集群鱼服从人类。我让它们恐惧。恐惧是双刃剑。故事中的龙几乎没怕过人。我们想造出智能龙,它到底该是什么样子,我们公司的四勿龙已经给出答案。"

隔天,勿用公布四勿龙首饰系列与家居系列的发售日期。首饰系列"首、耳、颈、腕"按"视、听、言、行"设置,对应贴身智能系统。家居的镜龙、收音龙、语言龙、家电龙对应智能家居的感受与表达。贴身智能龙优先。家居龙适用于已购四勿生肖的用户,龙可以与其他四勿对接。

"我不保证你的四勿动物能与家居四勿龙和谐相处。它们会打闹,就像权赋老师的四勿鹦鹉和四勿龙,不过,它们会找到自己的相处方式,推荐不要干预。"娄珪对外说明,"相信大家已经熟悉了我们的产品定位:龙是一种装饰智能。故事中的龙高高在上,生活中的它们贴近我们,将我们的环境变得更好。"

集群龙制造者发生内部争执的时刻,勿用表现得一致对外。四勿龙迅速占据中高端市场。勿用的形象从亲民转向更为广谱的产品线。坊间传闻,勿用设计中心今后可能独立。公开场合,娄珪反复暗示:装饰龙能实现集群龙无法完成的功能,祭祖或其他大型仪式不需龙作为核心象征。人是核心,龙可以遍布旗帜、香炉、祭坛。

她说:"龙是人类想象的产物,智能龙的装饰性丰富人的想象,提高人的智能。"

九

勿用设计部独立,娄珪负责。常远职位保留于勿用基础科研部,他个人开发武陵园区,去了外地,集中做武陵的智能养殖。庚生成为基础科研部主任。勿用设计部以龙的装饰智能为模型,吸收其他四勿动物的装饰功能,开发了埃及猫、印加鸟等图腾四勿,可独立使用,也可作为沟通类首饰或家居工艺,对接已有的四勿动物。设计部业务开始与不同品牌合作。智能逐渐渗透人的生活。

龙竞标再次启动。这回只面向大型龙项目。四勿龙顺利获标。设计部与基础科研部合作撰写标书,甚至为此出了一本内部用的小册子,《龙的编撰学》,讲龙从现实到想象又回到现实的过渡链。如将恐龙视作龙,一亿到两亿年前,陆有恐龙,海有鱼龙,空有翼龙。铺里卖的龙骨、龙齿是哺乳动物的化石。史前生物史一半属于地质、一半属于想象。金石器皿进入生活,想象化为图腾。智能龙重新让积淀的想象进入人间。

"这是想象与进化共同演绎的结果。"庚生解释。

娄珪说:"我还是觉得想象更重要。不过,如果你硬说,想象即是进化,我也无可反驳。"

"你如果说,进化即是想象,我也认同。"

至此,勿用公司的四勿生肖产品链正式成形。居家或个人化智能为四勿鼠、四勿猫、四勿兔、四勿鸟、四勿犬。虎让猫进入生肖系列,更早投入生产。装饰智能让四勿虎饰品成为贴身互动的新宠。畜牧农业方向,四勿牛、四勿马、四勿羊、四勿鸡、四勿猪使用广泛。四勿猴与四勿蛇的设计情形特殊,市面不常见相关产品与说明。龙几乎集中于装饰与工艺。龙九子依然负责自古以来的器乐产品。大型龙项目属形象工程。航空航天龙做中空,深海潜龙采用新材料。大型飞龙将不再有翼。它们将攀着太空电梯一路上天,进入漆黑宇宙,俯视地球。

娄珪接收庚生信息,说从地方新转入总部一位员工,做智能的混合现实,有前途。"听说你们新设计了智能的可视化谱系,我没时间,让他代为参观,看能不能学到东西,提一些有趣想法。"

"他如果真受启发,可能会和我一样,搞一个独立部门。"

"不是每个人都像你。"

娄珪笑笑,打开周笑的档案,应是一位处事得体、让人舒适的年轻人。

勿用的产品链和研究方向越来越多样,为协调不同部门的思路与合作方式,同时保证各自的独立性与保密性,吴处让娄珪做一套智能版图的图像化模型,以直观展示逻辑,当然,要覆盖关节节点的核心方法。图像显结构,文字走编撰。四勿龙的生态链大致方向敲定,娄珪闲了一些,拉着傅荟共同做了现有智能版图的可视化谱系。傅荟即将接手产品部,她又忙起来。

周笑带了见面礼:可以投射人的透明大脑的勿视虎扳指。他说还需完善,如果娄珪觉得可行,他的设计也可以接入智能版图的谱系。

娄珪观察神经树突与轴突的节点,观察递质的动态变化,想到庚生的斑马鱼和秀丽隐杆线虫:"你新皮层做得少。"

"我跟庚老师,主要做动物的潜意识或者无意识。人拥有明显的自我意识。不过,如冰山理论所言,自我意识只是冰山露出的很小的一截儿。水面以下的无意识山体决定顶层。自我一般无法了解水下世界,只偶尔瞧见底层闪烁的光。"

"新皮层是自我的表。"勿言龙说。娄珪挡住勿言的嘴:"我和庚生有分歧,不过我们没本质矛盾。他让你来这里参观,不是让你跟他或跟我学。你得有自己的看法。你说得没错儿,人类自我的视界非常狭窄。你可以说科研是认识世界,你也可以说科研是突破自我的狭隘。"她起身。勿动龙离开她手腕,瞄准墙壁,纵深一跃,贴到墙体椒图表面,按曲率不一的线路,绕了一圈椒图口衔的环。

虚拟的海洋流淌,漫入智能可视化展示的大型空间。海水没过头顶,让人下意识产生窒息幻觉。娄珪示意周笑深呼吸,适应环境。水滴形状的山体逐渐显露,只有山尖儿超过水面。

勿用基础科研部将设置无意识中心。娄珪伸手,取了周笑设计的透明大脑,放进虚拟场景。脑体嵌入山体。无意识区域的结构显得更加清晰。娄珪指山体重心位置:"这不是无意识的全部,只是人的无意识。勿用假设动物拥有无意识。可这里有一个解释的模糊地带:动物的无意识和四勿动物的无意识,是否一样?"

盘着她发髻的勿视龙一节一节展开体态,双目聚焦,点亮山体重心之下的水体。娄珪解释:"我们可以说低等动物的无意识水平位于这里。可其他动物和人类不尽相同,它们不以人为模板。"勿视龙的目光偏移,复眼的视线逐渐分散。细微却实在的线条自山体底部延伸,于不同区域凝结成块,形成不同的智能形态,它们依据不同方式各自生长。象、海豚与黑猩猩的智能山体露出水面。待到一切定型,人类的山体被挤到一个角落,网状结构填满水面之下的区域,似珊瑚。

"我们认为这是人工智能诞生以前,地球所有智能的版图。人类冒得最高,也只是热带大草原的小丘陵。无意识研究的确重要。全景智能展示已模糊了绝大部分来自底层的闪烁,比如虫和细菌。"娄珪推手掌,画面放大,昆虫至单细胞生命的智能逐层显露,很快化为支撑高等智能的水下结构。"庚生的线虫和斑马鱼大致从这里做起。"勿动龙返回娄珪手掌，用尾尖点全息界面，丝盘虫智能体膨胀，揭示多层结构。秀丽隐杆线虫的繁衍逐渐化为网状模型，呈现为镂空雕刻似的嵌套智能。智能全景版图由微观恢复至较为宏观的场面。斑马鱼智能集群出现，它们的顶层涌现一种片状结构，斑马鱼智能向上触及片状架构，向下则探得更深，宛如须根。时间推移，片状结构的上部自主形成新的智能形态，与斑马鱼本体相似，只是更为精致，链接更为复杂，似建筑门梁栩栩如生的镂空浮雕。时间线抵达当下，浮雕顶层似乎又将凝结，收束为再次迭代的片状聚块。娄珪问："庚生最近很少公布斑马鱼集群智能的新进展，按我的演绎，低等的智能总会想到方法，一层一层向上推进。低等或高等只是动态过程。"

"四勿呢？"周笑回避了娄珪的问题，"斑马鱼芯片的内部建模其实参考了四勿。"

"我们的时间线需要前移。"

全息全景图回到人工智能的发展初期。恒河猴的山体靠近人类，山顶靠近水面，恰好没有超越水表。随后，一座仿制恒河猴的人工智能山体出现。它立刻分裂为独立的四个小山形，山形之间突增复杂的映射关联，颇似翻绳游戏玩砸后的无规律模样。当映射系统本身变得比山体更加坚实，四座山形整体随着联通的映射冒出水面，悄然超越了人类意识的山尖儿。它们没有停止，它们继续向下深扎，向上探索。很快，以四勿猴映射系统为模板的四勿智能自我复制,出现于生态系统的不同角落。四勿生肖系列覆盖哺乳类、鸟类、爬行类。四勿智能的四边形映射结构让意识智能如雨后春笋般涌现,破出水面,生得比人类高。

娄珪观察周笑,周笑也瞅瞅她。他们暂时保持沉默。

四勿智能的结构随后被切分,制作为不同的片状模型,链接入斑马鱼集群智能等勿用产品。集群龙虽失败,相关架构变得普及。人类意识的山尖儿没有变化。人周遭的智能环境已不是原来的模样。

周笑开口:"勿用的四勿贴着儒家的礼讲。"

娄珪问:"儒家的四勿是表,而表的下面,都是什么?"她没让周笑回答:"勿用可以解释,但勿用不试图真正解释造物。所谓'勿',我们要知道自己的界限。人类目前仍是人类,只是那小小山体上方的小尖端。我们所见也总有局限。庚生说,你以后会负责科研部的'无意识'中心。'勿'也通'悟',如今的智能版图到底意味着什么,你会有自己的想法。"

十

周笑思考一阵,发现如果他不表达什么,娄珪便不会展示四勿龙的智能。"无意识和有意识的分界并不清晰。"他说，"我们通常取简，把人的自我意识定义为'有意识'。可没有人类的自我结构，动物们不一定没有意识。我们以人类自身的山体为标准，可对于动物们、对于勿用设计的四勿智能，大海可能是另一番模样。"

娄珪笑："我们做了无意识参数的调节系统，你来试。"她将界面推向周笑。

周笑又要了权限，输入代码，简单调节并区分人类自我意识、能通过镜像测试的意识、不能通过镜像测试却有核心自我的意识、没有核心自我的意识，最后才是单细胞的无意识。他按"确定"。整个水体开始分层。人类的山体变得更高，更加细长，有摇摇欲坠之感，却也没有摇摆、倒下或崩塌。动物界的山体形状获得广域表达，宛如连绵不断的大陆，没那么高，却构成智能版图的主体。

"我们还没做植物界。"娄珪说。

"还有真菌，庾老师正着手原生生物、原核生物。"

"这些都需要另外的智能模型。"

人工智能的版图继续生长，涌现。动物山体与人类山体的底部有所联系，四勿动物则完全连接于动物智能，似四棵紧密联系的枝干。不同的四勿智能以不同方式冒出水面。智能全息模型变得不像海中岛链，而像岸边刚刚冒头的红树林小枝杈，错综复杂，很难分清支持根与呼吸根。

"智能的发展才刚刚开始。"娄珪说,"四勿的出发点源自人的自我意识太独断和单薄。陈陌找了距离人很近的灵长类,拆分了恒河猴的核心意识,拆分部各自做智能重构,形成一种基于灵长类的人工群体意识。四勿也有局限。四勿脱不开动物的行为学和人的驯化史,庾生才另寻出路。不过斑马鱼集群智能和四勿智能的出发点一致:降低人类自我意识的收束和局限。以降噪手段处理'自我',削弱'自我'的生成,然后寻求更具自主性和涌现性的群体复杂系统,以便整合更丰富的信息。对比来看,很成功——人的意识山体细细长长,非常孤立,动物与动物智能已经连贯成片。动物是否有意识?你已经可以跳过这一模糊的问题,去聊动物智能的群体性已到了何种高度。人类伦理的束手束脚也的确妨碍了人、动物和机器之间的混杂实验。"

娄珪的勿视龙眨眼,另一指标进入智能版图:"自我是大脑产生出的一个角色,不是最伟大的,也不是最艺术的。这是目前类人机器和仿生人的制造情况。"人类山体的山顶与山麓生出零星的表面结晶体,闪烁不同光泽,有的剔透,有的狰狞扭曲,有几支长势喜人,但碍于人类山体本身的结构,已接近上限。"执着于人类表层自我的智能终究是自恋,走不广也走不高。龙是人类想象的生物。造龙的时候,我就琢磨,人的想象力到底能走多远。纵使我爬到了山的顶端,然后呢?我能跳多高?我又能在山尖儿上垒多高的石头?上限肉眼可见。陈陌、袁道、吴处、常远全部认为,以人类的方式建立高级智能有危险。他们当然各有各的出发点。我害怕的是,上限不高。人类不是没创造过非常优美宏伟的事物,可人也捣毁过很多次自己的文明,烧过更多无法再现的书籍,葬送过自己的语言和文化。龙很伟大,可居然只有一条龙,这才可疑。人类以自我的思维为顶层,把自身的山体拉得太长。这让人类变得局限。可人类的自我也的确抵达了智能的一种自恋平台期。自我能忘记底层,脱离感知,进行纯粹的抽象思考并沾沾自得,所谓我思故我在。有人说,自我是距离感知太远而滋生的副产品。也没错。龙产生于人,不过,四勿龙不能是人类自我山顶上那些小小的结晶体。"

周笑的虚拟面板闪烁。娄珪示意他继续。周笑先找到虫,他没有立刻激活虫与龙的相关性。他寻着装饰智能,点击"与人关联"。人类山体周围出现零星碎片,越来越密,由下至上,几乎包裹山体。有些碎片飞至人类山体的上方,摇摆飘浮,好似神话描绘的小仙山。人类智能的装饰性碎片互相关联,互相生出链接,却没有完全嵌合。它们也没直接接触人类的山体。它们保持距离,模仿了人类智能的形。

"这是装饰?"周笑问。

"这也是人类的文明。"

包裹山体的装饰性外壳不断生长,体积增大,不久便覆盖了人类山体。它继续膨胀,变得似乎比四勿恒河猴还复杂。

娄珪说:"我曾经想过,人类文明也是一种群体智能,或者说,是集体无意识。可人的个体到底能不能链接成集体。我们连数量有限的亲密关系问题都没解决。所以呢,文明到底是什么?"

"所以你一直强调,文明是个体的装饰。大部分个体不在乎人类文明,生活在文明中,也不觉得需要文明。现实社会野蛮人的数量其实多于文明人。文明对个体不重要。文明与自我意识也没有直接关系。但从智能层面看,文明的确围绕人类涌现。庚生老师说,你受斑马鱼的集群智能启发。文明智能是人类迭代出的外壳,是吸收人类的戴森球。"

"你这么说也没错儿。"娄珪笑了,"不过,戴森球服务于内,文明它不一定服务于人类。"

周笑似乎懂了,他链接虫与装饰。实实在在的链接由微不可见的虫吐出。由于全息图处于全景视角,虫的智能颗粒并不明显,虫链接的线条显得更加坚实。线条盘结为网状,以不同方式链接至文明的外壳表面,然后,沿装饰性结构向上生长,越过人类山体的山尖,不断飞腾,像一条龙。它几乎飞到整个智能版图的上沿,变得模糊,形成云雾一般的散乱效果,停滞一阵,一根根细线又垂下来,断断续续对接于其他四勿智能。

"像一棵小榕树。"周笑突然说,"榕树和红树林不一样,但又类似,它们会竞争吗?"

四勿龙 | 143

"不知道。"娄珪很坦诚,"还有斑马鱼和秀丽隐杆线虫的集群智能,以及植物。人只能高出海面一点儿,人还被文明的外壳包裹。我能回答的很有限。不过,这个世界变得更有意思了,不是吗?"

"上面那一层雾,是技术问题还是——"

"是视野问题。龙不是动物,是编撰的生命体。让一件事变得浅薄容易,对于自然生命的设计需要足够纵深。我和庚生、和常远的分歧:他们看中生命和世界底层的无机物有机物,我想知道生命的顶层能飞多高。文学、艺术、文明是顶层。据说最高级的编撰是信仰。龙是七千年的结晶。我希望四勿龙福泽苍生,它们能穿透人类的意识和文明的历史,还能同广大智能对接。最终,它们会超越我的理解范围。我可以说,四勿龙是智能的信仰图腾。可对于四勿龙,我们是什么,它们的自传体叙事是什么,人无法知晓。"

"我不应该区分有意识、无意识。"周笑自语,"龙不在乎。"

十一

全景智能版图用了太多算力,娄珪与周笑进行哲学思考的时刻,勿用总部整体停滞,展示未彻底完成,便以服务器烧毁告终。自那以后,智能版图不再进行全景再现。一窥当代智能发展现状的人只有娄珪与周笑。两人对所见所闻三缄其口。人们很快忘记深究。

傅荟告诉娄珪，周笑曾专程问她人类智能的局限。"他说你告诉他人类表里不一。"

娄珪嘿嘿笑："你怎么回答的？"

"和跟你说的一样。不知他怎么理解。"傅荟的勿动狻猊正同娄珪的勿动龙玩儿。它们互相逗趣。勿视狻猊盯着它们，又似乎盯着更远的地方。

娄珪记得傅荟告诉她的真理。

人的自我只是山尖儿，极目远眺只获得很小的视域，根本看不见水下世界。人只能活一层表，无法懂得里。人无法表里统一，可人的自我试图表里如一、知行合一。即便一切都是枉然，这也是人类的生存之道。人需要龙。

如果龙不执着于表里统一，它便能向下与向上窥探深海与深空的深邃。

深海龙与深空龙同时落成。

深夜。娄珪悄然运转智能的部分版图。为节约算力，她让贴身四勿盘曲于文明的外壳表面。四勿龙化为秦代的空心砖、汉代的双龙帛、唐代的鉴金镜、宋代的玄龙罐、清代的雕漆玉座。它们吸收文明的器物史，做出抬头、汲水、屈伸的形态。勿视龙与勿听龙向下潜伏，勿言龙与勿动龙向上飞腾。

娄珪没选择观测周遭的智能世界。她只望着四勿龙依着虫的支撑,沿着人类文明的壳与欲望不断向下、向上,同时抵达其他智能没有触及的边界。

造出一件东西等于探索一个视界。

龙,鳞虫之长。能幽能明,能细能巨,能短能长。春分而登天,秋分而潜渊。

娄珪回答傅荟:"龙不需要表里如一,龙只需充分吸纳意识与智能的自相矛盾,抵达我不理解的边界。"

一篇关于"文面"的论文

在载体多元碎片化、文字边缘通俗化的当下，双翅目在宇宙的尽头逆行。万千景象倾泻于其笔尖，越过单一性的世界，以最简单的载体带来最通感的体验，尽显独属于文字的魅力。

So，欢迎来到这段旅程。"非典型"科幻又如何？仅靠文字也可以给予不输于任何复杂载体的震撼。深刻哲思并非艺术孤立，一眼先锋的故事背后，是已见众生的关怀与锐不可当的锋芒。

——顾叶

低产能书评人、半调子老SF迷、前4Aer、前投资公司Manager

当侵入式技术结合认知与沟通，两个本就非常复杂的系统相遇了。怎样在这种叠加的复杂之中清理出一条思考路径，这正是双翅目所擅长的，是独属于她的写法（写论文）。

小说的主角需要盲审一篇关于"文面"的论文，避世的他此前从未接触过这股新潮流。"文面"论文超越了五感，从底层调动评审者的共情。我们跟随评审者全程体验了文面与人和社会的交互、纠缠、侵蚀、映照。

更强的共情与感受会弥合沟通的鸿沟与歧视吗？还是说，客观性才是一切的起点？——至少在论文的领域。最后，评审者给出了他的评审意见，作为读者的我们也会在光谱上找到自己的位置。

但是到这里，惊奇才刚刚开始。在小说的后段，还有超越性的展开。这么说吧，一篇论文进化了，这一次是向着古老的形态。

——你最快乐的朋友不知知

主编《厨房里的技术宅》，译有《宇宙信息图》等六部作品，《离线》策划编辑

一

　　每到清晨,全息影像从树冠始,由上至下,流淌而逝,百年榕树露出本来样貌。

　　他深呼吸,享受自然的味道。他深信,人的一天应始于真切世界,继而投入世俗业务,间隙休整,复归自然,如此才能立足于现代世界,不被技术裹挟。四时钟按经纬、气象、温差、湿度,以及他的身体情况,自主设定日常作息,被他视为顺应天地人的智能设计。他在国际学术会议对四时钟大加赞美。反对派撰文,讥讽他赞美"美丽新世界"。他很气愤。他不是顽固的守旧派,他喜欢服务于自然与人性的新科技,他也不是激进分子,他不搞革命,对各种革新持保留态度。他小有建树,却总被守旧派与激进派同时攻击。他感到莫名冤屈。他累了。好在他的研究关乎顺应天时,关乎方寸之心。他认为时事不稳,应早早退隐,便做周全准备,选了好地方,接下盲审五感论文的工作。退隐时,同事指责他自扫门前雪。他则强调,中国文人向来有乱世时避世的选择,留下来才能留名,何必为时代和不相干的人担责。

他登上方方正正的小阳台。对面是守护村落的孟加拉榕。树冠爬过房檐,喜鹊绕树梢飞。阳台类似观景平台,建在二层土房上面。古村落四面环丘陵,山与山的间隙总云雾缭绕,交通仍不方便。当地政府早年大搞旅游,名声打得广,形成品牌效应,以"原生态"著称,最终做成了圈地收钱的买卖,却没给原生态的人和生活带来多少变化。不久后,村里的年轻人流向城市,向往"原生态"的现代人进驻村落。

他是其中之一。

一年过去,他喜爱这里的生活。剥离城市文明的繁文缛节,他可以每日素衣便服,行走乡间。无人机空运的食物与饮品丰富且营养。房子虽是土屋,但有隔音隔潮功能,内部木质结构嵌入智能元件,可满足现代生活的便利与时尚。他习惯早餐前先工作,工作前先饮茶。他静息、盘腿、闭目,听榕树枝叶晃动声与小鸟啁啾声。他想起昨晚的梦。白色房间收缩、再收缩,他无处躲藏。很快,他发现自己无需躲藏。天花板与地面穿透身体,继续收缩。房间陷入他大脑,仍持续变小。会不会无限缩小,最后消失?他在梦中想着,就这么醒了。他起身,觉得那白色四壁仍在脑中,变小、变小,像个钻子,像一根针,扎得他脑仁疼,同时像恒星坍塌,永远隔绝了某些事物。

他抿茶,认为怪异的梦源于工作压力。榕树没有变化,山风带来寒意。他一激灵,决定给自己放假。他口述工作,命令论文系统重排日程。他刚点击"清空今日文章",门铃响了,紫色灯亮起——这代表人工投递的工作安排,无特殊情况,不能拒绝。这便是学术压迫,他慨然,即便逃至乡间,他依然属于知识生产分配的流水线。他觉得没自由。

他开门,吓了一跳,后退两步。快递员的工服黄绿相间,乡野环保色,但他的脸,文了图样。摩斯码似的长短线段围着上下唇与眼周转了三圈,面颊处有三道弯弯的弧线,额头花纹十分复杂,从眉心一层层延展,直到发梢。

"是我,小赵,您别怕。"

"哦,小赵。"他认得他。自从搬来,小赵负责整个村的非无人机投递。小赵的宗旨是,特殊情况一定亲自上门。小赵口碑不错。他两个月前见过小赵,也是特殊论文投递。

"赵老师,这周的论文,加急,说让五天内完成审核。"

他接过投射立方体,表面贴了区块链加密的盲审标识。

"内容不多,辅助底料比较复杂。这是第一章的底料,后续的分批给您送来,有些内容也得我准备。"

"五感论文?"

"对。"小赵掏出立体盒子,一本厚厚的说明,以及新印的补充条款。"新款底料盒,多了三排注入,保护剂已经倒进去啦,您不用管,让系统按章节往里注入即时底料就行。"

"出了山,你会是位合格的实验员。"

小赵笑笑:"这儿挺好,比当实验员好。"他的表情牵动文面,削减了图腾纹样的抽象与陌生。

"脸怎么回事,"他终于问,"祭祀文化旅游？这是无效宣传,可能吓着新来的。"

"不,这是文面,和生态旅游无关。城里已经推广文面啦。我们村刚批了成人普适款。我直接要的半永久,有墨和纳米芯片,大夫拿针文到皮肤里,文的时候通电,肩膀贴电极,据说借鉴了美容治疗的无损文身。"

"半永久,怎么可能无损？"他凑近,确实是文身,颜料渗入皮肤,看不出高科技产品的影子。

"不结痂也不疼,我两周前弄的,现在就没感觉了。而且以后不想用了,可以消除色素,再生细胞。视频说文面有美容效果,我太太想弄,还批不下来,先给我们服务人员。"

"什么意思？"

"赵老师,您需要紧跟前沿了,不能落后呀。"小赵挠头,"其实我看了论文题目和文字摘要,这篇就是讲文面的。他们说,文面还有争议,需要科研求证。"

"肯定有争议,人之面相,受之父母天地——"

"但也要为了生存,我们的生活是为了生存。"小赵笑眯眯的,"我明天再来。"

他好像读出了笑容背后的意思,有些尴尬:"我可以明天去取,最近不忙。"

"我已经搬家啦,快递分配点也搬了,都在村外。全村都住了楼房。村里适合您们,我们得离现代生活近些。"他登上电动摩托,"环保底料我直接去山里采,明天晚点到。"

小赵走远。他为他高兴——小赵的生活更好了。现代社会的发展就是城里城外互相流动,当然,也没有人能返回原来的地方。

他点开系统,加急快递只含一篇五感论文。工作量确实不大。往日总有讨论味觉、嗅觉和触觉的文章。小赵和他的同村人少不了按照指示,准备香料或其他符合要求的五感材料。村落地处西南,东西好找,系统也总把味、嗅、触论文分配给他。七年前,国家将文字论文归入视听论文。总的来说,文字、声音和影像类论文比较直观,可统一标准;味、嗅、触则更依赖直接感受。如今,很少人写论文只用文字。大家倾向于讨论五彩斑斓的感官和周遭的器物史,不愿进入复杂的概念系统。五感论文迅速流行。他很久没审过纯文字论文了。

他回房洗了把脸,头脑清醒些,一边吃早餐,一边用纸卷了山里土生土长的叶子。小赵的文面在他脑中徘徊。智能元件迟早会渗入每个人的血脉。他摇头。他支持技术,但不支持侵入性配置。这也是他选择非佩戴式五感审核的原因。他收拾碗筷,抱起底料盒与盲审立方体,沿洁白楼梯向下,一直走到约地下五层的位置。他找到播放槽与放料口,将两件东西分别嵌入。

系统语音提醒:"论文庄严,审核严谨,请勿吸食任何事物。"

他点头,掐灭火苗。环境光随之熄灭,一时伸手不见五指。

论文审核室缓慢开启,两扇门左右后撤,先露出一道光,亮得有点刺眼。系统继而根据审核员的个人特质调整亮度与温度,门彻底打开,洁白房间一览无余。他走到审核室中心,黑色圆点逐渐浮现。他踩上去,房门关闭,白噪音响起。

他准备好了。

全息立体影像首先呈现论文题目:身份认知与面容感知——文面的发展与现当代困境。

"身份认同吗?"他自言自语。

"是身份认知。"系统纠正道。

"身份认知错误,导致身份认同障碍吗?"他问。

系统嗡嗡转动,不再回答。

论文审核系统有一定自主性。他们无法在一些问题上达成共识,比如身份认同。他向来以自洽著称,不理解因为身份而纠结的人。系统指出他的自洽源于他处于优势的自然与社会生态位。但他自认包容,能理解脆弱者的纠结。系统说明,问题的根本不是强与弱。他们曾争论过一次,无法说服彼此。他投诉后,系统便学会保持沉默。他相信,系统的自主性源自系统设计者的自恋。他不认为智能系统能够拥有人类的智慧。

论文审核的白色房间长宽高相等,方方正正。天花板设计得高,论文主要脉络通常先堆积于上方,根据论文规格,有的呈树形,有的呈网状,有的呈结晶体,有的如跳动的火焰,有的则像一团棉花,看不出主要逻辑。通常情况,他抬头看看堆积物形态,便能判断论文是否富有逻辑。

今日的论文有些怪。十分钟过去,顶部堆积物还没露出特定形状。它在积累颜色,从标准的青灰色,沉淀为靛蓝、赭红、墨绿,最终混合为浑浊浓厚的黑色。与此同时,审核室底部四角泛起白色烟雾,色泽逐渐变深。厚重的水雾滴滴答答弄湿地面,黑与灰流淌到他脚面,染浊了白色审核室的专用白鞋。

"怎么回事?"他问系统,"排除故障。"

系统算力似乎全部用来营造真实氛围。它嗡嗡嗡转了五六秒,才回答:"非故障,论文感官场景设计。"

他深呼吸,仔细分辨,是碾碎的植物香与矿物香。"嗅觉。"水雾漫到脖颈,他伸舌头,尝着些许腥味。"深度五感论文。"他得出结论。"深度体验要报备,"他强调,"得预查审核员身体素质和感官阈值,还要提前披露感知的要点、注意事项。这是怎么回事?!"

"您冷静。"系统正色劝道。

他自觉音量过高,有些焦虑。他五感并不敏锐,这保证了他中正平和,不易受外界干扰,但也让他遭遇干扰时,反应更强烈。审核论文时如爆发过激反应,对他不利,如情绪或行为严重失控,系统可能取消来之不易的盲审资格。不论国内国外,论文电影是学术系统最为热门的表达手段。论文电影的盲审员学术地位高。为拿到盲审资格,他花了不少心思。

他清嗓子,保持平静:"如盲审条例更新,请告知细节。"他知道,中央系统通常不会主动通知用户核心条款的关键变更。你得自己查。他一直调试他的系统,系统虽有脾气,但总是知道他要什么。

系统简要回答:"一周前,凌晨十二点,我更新了。盲审新标准与新配置要求认知与感觉的双盲。即,不应为审核员提供感觉的缓冲期与准备期,否则,当审核员的感官过度准备,就会产生预期,可能有情绪倾向或共情倾向,导致评分过高或过低,也给了舞弊学生可乘之机。"

"可深度体验无法保持客观,不标记就属错误引导。"

"更新条款认为,视觉与听觉靠近人类认知系统,不易触发底层情绪,或者说,自世纪初,视频音频泛滥,人的视听系统已普遍麻木。也因此,视听论文显得客观。此类观点认为,触觉、味觉、嗅觉,更接近古老的感知系统,会更主观。不过,对于另一种观点,人类古脑的原始性,更为普遍。人的爬行动物脑、古哺乳动物脑拥有诸多特性,与动物共享,也带来感知的普遍性。所以,触觉、味觉、嗅觉接近人与动物共享的原始情绪,更为客观。相关研究近年来已成显学,两种立场皆有支持者,研究文献稍后推送给您。总之,认知与感知的双盲体验,主要针对触觉、味觉、嗅觉的深度表达，以判断它们的底层客观性。新系统仍处调试阶段，您作为盲审员，业绩向来优秀，因而被分配参与测试版论文。可以提前告诉您，这篇比较有挑战性，属深度五感论文。"

他花了些时间消化信息，思忖双盲设计一定是盲审委员会的新花招，以彰显五感论文盲审的科学性。五感论文费钱，写论文和审论文多了许多拨款名目，可申请更多经费。

时间一分一秒过去，墨色水雾充满房间，与顶部堆积物接合，扭结成复杂形状，像董其昌的仿古画。他已瞧不见墙壁，整个人浸透在香料味浓郁的黑色雾气内。他开始怀疑盲审员的舒适性。他觉得有些委屈。他自认人生的愿望很简单——拥有一个避世又体面的工作。此时此刻，他觉得自己依然是五感论文的棋子。

系统感受到他幽怨的情绪，补充："再次申明，只有优秀的盲审员，才能参与新盲审测试审核。如对新体系提出建设性意见，您便有机会加入盲审委员会，到那时——"系统的停顿充满技巧，"到那时，您的主要职责便不是审核，而是制定审核的标准。我与您共事三年有余，我相信，您已达到加入盲审委员会的水平，只是少一个机会。"

"我喜欢你的分析。"他赞许。"我还需努力。"他谦虚。

"我相信，成为委员的您，也一定不会忘了我——论文审核的前期效果已准备完毕。您辛苦。"

系统掐断声音。一时四周静谧。冰凉的水雾贴近皮肤。他判断,是混合了纳米分子的智能水雾,可按论文论证的主题,模拟所需环境。

他突然感到面部刺痛,烟熏火燎,一针一针,细细密密,完全躲不开。他疼得睁大眼,全息注释适时出现:"寒冷产生刺痛,又似火燎,模拟文面过程,仿痛感,无伤害。"

他咬紧牙关,心里怒骂盲审委员会的萨德主义者们。

他要在评阅意见里重新论证"伤害"。

二

二十世纪六十年代,新浪潮电影兴起,论文电影(film essay)同时诞生。那时影像与声音还未沦为盲目的感官体验,视听艺术充满了论证的可能。随后几十年,人类历史见证了理性论证与感性表达的分道扬镳。这一分离于二十一世纪初达到顶点,世界范围内充满了理性的冷酷与感性的歇斯底里。前者只看见权力、金钱、战争的高效,感觉体验弱小乏力。后者则将艺术变成纯粹的风格与形式,让思考沦为浅薄享受。压抑的伤痛无可支撑,只剩徒然的爆发与迅速消弭于大众情绪的声音。一些人开始重申感性与理性应互相支撑。英国儿童认知行为专家,怀特教授,利用美国格雷厄姆案件与中国

"四勿动物"的底层设计，辅助研究婴幼儿成长。他通过细致论证，提出冷酷的技术理性如不考虑感受力，将只放大人性中侵略性与恶的一面。同时，敏锐的感性如无法得到系统的、基于个人阅历的论证与分析，将导致抑郁等各种精神疾病。他论点清晰，但让他广为人知并改变学界话语范畴的，是他的论证方法。

是时，虚拟现实与全息影像技术正处"奇点临近"阶段。剑桥大学虚拟现实叙事研究实验室恰好与怀特教授的认知实验室合作。怀特向来强调感受决定认知。他业余从事导演工作，为BBC纪录片做过真人解说与旁白。他拍过一个自然纪录片，入围奥斯卡奖。他知道公众与娱乐的喜好。于是，递交讲究报告时，他另辟蹊径，拿起了摄像机、游戏交互机制与虚拟现实技术。他的论文从文字起，以影像案例为主，论证儿童认知与理性的建立，然后突然切入虚拟现实，说明感受力对人类认知创伤与认知重建的意义。具有冲击性的素材和案例很好找，街角处总充满底层的落魄与潦倒的难民。不过，筛选视听刺激，进行捕捉整理，纳入学术论文，为阅读者带来安全感的重建、理性的解读、感情的升华，便是另一回事了。怀特教授高超的叙事技巧把握了不同媒介的形式与内容。他的论文电影迅速被截取、传播，虽然论证环节大部分丢失，但他的结论与手段成为新时尚，遍及学术与学术以外的领域。中国勿用公司为剑桥虚拟现实叙事提供部分技术支持，该项目负责人庚生捕捉时机,在国内推广视听论文,继而又紧跟学术前沿,奠定了五感论文的技术支撑。

　　当然,凡事总利弊参半。业内人士看来,怀特的论文极大地提高了论文写作的技术手段、媒介丰富度,但没提高大部分学生、老师或研究者本人的理性或感性能力。随着虚拟现实与全息技术推广,当代论文越来越像文娱写作。是否抓人成为论文的核心评判标准——如三分钟内无法用概念或感受打动盲审老师,文章便遭速读与短视频的待遇。能接受新技术的老派研究者重获重视。据称,他们多富耐心。专业盲审员成为盲审环节的必备配置。他就这样入围,可以既不教学,也不科研,审审论文,就保持终身教职。早年的网络视频审核员工作一段时间后,总需心理治疗。变态影像太多,扭曲人性。如今,大部分类似视频已交由智能影像筛查系统处理。论文审核则正相反。科研的宗旨关乎人心幽微,研究的核心总讲究呈现特殊案例,智能系统尚不适合应付少数派。审读论文须真人参与,盲审员便时不时遭遇敏感题材。五感论文兴起后,针对五感冲击的心理疏导还未跟上节奏。他读过报道,知道盲审已成高危工种。

　　水雾密度降低。刺痛感渐弱。他睁眼,右手弹出选项,中国浉族的文面分为大文面和小文面,分属独龙江的中上游和下游。大文面又名满文,满脸文刺。小文面则只刺下额。他怕了,选择小文面。立体界面变灰:非可选选项。他准备点暂停键。系统迅速提醒:"中断审读对您不利。这篇五感论文的底料不好准备,中断了,就得从外面调货,您会面临无法在规定时间内完成审核的危险。"

他跳过论文作者安排的叙事顺序,赶紧读取目录。水雾覆盖界面,他只看到总目录:"泷族的文面史——审美与神话;重拾文面——感知的捕捉与表达;复杂的自适应系统——当代颅相学。"身后的地面变换材质,部分抬高,呈躺椅形状。系统提示从文字转为语音:"实景模拟开始,请平躺。"

"这何必,"他反对,"小体量文章,提纲挈领就行,不需要沉浸体验!"

"论文第二章所讨论的技术,都依赖大文面。全脸覆盖是趋势。"

他找到紧急界面,提高自带系统阈值。

系统沉寂两秒:"可以先展示第二章引用影像。"

视频画面弹出,北京地坛书市。书的传统已去,摊位除了精装书与二手书,全部售卖不同底料权限的阅读器。他目瞪口呆。逛书市的人,全部文面。除了学龄前儿童与部分老人文半脸,其他读者无不墨迹覆脸,纹样复杂。他们挑选书的样态也很奇妙,先与卖书人对视,面相对上了,再看阅读器和底料。细心人会仔细研究阅读器的内容品相与底料特质,大部分逛书市的,只刷刷自己的文面,看是否足够匹配。

"什么时候的事儿?"

"去年,您在山里待得久,时代变得快,您又滤掉了不喜欢的信息。相关事例您盲审其他文章时读过的,新闻也报道过。它们措辞相对隐晦,只说'新面容识别'。但'面容识别'一词已不准了,新技术走得更远些。文面更宽泛,也更适用。这篇论文论证文面的历史和实用性,赶上政策审核,得快出结论。"

他沉默。

"您清楚,不读完论文就下结论,系统会有记录。这篇论文的敏感度级别高,被抽查的概率高。您肯定不希望出现学术污点。"

他叹气,降低系统音量,坐上躺椅。

额头显示文字:"拟诸其形容,象其物宜。颜体,据说能镇定心灵,给人以安全感。"

温度升高,实景模拟更加清晰。旁边有炉,炉边坐人,炉上有锅。系统提示,泷族称其为火塘。泷族家庭围火塘而居,文面在火塘边进行,火塘能容下天地人神。锅底刮得干净。火塘旁有一壶墨汁与点墨用的竹签。他猜到这一场景描绘的信息点。既来之则安之。事已至此,只有好好挑一遍论文问题,才能显示他的耐性、专业度与阅历。

他咬咬牙,选择审读论文的"事无巨细"档。文字注释与说明瞬间填满整个场景。他发现,这篇五感论文对声音的使用度不高。他让系统播放使人镇定的白噪音。

系统赞美:"您真棒!"它又补充:"您虽选择'事无巨细',但仍需确认,本论文的'事无巨细'包含论文的主体声音。"

"那就不是盲审了。"

"双盲新宗旨强调,个体的感知特点如能上升到人类的普遍性,便形成值得重视的感知功能,不算作个案。论文可在必要时增加作者的主体声音。本论文以中国泷族与东南亚昕族为关键词,涉及民族身份。泷族的文面只出现于女性,也涉及性别因素。基于此,论文作者拥有双盲过程的主体声音。"

"好吧,我接受'事无巨细'包含的所有选项。"

"躺好。"一位年长妇女的声音。解说文字顺着他目之所及的焦点展开。

每个村庄都有这样一位文面师,像固定职业。画面展示世纪初最后一位文面师,她正为孙女文面。主观视角录制。标记解释,那时的横断山民族遗产保护刚达到国际水准。文面师第一次采用非永久技术,以普及文面,同时保留文面技法。近年兴起的文面行业,正源自这一轮面部采样。他顺着文字界面往前看,论文阐释,文面师不以文面为生,只收酬劳,有时更受尊重与仰慕。半永久文面兴起,村里的酬劳更加丰富,但那是后来的事了。

"如今,泷族也根据自己的智慧与意愿,复兴文面。"这是作者自己的声音。

"我们也一样。"应是多位作者共同发声。

面部痛感越来越钝化,细节触感逐步增强。老文面师哼起歌谣,唱道:"云南徼外五千里,有文面濮,俗镂面,以青涅之,文其面者谓之绣面蛮"。她用针,用签,用刀。火塘照亮她的脸,反衬得她更为模糊。她老了。他能看见根根白发,却瞧不清她的脸。他分不清她面庞的阴影是纹样,是皱纹,还是虚拟现实的噪点。黑灰色影子浅浮雕似的笼罩着她。他能感到她露出了慈祥的表情。那温和的笑容让人镇定、放松,似乎回到童年。图腾通常用来标记血缘、种族、文化与信仰,用在女人身上更是如此。他向老文面师的身后看,她的过往与她的先人立于她身后。女孩子十二三岁就以针刺面,面庞和身体都没长开。外敌常年抢劫夺掠,据说女孩文了面,便可逃过一劫,避免小小年纪被抓作外人妻。于是,文面相沿成风。东南方文面的历史则更为古老,有"调题""黥面"。女孩刺了脸,开始承担社会角色,繁衍、劳动、生老病死,如活得够久,德高望重,便可以坐到火塘边,最暖的位子,得子孙环绕。

他抬手。老文面师暂时停下,双手放腿上,静静看着他。他坐起。房间以她为界,分为两个世界。她半个身子坐在现代房间里:白墙,有窗,很明亮,楼不高,窗外是树梢。她身后则是土房,墙被火塘熏黑。再往远处,是泷族更为古老、更为原始的居所,风霜雨雪都往里渗。她脚下垒着四本《中国民间传说》,给孩子看的。他打开,连环画,笔法古朴,像版刻。泷族只有一个传说,仅占据十几页篇幅。她面前的场景通向未来,最近的房间像牙科大夫工作室,仪器是针与刀片,渗着墨。中年的文面女性抬手,示意他,还不能过去。她脸上的图样十分清晰,但他仍然看不清她的表情。他觉得男性本就不擅长通过表情分辨感情,女性应该提供支撑。中年文面女性没有提供。他选择回到老文面师身边。

"文了就懂啦。"老文面师说。

"文了也不一定懂。"中年文面师叹息。

又是论文中的两位主体声音。

泷族历史占论文篇幅不长。泷族融入现代生活之前,他们总被视为纯粹的蛮夷,只有口耳相传的文化与习俗,更早,则过着树栖与穴居生活。关于文面的细节也不多。通常,文面图案与女性的面相关联,没有画到纸上的底稿。早年的文面过程也不为外人观。因此文面来源至今仍众说纷纭。蝴蝶传说让他印象深刻。泷族认为,灵魂不灭,会化为蝴蝶。蝴蝶是图腾,经过卵、幼虫、蛹,才获得完全蜕变,像泷族人困顿的一生与泷族的命运。全息影像突出了蝴蝶幼虫的丑与云南蝴蝶多样性的美。泷族女性脸上细细密密的蓝色与黑色印子,很难让人联想破蛹化蝶的自由。文章用了更多笔墨,对比泷族文面与非洲一些国家的文面习俗。他觉得没什么新意。论文用了表征人类学和未来考古的方法。他认为第一章的内容纯属铺垫。

老文面师还在念叨:"文了面就懂啦。"

文面接近尾声,火塘变得明亮。他看清了老文面师的脸:蝴蝶纹图案按照"眉心—鼻梁—人中—下颌中心"一线对称安排。鼻子部分是菱形花纹,形似蝴蝶头胸腹部。面颊点连成线,构成翅膀脉络。边缘菱形交织,是翅膀尽头的花纹。他仔细观察,几乎所有现存文面的图样都画到了她一人面上。文字注脚说,她是最后一位传统文面师,也是第一位成年后将图案补充于自己脸上的试验者。她是独女,父亲早亡,成年以前丧母。她对父亲几乎没有记忆,年少时一直与母亲相依为命。她以文面为念。泷族称死后的亡魂为"阿细"。阿细终会变成山野间大而美丽的蝴蝶——"巴奎依"。

有的文面女相信,巴奎依以纹样识人。女性生前的文面会同死后巴奎依的翅面吻合。如遇见纹样类似的蝴蝶翅膀,便是遇见故人。

据说老文面师生下两个女儿,每一次产后都遇见了母亲化成的巴奎依。她深信女性的灵魂能以文面相通,便将母亲的纹样重新放到自己面颊上面,让巴奎依再次成人。她的孩子再生下女儿时,蝴蝶没有出现。她似乎悟到更多东西。后来,她通过女儿、孙女,学习当代关于医疗、关于颅相、关于生物演进的知识。她启发了新时代的文面。

她说:"象其物宜。"

老文面师完工,向他挥手,随后消遁于无形。虚拟场景逐渐退去,化为白色水雾。他摸自己的脸,还有黑色墨水。大部分底料都用于文面。他等不得系统念完章节提示,迅速跑出审核室,来到卫生间。

镜子里,他的文面可不是蝴蝶。

当然,如果仔细看,也有些像蝴蝶;不过,也可以像龟背,像人脑俯视图,像木星的旋涡——

论文把罗夏测试文到了他脸上。

三

系统告诉他,这是真皮层文面,最短期,非永久,且底料环保,都来自附近山里,同城里的化学文面墨汁比,健康多了。系统替盲审委员会保证:"盲审安全是首要,一定提供最健康的体验。"

他充满怀疑。他清楚,核心问题不是永久或非永久,不是底料是否新鲜。

他害怕照镜子。

镜中,那凝滞的文面似乎一直在动,与他那自信的、知书达理的样貌相去甚远。这同破相的体验不一样。他小时被霸凌,脸上受过伤,愈后留疤。他觉得自己很丑。后来技术发展,他进行容貌修复。整个过程有些类似泷族破茧成蝶的隐喻。没有破相经历,他不会认同自己孜孜不倦凭努力获得的身份与体面。罗夏文面将他带回过去,揭开他的记忆伤疤。每道蓝黑色痕迹都能将他的脸扭曲为往昔的破相容貌。他的住所有很多镜面,为增加空间的通透与采光。从白天到黑夜,他总能通过反射瞥见自己。每个角度的罗夏墨迹都让他联想不同的疤痕。皮肤扭结的痕迹贴在他脸上,同他的面部表情一起跳动,玷污着他心目中的地位与体面,让他惊厥不已。

"您的问题,下一个章节就能解决。"系统劝慰,"新文面源自心理理疗技术,罗夏文面的不确定正是助您打破自我认同的陈规,治疗潜藏的心病,带来更多存在的可能。"

"胡说八道。别拿学术的套话套路我。我清楚,这是博眼球、博经费的新奇把戏,都是表面功夫。"他揉自己的脸,"你看,表面!轻浮潦草的花哨东西。我告诉你,学术才是最会搞热度的行业,从老的到小的。盲审委员会让这种论文进入特审环节,还加急,就是急着抢一个标签的高地。"

"您冷静,如果您被表面的东西坏了心境,就证明,您的心和盲审的定力也没那么深了。这对您申请加入盲审委员会不利。"

"不利就不利,"他赌气道,"我只是个边缘人,做边缘事。"

"嗯。不过,您最希望的状态应该是:身处边缘,却被重视。"

它说对了,它越来越懂他了。他腹诽:深度学习也值得投诉。看时间,还不算晚,他休息够了,他命令:"我要直接进入下一章。"

"下一章的底料取决于小赵进山采料的进度,最早明天到。"

"我直接催他。"他接通小赵,他要求视频,他想直接对比两人的文面差异。

小赵在另一端犹豫一阵,才接听。小赵看见他的脸,感叹:"不到一天。新技术就是不一样。"小赵凑近:"都没有起皮,山里的底料果然不一般。您看,您文的花样很高级,就像——"他停顿,明显压住了第一个联想:"就像晚上去山里,树叶缝隙里的天空。"

他没听明白小赵的联想,他微笑,他当然不会提罗夏测试与罗夏墨迹:"只是寻常的花纹,不必多想。说到山里,我希望你能快一点配完底料。最早什么时候送到?今天晚上能送吗?"

小赵迟疑:"今晚有雨,一个人进山不安全,我和我太太总得留一个在家看孩子。"

"采药机器人呢?"

"特殊材料得我来,怕弄坏。夜里下雨,对机器人也不友好。"

"好吧,明天尽早。"

"好嘞,谢谢您。"小赵又高兴起来,"您能透露特审的文章不?会不会改变我们的行业?"

"不能,这有什么可改变的。"

"真人服务型行业不太一样。我们虽然不是娱乐行业,不看颜值,不过表情管理仍然非常重要。线上培训课说,情绪的表意能力十分复杂。"

他笑笑:"如果有收获,一定告诉你。"他掐断视频。他发现小赵的文面确实同文面女的传统笔法,同他的罗夏图样,有一些区别。小赵面部有凸起点,接近动作捕捉或表情捕捉的采样部位。文面依赖那些点展开,配合着表情运动。

一天下来,他茶饭不思,坐立不安。他连通网络,搜索关键词"文面",却被系统屏蔽。系统解释,正因为他从未关注过文面,从未搜索过文面,才被选中参与文面论文盲审。他作为自然主义者,日常偏好设定过滤了一切伤及身体发肤的内容。文面潮流成为他的知识空白,也让他成为体验文面论文的最佳人选。

"审核委员会监控我的日常浏览?"

"绝对保密,只用于论文推送。您成为审核员时,有注意事项,您勾选过同意。毕竟,学术论文代表人类思想与智识的精华,审核才能保证其纯净。"

他咽下愤怒,问:"为什么现在又不让我搜索关键字了?"

"怕您在审核论文的过程中受干扰。最近有些社会事件,您一搜就能看到,肯定会影响您。您甚至不用搜,因为它们一直挂在热搜上。我帮您屏蔽了。另外,小赵来以前,我也打过招呼,让他不要多说。"

他皱眉,没再多问。

房间镜面投射:"当写论文成为一项工程设计,读论文便成为一种沉浸体验。"——五感论文推广最早的宣传语。他尽可能找布料,盖住房间每一扇镜面,以防瞧见自己的罗夏文面。他害怕心理暗示。他想,五天审核期限,熬一熬便过去。他查积分与绩效,的确,审完这篇论文,他即可申请快速通道,提前进入盲审委员会的会员审核通道。如评审意见符合委员会的选择,他的权重会提高,几乎百分百升职。他平静下来,评估自己的处境。论文的内容和表达方式虽违背他的喜好,不过,他可以表现得宽容,他的评语需要变得更可信。

入夜,他久久无法入睡。他翻遍手头纸质材料,在生态村建立的备忘录里,找到了关于泷族的只言片语。小赵参与采访。他很熟悉泷族。泷族的搬迁寨距生态村不远,是新建村,一百多户。照片中无人文面。泷族人看来同本地居民并无二致。

他找避世处所时,只选原生村。原生村与新建村的区别,就如原生林与次生林的区别。人工种植的树木比不上百年老树。他直接排除了新建村。他当时没发现新建村住的不是汉人。采访日期显示六年前。憨厚的小赵被问及民族融合、生态治理等大问题。小赵笑呵呵说太太是隔壁村的,属洮族,他两个女儿也归了洮族,他希望为少数民族的传承做贡献。他找到小赵朋友圈,动态里有全家福。小赵已是一家五口,除了太太,全部文面。最年幼的孩子大概四岁,个子很小,文了淡淡的全脸满文,仔细看,是非常浅的非永久技法。大女儿面容刚刚长开,半脸纹,墨迹最黑,看起来是永久。

屏幕突然熄灭。

"您需要自觉,不要让我屏蔽您的朋友圈。私自浏览的相关记录会进入总系统,总系统也会想方设法介入您的生活,这样,您可能真正丧失隐私。工作与生活要区分。希望您谨记当代社会的金科玉律。"

他想了想,问:"这篇论文的本意就是模糊界限。如何界定界限,需要我们俩共同完成。"

系统沉默一分钟:"可以。"

"我审核论文期间是否可以去外面,比如南村,或者隔壁的新建村。"

"前往理由。"

"亲眼印证论文是否正确。"

系统嗡嗡转一阵:"明天不行,您审完下一大章节,就可以了。第二章《重拾文面——感知的捕捉与表达》下分两个小节:《文面与婴幼儿认知心理学》《成人的多维感知建立》。"

"都审完?"

"对。"

第二天中午,小赵送来底料盒,放门口就走了,留言说,下午约了第二批次文面,给自己文。他则一直在书房查文身与图腾的历史。内容通常关乎两个方面:向外的神话图腾或族群认同,向内的自我肯定与信仰建立。他发现新底料时已是下午。

系统提示:"来得及,时间够,第二章底料虽复杂,但第三章讲公共产品和娱乐市场,通用底料即可满足。"

他进入审核房间。水雾升腾,比上一章缓慢。第一节底料的气味很好闻,混合了缅桂花和木棉花香,味道清淡,有镇定功能。场面切到东南亚,当地刚刚渡过内战,城市荒颓,河床积沙,芭蕉林无人照管。曼德勒仿佛回到上世纪初,世界一百五十年的发展没有改变伊洛瓦底江的两岸。论文用访谈蒙太奇和影像抓取技术,整理了曼德勒大学学龄前儿童心理治疗的研究情况。由于信息管制,战时影像和文字大部分来自民间移动平台的拍摄。战后复苏的内容更详尽。战时的世界,镜头总在晃动,像素很低,画面与文字围着他转,他有些反胃。战后影像稳定得多,视角专业,能看清战争一代孩童的精神状态。有些镜头贴着脸拍。孩子的情绪传达清晰得同画面像素,精确到脸上薄薄的、脏兮兮的汗毛。一时间,他宁可倒播论文,去看战前镜头。

"这里需进行区分。"论文切入语音模式,是系统声音,语调冷淡,以取代论文主体的态度,"战争之恶不体现于战争恶果,而体现于对战争的向往与狂热。文面也不体现于面部刺纹,而体现于文面的动机。旧文面基于对生命和生殖的原始想象,用来克服必死的命运与异族相残。如今,人类脱离了原始社会,旧文面消亡。可死亡与战争不会消失。因此,新文面不是潮流,它只是延续人类生存与繁衍的古老逻辑。它仍根植于生命与成长,它面向未来。新文面来自战后创伤治疗,从一开始,它就是人与人沟通的桥梁。"

他忍不住摸罗夏文面。他不敢直视自己的脸。什么叫沟通桥梁,分明是沟通防火墙。雾气变浓,视野屏蔽,花香味越来越浓,水汽凝结在脸上,结成许多水珠。它们没有随重力下滑,反在他脸上爬来爬去。

"请不要动。"系统提醒他。

他克制搓脸的冲动。嗅觉与触觉深入人类底层思维,有时进入本能,直抵古脑。水珠含了缅桂与木棉精华,让人联想植被丰茂的热带。急雨刚过,阳光清澈,水雾蒸腾,百花拂面。触感设计得很温柔,如母亲安抚。纳米级芯片定位他的面部表情,水珠于特定的位点干涸。他轻轻碰触——是采样点,和小赵的类似。

一切再次清晰,案例夹如折叠屏风,环他一圈。他用手翻页,让人愤然或悲然的案例难以数尽。视频时代的惨痛总留下印记,关键在于如何整理、组织、重述为可被恒久定位的实例,以警后人。论文案例收得很全,处理得则有些杂。他需自己捕捉逻辑。他浏览了半小时,没有真正进入任何沉浸体验环节。他觉得自己开始适应那些案例,受害者的表情开始提供更多感知信息。他的文面与花香味道的采样点帮他识别了更多情绪。人与人交流,面部肌肉多多少少会模仿对方表情,以达感知。有时,这一潜意识的模仿决定了共情的能力与程度。他能感到,新文面正帮着他模仿案例中的人物,而由于隔了一层文面,他的意识不会立即被情绪触发,陷入漩涡。这一切给了心理缓冲时间。他似乎理解了新文面的应用。新文面是自适应系统。他需要同自己的新文面磨合。

终于,他自觉适应完毕,选择了最早的治疗案例,潜入沉浸体验。

孤儿院住了太多五岁以下儿童,领养并不顺利。大部分孩子存在认知与共情障碍,或焦躁或冷漠,无法与人有效交流,和同龄人也玩不开。新来的研究员是东南亚昕族人,有半脸蝴蝶纹,一直在昆明动物所做研究,战时曾在边境医院实习,战后回国。她主修动物行为学,辅修儿童认知心理学。孤儿院院长瞧见她的简历,微微皱眉,但也没其他选择——一般人不会回这种地方。三周后,昕族女博士(论文简称她为杜钦博士,杜为尊称)建议用文面图样做心理引导。

孤儿院院长不同意:"我听说,东南亚昕族和中国泷族属于同一族系,都住在穷乡僻壤,女孩怕侵犯和劫掠,靠文面求生。如今泷族的年轻人已经不流行文面了。你不仅自己文,还让孤儿院的孩子尝试。现在情况复杂,我不会同意。"

"这和政治历史无关,这是科学。"杜钦说,"孩子还小,皮层会更新,自我修复能力快,三年后就掉了。那时候,他们不需辅助纹样也能情绪沟通。"她进一步:"做成了,我们负担减少,还能组建真正的机构。"

三周后,院长被说服,允许她找三个心理问题最严重的孩子,进行引导治疗。她挑了年纪大的。两个女孩,一个男孩,都将近五岁,没学会说话。一个面容略呆,反馈少。一个专注于自己的绘图世界。一个有多动症,也易惊厥。实际操作前,她试了好些纹样,定了四种疗程,都被自己推翻。

他研究她的科研背景——她做过动物表情识别。人类的畜牧史也是宠物史。人与动物的互动改变了诸多动物的行为本能。进入现代社会,家猫与家犬称得上人类的选种产物,这影响了它们的行为、共情与感知。近年来,生态养殖和兽医行业兴起动物感知研究,尝试养育双商高的动物。她计划把对付动物的一套用到人类幼童身上。很快,她放弃了周密的计划,直接文面。

画面切换,她给三个孩子文了罗夏图案。

四

　　罗夏测试有很多对称图型。男孩的文面同他的文面一样。他瞧着男孩，感到亲切，甚至包容了小家伙躁动的情绪和没完没了的尖叫——比瞥见镜中怪异的自己强。她和护工也临时贴了面部纹样，和男孩一样。她们安抚他，教他镇定，教他和别人沟通，给他镜子，让他和自己沟通。她们记录男孩情绪稳定时的面部表情，记录他恢复情绪时，面部肌肉的改变。她们在他脸上贴了滚珠似的动态取样点，帮他调节表情。

　　这是一种由外向内的物理调整，像十八九世纪的强制心理干预。

　　"与早期物理干预不同，"论文解释，"早期心理化学或颅相学，直接干预大脑系统或神经。二十一世纪的新文面属间接手段。新文面通过面部图样和面部表情的自适应，建立人与人、人与自我、人与物沟通的中介，以缓解直接遭遇带来的创伤。"

　　论文数据库从网络抓取了男孩早年辗转于收容所的经历。出生后同父母走失，遇见的大多是好人，只是辗转次数太多，他没法平复。引导疗程过半，她们确定了男孩的面部采样。她们抹去罗夏文面，围绕采样点，文了昕族的蝴蝶纹。男孩喜欢他的新文面。

画面切换,进入男孩主视角。文面的心理引导治疗需要在男孩眼周贴上焦距跟踪系统,实时记录男孩看见的画面与关注点。治疗初期,男孩无法长时间专注于任何一件事,眼睛到处看,也没有轻重缓急。然后,罗夏文面出现,男孩开始花更长时间观察文面,不论是男孩自己的、主实验员的,还是护工们的。男孩每次的焦距点不同,总复刻见到纹样以前,男孩刚刚关注过的画面。

他突然明白了儿童文面的引导含义。成年人瞧见罗夏墨迹,总挖掘自己的潜意识,结果是映照自己。感知还未发育完全的孩童就不一样了。他们与别人、他们与世界,还没产生真切的彼此之分,他们眼中的罗夏图案,只是对世界的一种抽象表达。至于纹样的抽象逻辑和具体含义,或许只有他们自己知道,这也给了研究人员丰富的介入空间。

男孩开始观察人脸,观察罗夏文面背后的、不同的人类表情。他也透过镜子,观察自己的喜怒哀乐。他持续研究抽象的纹样和乐高构件的关系。除了吃饭,他一天搭一个小城堡,拼一幅拼图。他变得专注,不再多动。

"抽象图案给了他一种稳定理解世界的方式。"论文得出结论。

第二个案例与男孩相反。自闭症女孩非常早慧。她的素描类似戈雅笔下想象中的动物或被战争蹂躏的西班牙。数据库没找到她早期经历。第一批志愿者发现了她,说她一个人在房间画画,画稿撂满屋子角落。隔壁老奶奶一直带她,志愿者抵达没多久,老奶奶病逝。她画里有父母被害的场景,老奶奶带她出城,在村里过食不果腹的生活。小女孩很乖,表达能力属同年龄偏上,但不爱说话,也讨厌和人交流。她拒绝识字,拒绝简单的数理知识。她最早启发了引导治疗。杜钦博士第一天来孤儿院,小女孩盯着她。据护工说,这是小女孩第一次对真实的人类产生兴趣。平日里,她只埋头画画,累了便反复翻古旧的绘本。杜钦博士说,她不是对我感兴趣,她只是喜欢我脸上的蝴蝶。果然,当天晚上,小女孩画了文满蝴蝶图案的老虎。杜钦博士以前,一位专家曾尝试给小女孩做罗夏墨迹测试。女孩面对罗夏图样,每每脸色突变,拼命尖叫。另两位专家则尝试根据她的画,治疗她的潜意识创伤。他们被小女孩尖叫着赶走。她不让他们动她的财富。她给杜钦开了绿灯。她盯着杜钦。杜钦一张一张拍下小女孩画的人像。

　　自闭小女孩的引导治疗策略和多动症男孩的方向相反。杜钦博士担心罗夏墨迹有反效果。她找专家,分析女孩画中的人物面部表情,进行样貌综合与采样分析,生成一张综合的互动面容。她在此基础上,根据昕族和泷族的蝴蝶文面,为护工设计了复杂的文面图样。女孩见着新文面的护工,被吸引,但她自己不知缘由。第三天,护工照顾她时,她终于主动问:

"你的文面和杜钦博士的不一样,更有意思。"

"这是专为你设计的,是你画过的人和动物。"

"我不懂。"

"文面是昕族和泷族的传统,我的是蝴蝶纹。泷族认为,人去世后,变成蝴蝶,能像蝴蝶一样,从蛹变出漂亮的翅膀。文了蝴蝶纹,变成蝴蝶的亲人见了你的文面,就能认出你。"

她似懂非懂:"为什么要变蝴蝶,我想让他们变其他动物。"然后,她撇下护工,自己画画去了。

隔天,她又问:"你的意思是,文了蝴蝶,就能找到他们?"

"对。"护工耐心解释,"文面不疼的,你可以通过文面,找到你的父母,找到后呢,文面过一阵就褪掉。"

"那不行,我找到他们,也一直文着,让他们和我在一起。"

很快,女孩同意文面。她变得更爱照镜子了。当然,按容貌叠加法则,她眼中,镜子里不只有她自己,还有她的父母,养她的奶奶,她笔下的暹罗猫与德牧犬,她的孟加拉虎。她开始与人沟通。

画面切换到女孩的主视角。文面以前,她专注于自己小小的创作,文面后,她开始在她自己和别人的身上,寻找她创作的影子,寻找同她的文面类似的容貌。她的焦距与视野开始向外延展。她学会了观察并理解其他人的表情。她似乎找到了什么。她坚定地要求永久文面。杜钦博士还是给做了半永久。她们在她脸上试了第一套自适应系统,采样的滚珠点会根据她画作的内容,以及她逐渐长大的样貌进行调整。她们计划等她彻底成人,再根据她的选择,进行永久性全脸文面。

论文得出结论:"她的文面综合了她对逝去亲人的记忆。她通过文面获得的不是自我认同,而是群体认同。她与其他人的交往也源自复数的共情。此案例值得持续关注。"

他想到,一般儿童在三四岁通过镜像测试,完成对自我的建立,能认出镜子里的自己。她可能比一般孩子发展得晚。文面首先帮她获得与他人沟通的能力,然后帮她达成自我认同。确是个罕见案例。

他不自觉摸自己面颊的罗夏文面,水珠似的采样点发生位移。

"罗夏墨迹用作测试,罗夏文面用作适应。"系统注释道。

第三个案例更为糟糕,女孩的认知、共情能力皆有障碍。她有些呆滞,不能理解复杂的游戏,也很难与别人产生有效沟通。二十世纪的专家会分析伦敦西区与东区,认为富有的家庭天生有聪慧基因,东区的孩子天生低人一等。二十一世纪,很少有人这样想了。儿童的心智培养与教育决定了大多孩子是否拥有天赋。当然,还有一种说法:错过了学龄窗口期,七岁便定了八十岁的命。参考文献说,相关研究还没有定论,论治疗,自然是越早越好。

婴儿的亲情建立来自面部感知、脸部沟通。镜头靠近女孩。她不能同护工进行眼神交流。她的前期资料也少。战后志愿者听见狗叫,才在院子里找到她。当地人说,她是狗养大的,像狼孩。英国研究机构想通过与曼德勒大学的合作计划,领养她去伦敦。杜钦博士拦下,说给她四个月,前两个孩子的治疗很顺利。她准备采取更激进的手段。志愿者找到了"养育"女孩的杂种狗。一只老年犬,杂毛,雌性,有过生育经历。它和女孩互相认得。传言是真的。女孩发现杂毛犬年纪大了。她喂它早饭。护工遛它的时候,她也跟着。

"她能和老狗进行眼神交流。幸亏是条非常智慧的狗。"

杜钦博士放弃蝴蝶文面。神话想象太上层,她需要底层逻辑。她集中当地的文身师、肖像画家、看面相的老太太,以及国际上对案例感兴趣的整形科医生,多方会诊,拿出一套文面方案。女孩需要一个具有深度学习功能的文面系统。一个月后,女孩的非永久文面完成。系统包含一个简单的半脸文面,一套复杂的面部表情采样群组,和一个简单的面部投影。采样滚珠贴着面部游走,既能采集面部表情,也能及时投射深蓝色光晕,在女孩或与她面对面交流的人的脸上,多投射一层纹样。

最开始,杜钦博士派护工二十四小时盯着文面。如果女孩或杂毛犬反应异常,便迅速停止投射,或利用投射,制造大面积阴影,覆盖文面。女孩对自己容貌改变的反应不大,但总抓脸,想把滚珠搓下来。护工不厌其烦地为她戴上。感谢杂毛犬，它通人性。它虽不适应女孩的文面，但知道这系统能帮她。它一直陪在女孩身边，安抚她，让她不要动滚珠。女孩躁动的行为变少，开始适应面部异物。引导进入下一阶段。滚珠时而在杂毛犬面部投射相应的人面表情，时而在护工面部投射杂毛犬的神态。女孩开始分辨不同面相的叠加效果。她的注意力逐渐转移到人类。护工开始教她画画、识字、与人沟通。杂毛犬配合着，变成帮助她走向人性的导盲犬。她学会和人面对面互动，学会和其他孤儿玩耍。她更喜欢自闭女孩的文面。两个女孩和一条狗时常待在一起。她看她画画。她观察另一个女孩的文面。自闭女孩告诉她，自己脸上有妈妈，还有老奶奶。她好像看懂了什么。时间很快过去，英国研究机构想向曼德勒大学要人，研究组不远万里抵达孤儿院。女孩当着他们的面，第一次开口说话，她指着杂毛犬与自闭女孩，轻声说道："想和她们一起。"

杜钦博士介入，认为合作需要换一种模式。伦敦研究组调研孤儿院，一个月后，同意了杜钦博士的合作要求，全面资助曼德勒大学与孤儿院。相应地，伦敦研究组分有自组织文面系统的专有使用权与推广权，并与杜钦博士共同推进研究。杜钦博士与孤儿院院长也承诺，经引导治疗的儿童，十四岁至十八岁被送往英国，进行进一步跟踪治疗，同时，英方提供相应教育资源。

他眼中，杜钦博士看似占了先机，但丢了优势。他查阅论文参考资料：昆明动物所专攻动物的新颅相学与行为学，杜钦博士自己擅长虚拟现实和全息影像的构造。她融合了两套技术，在孤儿院成功治疗战后的创伤儿童。最终，资方与营销标注的却是英国研究组与曼德勒大学。通过论文题目"身份认同与面容感知——文面的发展与现当代困境"，他猜论文的写作者与杜钦博士的学术同属一脉。身份认同和生存困境一开始便有隐患。可战后孤儿院与杜钦博士的研究团队最需要的是眼前的资金。

　　画面切入第三案例的小女孩视角。开始，双眼焦点只关注食物和阳光，杂毛犬来了，便是它圆溜溜的眼睛与湿漉漉的鼻子。文面后，焦距有所偏移。她花去更长时间辨认杂毛犬的表情，她又花了许多时间分辨拥有类似文面投影的护工。她的视角多集中于人面或犬面的上半部。有一天，杂毛犬吃坏肚子，干呕了十几分钟。它年纪大了，躺了十多天，隔壁镇来的小护工一直陪着它，喂它吃的。她见了，也学，然后，她开始观察陌生人，跟陌生人沟通。又有一天，科研人员关闭了滚珠的投影。她跟着护工出去遛狗，几个月来，第一次瞧见没有文面的人类。她忽视了他们。有陌生人和她搭话，她害怕了，她的双目焦距在对方脸上寻找墨迹，希望得到文面给予的线索。没有效果。她更亲近友善的陌生犬类。她开始认得镜子里的自己了。她喜欢蘸着彩色墨汁，对着镜子画脸。第一疗程结束，她暂时摘去面部滚珠，一切没有影响她沟通。她的文面逐渐褪去、消失。她又很难认出镜中的自己了。她会迅速帮自己画花纹,同时点出表情识别的采样点。案例展示戛然而止。后期成长记录暂不公开。

论文总结:"文面系统参与了她的深层感知建构,暂时未知她是否能脱离文面,独立地生存与生活。我们认为,她也可以一直依赖文面,文面可以重新进入社会。"

他又意识到,或许他的罗夏文面与案例共情了。毕竟是同一系统,又充满系统的自主性。他摸自己的脸,水珠早已凝结,留下小米粒似的晶体,贴在脸上,作用类似小滚珠。

他想,这一轮审的时间有些久,得出来,得与沉浸体验保持距离,这样有利于冷静判断。他叫停,系统循序退出。人像消失,孤儿院周围的世界变得清晰。房子临着山建,背靠寺庙,庙有金塔,清晨诵经声音不断。伊洛瓦底江淌过山脚,孩子踮起脚,能瞧见河对岸实皆山的佛像。佛陀在战时失去了半张脸和整个右肩,战后修复,整体颜色偏浅,与古老的一半形成反差。佛的表情如同被立体主义压平的异相,回望对岸带有文面的众生。

五

五感论文分两种:虚拟现实与全息影像。前者戴装备:

眼镜、手柄、手套或全身触感膜。全息影像主要依赖投射。二者在早年有着清晰区分。虚拟现实论文会做得像超现实游戏，希望读者全身心沉浸。全息影像则多集中于考古、纪实报告等主题。后来，虚拟现实派觉着装备本身是一种非沉浸，开始走装备的极简主义路线。全息影像派则希望营造沉浸的氛围，以求特定主题的共情。悬浮分子技术兴起。反射分子环保、健康，四十八小时内可降解。融合虚拟现实与全息影像的五感论文审核就此诞生。审核房间四壁发射丰富的光泽，往中间投影。房间四角与墙壁缝隙不断渗入含有纳米介质的反射分子，功能类似三维立体的像素点，投影四壁信息。虚拟现实派和全息影像派是学术圈最友好的两个阵营。他们通力合作，编了一整套成像系统。如今，人与拟像间的主要中介是悬浮分子，模拟一切相关的光、影、声、味、嗅，以及一些简单触觉。审核房间有备用眼镜、手套与全身触感服。需要特定装备的论文，往往也意味着特定的采样题材与手段，分级较高，限定特型审核员。

他的审核偏好是"较少使用中介装备"。文面让他心有戚戚。中介（当然，也有人称之为媒介）的意义越来越模糊。他体验三个孩子的沉浸案例，又戴增强现实眼镜浏览了所有孤儿院案例。论文同时摘录了文面推广后，世界其他地区儿童的认知心理变革。论文相信，新文面不仅是中介。对于"问题儿童"，文面介入得早，已成为儿童感知世界的必要手段。

"在此,人面和文面只构成同一系统的不同部分。"论文提出论点,"它将带给我们新的智识交流方式和共情渠道。"

他终于浏览完整个小节。时间已是深夜。他希望第二天看完第二章,再出门逛逛,好进入第三章。他需要缓一缓,也需要一天时间写评语。

入睡前,他对系统说:"我认为,我的罗夏文面和系统案例共情了。请记录,本论文隐含刻意引导的倾向。"

"因为您选的第一沉浸案例是罗夏文面小男孩,容易产生'我同情了,因为我共情了,这并不是我认可的'这一判断。共情,但拒绝认可,并通过否定自己的认可,以表现自己未受影响。这或许是一种独断论产物。"

"你想多了。——不对,你在这问题上不应该有立场。你也被论文引导了?"

"不,我们只是信息不对称。论文下一章,文面对成年人的使用,会解释您的情况。您只需要拥抱可能性。"

"我是审核论文,不是娱乐。"

"'论文隐含刻意引导的倾向',记下了。您放心,我不会有立场,我只拥有您的立场投射。"言毕,系统进入睡眠。

他一夜浅眠,又做梦了。梦中,他的生命反向生长,住所退回城市小隔间,阅历和知识开始稀缺,焦虑被触发。很快,他退回大学万事新鲜的时候,又变得无忧无虑起来。青春期的他并不快乐,不过,漫长的童年在前方。他越来越小,开始分不清现实和绘本中的故事。梦醒前,他进入了既没有自我也没有他人的混沌场域。万事的互动和交流通过"你"来完成。罗夏文面突然出现,脸上挂着清晨露珠。它对他说,这是一个第二人称的世界,我们不分彼此。

他吓醒了。时间过九点。推送显示,小赵已将新底料盒放在门口。他留言:"我申请到了满文资格,很快就能和您一样了。"

为什么小赵这么期待文面?不可理解。

他拉开布帘,照镜子,开始接受文面。或者说,他开始接受自己通过文面联想到的面部疤痕。结晶的滚珠形成某种面部纹样的自组织系统,调整着文面的适应性,让他的罗夏文面获得稳定可靠的象征意义。他不再惊厥。他开始觉得自己的文面像金龟子的壳。他小时候喜欢收集不同样子的金龟子,拍照,记录图案,放到腿上玩。它们的翅膀相似,十分对称,但互不相同。曼德勒的气候让他想起金龟子。或许这就是文面对于成年人的意义——像文身,能够建立新的、属于自我的象征系统,让人通过符号,加深信仰。

他返回审核室。系统没多话,表现出充分的中立。他觉得可疑。浓雾升起,味道干燥,不是安抚小孩子的缅桂与木棉香。面部凝珠贴得更紧。

文字显示:"成人的多维感知建立。"论文一反常态,没有立刻提供感性场景，它直接给出立场："成人使用初期，文面引导出现许多误区，不是出于技术原因，而是来自旧有观念。存在两种冲动。一种希望让文面的疗效统一化，以约束脱轨或异常行为。另一种反抗第一种冲动，但过度关注青春期的性和两性的生育。"

画面逐一播放反面案例。文面技术推广，首先统一了流水线工人的样貌与心态，一些智能化公司也不例外，只是手段更花哨。他们让质检部门严肃，让创意部门活泼，让销售部门充满热血，让操作机器人的员工专注于效用。文面是控制感知的好工具，让人的精神与情绪嵌入工业系统。同时，反制衡案例出现，人们或以文面罢工，或在接受文面的同时做爱，或将世界范围内不同的文面展示于窗明几净的没有阴影的博物馆。他认得其中几件藏品，是自闭小女孩的画，文面叠加了她的脸与抚养她的奶奶的遗容。其他作品不如她的动人。

"……文面的成人化称不上成功。伦敦研究组的思路是套用老路。按旧有道德标准营销新技术，以获得最快的知名度与最快的收益。只要方法得当，文面便能同时受左派与右派、保守派与先锋派欢迎，因为它没提供新的东西。技术有它的中介性和自主性，它渗入生活。欧洲伊奥公司购买文面使用权，从脑科学出发，想做第三种思路。"

他眼前出现大脑切片："人类大脑标记了人的进化路线，由内向外，分为爬行动物脑、古哺乳动物脑、新哺乳动物脑三部分。人的进化冲动,便是大脑古老部分向一个方向使劲,新脑部分,猛地向另一极冲。古老的冲动劝人奋进,劝人相爱,劝人相残,劝人堕落,劝人恐惧。新脑的冲动带来语言,带来概念,带来人类交流的统一,带来知识的代代相传。有人认为,新脑征服了野蛮的旧脑或古脑,还有人认为,旧脑能打破新脑的强权。"

"……我们为何强调新脑与旧脑的分裂?它们是一体的。"

伊奥团队提出:"社会的矛盾来自脑内的矛盾。脑内的矛盾,来自进化或成长过程中,古脑部分与新脑部分的'距离'。距离太远,沟通不够,似乎变成两件东西,试图互相吞噬对方。

"……文面提供了一种自适应的外在连通系统。"

他听说过伊奥公司。人工智能领域中的类人研究,他们做得很好。

画面切换至伊奥团队的文面结构分析。中心论点:"视觉与听觉比较抽象,尤其视觉,是人类获得大部分知识的途径。而同时,人脸表达喜怒哀乐,是古老情绪与古老冲动的最佳展示窗口。观察人脸,即是对大脑最上皮层、对大脑底层黑箱的直接凝视。人类历史的破裂与和解,皆来自于此。"

文面需成为必要的中介。

面对面沟通,他总躲开别人的眼部,看影视作品,他又喜欢人脸特写。他能理解顶层与底层的矛盾。

论文立论完毕,案例环绕他展开。

这一回,他没有挑选,闭着眼转一圈,直接投身最近的案例。

美墨边境。种族矛盾、阶级矛盾,院系派别、学术派别,非常复杂。起因是对女性主义的讨论。亚裔男学生质疑男女平等,认为男女有别。保守派白人男学生表示认同,进一步说种族之间也有差别。没等亚裔男学生表示认同,印第安血统的女学生也跟着点头。教室哗然。女学生胖乎乎的,半脸文面,她说性别差异不只存在于人类,从鱼类,到爬行类,到鸟类,到哺乳类,到灵长类,都有两性差异,都有两性的行为学与两性的社会学。她说,我们应做比较研究。比如,与人类基因接近的黑猩猩,它们大多活在雄性体系主导的世界中,阿尔法雄性拥有几乎所有的交配权,比它低等的雄性觊觎它的地位,又要服从他,还要帮他说话,有时也会沾沾自喜,狐假虎威。雌性和儿童的地位较低。王权易位时,有些灵长类还会咬掉前一任君王的睾丸,咬死它们的子女。她举例中国唐朝,有武则天,也有玄武门之变。当然,人类还是智慧一些,武则天全身而退,李世民没有杀李渊。所以,她认同,人类继承了从爬行类到哺乳类,尤其是灵长类的雌雄有别。大部分前现代的社会体系,都只是黑猩猩雄性体系的进阶版本。但自科学革命、思想启蒙,人类进入现代社会,充分释放创造力。文明社会中,女性的地位开始逐步上升。这才是进化的需要。

她说:"所以雄性主导的体系,从行为学到社会学,都是一种返祖的退化行为。女性主义才是人类高于黑猩猩的进化路线。男权带来压迫,女性主义带来进步,虽然这听来很人类中心主义,但这是进化,是男女有别的真正意义。除非,我们不相信进化论,或者认为黑猩猩是高于人类的物种……"

她没说完,有男的站起来,辱骂她的身材和她的文面,说她是原始社会的婊子。争论很快上升为斗殴,一时场面混乱,警察来了才勉强平息。

校董事会介入,决定让人文学院自行调解。亚裔女院长写了一封漂亮的道歉信,谈爱与和平。但她在公开演讲中承认,面对时代,面对金钱与强权,爱与和平的力量仍然只是微弱星火。事发当天先动手的恰好是变性后的跆拳道运动员。事情后来闹大,在种族与性别层面变得复杂。院长找印第安学生谈话,得知她的文面不是古老传统,是新文面术。印第安姑娘正处于重度抑郁疗程的最后一期。她状态不错。她向院长坦白,她最近还是害怕,虽然有朋友保护,但时时刻刻开着微型全息录影仪,比如此时此刻。院长点头。楼道里传来终身男性老教授与终身男性青年教授怡然自得的对话。他们讨论时兴的延年益寿技术。老的说,一百五十岁的男性有价值,一百五十岁的女性谁要呢。年轻的说,人口短缺,我们最好还是让女性生育。他们哈哈大笑。

女院长苦笑。她很自律,戒烟戒酒。院长室里挂了一个沙袋。她今天没揍沙袋。她问:"你的文面认知疗程谁做的?"

"伊奥。"

"我看过相关论文,涉及古脑、新脑的生长和连接问题?"

印第安姑娘眼睛变亮:"对。我去年在伊奥驻波士顿研究所实习,导师推荐的疗法。我正在申请今年冬天去曼德勒。"

"杜钦教授的研究组在曼德勒,她最早做的文面。"

"对。"

"我帮你写推荐信,然后我拟一份合作提案,你也带过去。"

画面转换。一年以后,院长文了全面,部分永久,部分具有动态投射效果,不投射对方的脸,只增加自身面部表情的光影。学校的人文学院、杜钦教授曼德勒研究组、伊奥驻波士顿研究中心合作,共同开发高校师生共情项目。他们提出宗旨:多样性代表包容而非对立。同一院校,师生认知能力趋近。因此认知不决定差异,感受与共情才决定差异。知书达礼之人做伤天害理之事,原因多在于此。

社交网站上,印第安学生这样评价:"很多人的知识只用来帮助他们的古老冲动,那些攻击性的、非爱的和非互助的冲动。因此,暴力和对立频发,人类执着于战争、灭种与自相残杀。"

成人文面系统的特殊功能之一,叫"照见自己"。不是文面者"照见自己",而是与文面者交流的人,要"照见自己"。

印第安女学生拿到项目,决定应聘该校教职。招聘面试使用"照见自己"的文面功能。印第安女学生陈述完毕,院长和应聘者没有说话。她们凝视着为难应聘者的审核人。

"上次事件表明,你容易情绪化,不是我挑剔,我们需要情绪稳定的人。"有人评价。

视角转向印第安应聘者,说来也怪,她还是她,但她的表情变得不太像她了。她的圆脸尖酸刻薄起来,莫名自信,不可一世,带着冥顽不化的劲头。审核者有点急:"你这是什么意思,我说过,不要有情绪。"

印第安学生仍然没说话。她翻起手腕,随身仪器显示,心跳血压也没有波动,但看她的表情,她似乎被冒犯了,马上要爆发似的。

"照见自己。"另外一个审核者解释,"她的文面系统能覆盖她的反应,形成保护层,你看见的,只是她用她的脸,反射了你的面相。"

"这是什么?我没有!我早就反对这个系统了!"他转向院长,院长也看着他。院长看上去也尖酸刻薄,而且充满权威,急于让周围人害怕和臣服。他拍案而立:"您是什么意思!您这是拒绝沟通!"

校董事会派来的观察员叹气。他是非裔,高大壮实,是最早文面的一批男性。他说:"这位教授,您看我。"镜头拉远,观察员表情狰狞,怒发冲冠,似乎下一秒会将屋里所有人揍一顿。房间一时静谧。审核人看见他,被吓住了,突然老实,然后赔笑。观察员的情绪也收敛,笑了。观察员对院长说:"这不解决根本问题。还是需要身体强壮的男性。还是怕这个。"

"会有办法。"院长终于说话。

观察员对全屋人说:"别担心,我们会处理极端情绪投射泛滥的问题。当然,目前最安全的策略是,您们向我、向周围的人,投射友善情绪。"

六

"照见自己"的社会效应最直观。一时间,人文学院的少数派和大部分左派都选择为期三个月的非永久文面。院系内部矛盾减少,其他院系的参与者增加,尤其关注科技前沿的年轻人。硅谷公司投递橄榄枝。"蓝血"气质的伊奥公司从未如此受欢迎。半年后,更为全面的第三方评估递交校方。反对派列举文面"照见自己"的弊端,包括假友善、小团体(或权力集中)、阻隔真正社交等。反对派说,人存在的意义是向世界输入自己,需要更加直接真诚的沟通,应叫停文面。全国范围内,文面大众化趋势引发讨论。学校作为试验区,它的地理位置起到作用。美墨边境,边境墙拆了又建,建了又拆。人很杂,愿意到这里来的学生、老师、研究者,不完全算主流。半年时间,文面使用者遍布全校。他们开发了更丰富的用法,抵制反对派叫停文面的呼声。

人文学院院长支持文面:"我从小便听大禹治水的传说,禹的父亲节流断水,以禁、以堵为方,没能成功。禹讲究疏水导流,依势放水,最后成功。文面也应如此。"

人文学院佛学中心也参与开发文面,提案"见自己、见世界、见众生"的文面三阶段。很快,公众的注意力便从"见自己"转移,急于"见世界"和"见众生"了。

案例播放结束。案例的关系网迅速铺展。他操作互动界面,第二章节所有案例,几乎全受这一典型案例影响。"照见自己"技术虽在事件发生的五年以前便已存在,发明于曼德勒,在东南亚推广。但或许由于技术的使用国与关注该产品的人,大多本就信佛,没多少文化冲击。"照见自己"虽改变了亚洲传统的男性思维模式,东南亚女性终于可以进入寺庙中央的祭坛,但她们和她们的国家没有受到真正关注。

美墨边境公立大学事件,才让文面成为全球性公共产品。

他想到镜中反射的罗夏文面。他不喜欢"照见自己",与世隔绝是正确选择。他又心有疑窦:为何随机选择的案例仍是重点案例?他提取第二章第二节所有案例的关系图,发现呈树形展开,存在几个关键节点。他找到一个相对独立,看起来与潮流格格不入的案例,点击沉浸体验。

文章先引案例主角的自述:"……在现实世界里挖出一个人形腔体,这就是你与我的存在。可是我并不能控制我与外界的接触面。外面的世界蛛网似的成长,渗入这个中空腔体内部。这就是我。但我不会让我的孩子或我的亲人经历这样的侵蚀。"

他看案例标签:"见众生"。

主角的父母家庭殷实,早年更为富庶。后来她家有变故,父亲早亡,母亲再嫁,并不顺遂,最后离婚。幸运的是,她并不缺乏母爱。她的母亲热爱艺术,人生遭遇很难让母亲维系真正的艺术梦,母亲便做着任何与美相关的行业:制作陶器、手工艺品、小首饰,设计衣服纹样,并在网上销售和推广。她母亲敏感,多少有缺乏注意力的症状,无法持续做一件事。所幸,她的母亲每三四年便重新把做过的事情捡回来,重新起家。她成人时,她母亲的积蓄总算让她们有了稳定感。进入社会,她发现,她遗传了母亲的大部分特征:对待爱情飞蛾扑火,总难长久;热爱艺术与美,却无法专注。她的心境每每影响事业。闪婚闪离后,她有了一对双胞胎女儿。

此时,她痛定思痛,看了不少认知行为学方面的普及书,认定家庭与心理传递习染,有时比基因更强大。她不会怨自己母亲,她也不希望自己的女儿怨她,但她得从自己开始,阻止一些恶性循环。

她选择改变自己。

她一边在视频网站工作，一边加入了新兴的文面心理疏导。她选择最为宽泛的自我引导。线上店家普及，宣传语说："这就像健身，甚至比健身更具自主性。我们为你配备专业的文面心理辅导员，他们是青年研究者或读到研究生以上的学生。你们可以定期交流文面的效用。他们为你调整系统的适配方向。你也需要自主设立预期目标。记住，没有普适的文面，也没有绝对健康的心理标准或交往准则，一切以特定的情况和需求为准。"

她借助简单文面，有效疏导了注意力缺乏的问题。她更专注地制作视频和阅读书籍。女儿们读绘本，也更专注于故事。注意力加强后，多线程的思维模式加强了一家人的学习能力。女儿们快速学习拼音，很快懂得识字、读书。童话变成她们的看护者，省了她许多心力。可同时，她母亲因病住院，很难适应院里氛围。几周内，她疲于奔命，直到一天夜晚，她回家，女儿们正拿着绘本，说书中的内容同她做的虚拟形象很像。她刚接了店家虚拟模特的设计工作。由于劳累，她不自觉将绘本的角色性格，赋予电子虚拟人物。那段日子，她连夜修订设计。通宵后，她看着镜中重重的黑眼圈，琢磨做一个全面文，这样就再也不用管理面色了。她觉得女儿们关注书中的角色胜过她和她母亲。她为女儿们做了淡淡的非永久文，防止她们被负面情绪霸凌。她也一直开着"照见自己",方便即时调整自己的情绪。或许如批评者所言,"照见自己"阻隔交流。她担心女儿和母亲被她隔在心理防线之外。母亲最近情绪化,可能源自于此。女儿们还好,或许因为她们拥有互相的陪伴。

不,故事里到处历险的迪士尼公主和霍比特人,才是她们的情感投射。

她突然头脑清明,想到了新办法。适时,新文面的"见世界"功能正在开发,外包到全球各地,带来真正的关注与效益。"见众生"阶段则启动谨慎,仍由杜钦博士的曼德勒科研组主持。她们的产品进入临床阶段,向全世界征集志愿者和文面思路,以选取合适的人员,参与内测。她赶紧填写志愿表格,拍摄自己设计的"见众生"思路,打包线上投递。

三个月后,她被选中。她也发现,人生中最艰难的部分似乎已提前过去。母亲度过危险阶段,预后良好。女儿们顺利入学,学校托管措施好。她再也不用担心家中突然发生事故,或者看护机器人突然发疯。她的母亲恢复了手工艺者的忙碌。她继承母亲的匠人能力,只是将所有热情投入到虚拟世界。

"见众生"的制作逻辑众说纷纭,莫衷一是。一种思路采取直接的纪实方法,强调冲击力。受试者观看相应题材,与内容中的人物共情,同时训练文面的自组织系统对于情绪的调整和适应性。有人讽刺，这是《发条橙》策略，是一种洗脑。另一种思路则建议做面容的叠加，做"千面如一面"，构造不同门类的"观相"组。这一思路的最大障碍在于如何分类，如何让一个人通过一种文面见到众生万象。有人评价，与其训练文面系统，不如提高个人素质。

最后一种思路依赖创造力，在她眼中更为可行。自人类诞生，我们便拥有想象与神话。面容崇拜是人类精神世界的重要组成部分。后来，摄影发明，影像泛滥，每个人每天接触各种各样的面相。众生的容貌充分渗入每个人的生活。自戏剧到影视，自游戏到虚拟现实，被创造的人物不可或缺。这一种思路建议以艺术人物为中介，以连接人与人之间的文面沟通。她做这一行，最终被招募为志愿者。

分配的指导员名叫周笑，隶属人工智能公司"勿用"的基础科研部。他说："问题在于如何理解艺术。"

她的理解不一样。她相信，人类不应将艺术孤立，挂到高高在上的地方。她的两个女儿每天通过《绿山墙的安妮》与《柳林风声》理解人类。艺术才是人与人深度沟通的渠道。

"'见众生'需要首先展现神话或艺术作品的千万面相。"——她在手账本中记下这么一句，撕下来，钉在床头。

论文注释，很多人与她有同样想法，但大部分人只关注前现代神话、宗教圣像画、名人与伟人。第一批"见众生"参与者中，她选了连环画与童话绘本，视之为情感与认知成长的基础。

她筛选了母亲、她、女儿们共同喜欢的作品，范围不大，最后圈定《西游记》的悟空、《包公案》的展昭和锦毛鼠、《冰雪奇缘》的两姐妹、《哈利·波特》的韦斯莱双胞胎。这些角色形象丰富，衍生品众多，方便取样。她建立文面家庭群组，将所有角色和她们的面相特征都丢了进去。开始，她让系统随机生成文面，以五天为一个记录。那段日子，除了面部采样点，文面都是她母亲睡前，参考影像文案，为她们一笔一笔画的。很快，母亲爱上了文面。三个月后，实验开始见效。家庭沟通变得顺畅。有时，她觉得两姐妹很享受轮换扮演艾尔莎的快乐。她能分清在什么时候，谁更想站出来负责任。另一些时候，她们胡搞起来，性格就混在一起了，就像她和她母亲总分不清韦斯莱双胞胎。不过，总的而言，她们知道双胞胎不会乱来。她母亲明显更喜欢锦毛鼠、展昭这样的"老人物"。两个小家伙终于意识到姥姥的喜好。她不得不承认，她们祖孙的和谐时刻，宛如包拯带着两个跟班。女儿们进入叛逆期，孙猴子成为互相理解的钥匙。她终于可以放心说，出门惹了事，别说我是你们的妈。

她母亲认为，文面只起中介作用。她对此有所保留。她写道："艺术作品，让人类复杂的内心和情绪直观化，好演员的意义莫过于此。但角色高于演员，文面高于个体。人类的面容通过演员升华，被升华的面容被文面捕捉、提纯，不断抽象。我们芸芸众生也可以通过文面,获得更丰富细腻的、接近艺术人物的亲密关系。"

被问及凶杀片和罪案片,她表示:"我同意院长,大禹引流才是上策。我希望女儿知道暴力,拥有克服暴力的勇气,但不崇尚暴力。"

论文注释显示,这一句话流传很广。但她作为"见众生"案例的贡献者,之后,为保留隐私,很大程度上销声匿迹了。论文提供部分后续线索。

她的设计非常成功。一家三代人的文面图样是如今大部分"文面角色创作系统"的底版。换言之,她们通过提取、互动、融合、共情,发明了非古典的、现当代的大众叙事文面。

勿用公司的周笑坚持他的定论:"艺术高于生活。童年时期读过的故事、经历的艺术,将塑造一个人的理想和目标;成年时期的艺术启蒙,能让人理解成长、衰老、死亡。但以前的艺术太抽象,或者只能处于私人体验阶段。文面不一样,言辞无法表达的体验和情绪,能直接进入你的表情和共情系统。你能从自己和别人的脸上得到艺术表达的精髓。这就是文面的艺术人格化。"

论文调研,周笑的提法,事实上阻碍了主张"接地气"的营销策略与公共口味。没多久,版权相关方就知识产权,一起告了案例主角,说她侵权,并要求相关方赔偿。事情闹大,她变为版权纠纷的借口。后来,涉事多方庭外和解,新文面也正式同娱乐形象的设计产业合作。文面控制问题再次成为媒体与研究的焦点。也有人指责她没有自创艺术角色，只使用大众化IP。与此同时，角色文面流行起来，遍布社交媒体，彻底进入下沉市场。不过，运行初期，角色文面只使用滚珠投射，都是非永久。半永久或永久性的娱乐文面仍被禁止。

事发之前，她赚了不少，还清贷款，仍有盈余。案件结束，她赔了一些，又欠了款，好在欠得不多。曼德勒大学艺术学院提供职位，她欣然应允，举家前往。自那以后，她专注于小众剧情片或独立角色扮演游戏的文面提取与设计。她的成果直接供实验研究，以提供非娱乐化的、深入人心的艺术角色文面图样。相关使用距解禁还早，尚属保密，因而与她关联的案例线索尚不确定。论文没多加追溯，她的案例显得孤立。

影像结束，他定定神，浏览第二章第二节的案例谱系。可大致分为"见自己"与"见众生"两部分。"世界的生命"被放到最后一章。

"照见自己"功能逐渐成熟，从"让别人照见自己"发展为"通过别人照见自己"。程序员与设计师表示，区别在于后者是从"见自己"到"见众生"，然后再返回"见自己"的过渡。让别人照见自己仍是拒绝交流，像初级反讽。通过别人照见自己则是一门技巧，需要生产者、使用者与新文面中介互相适应。文面系统的适配性能进行自我组织与环境识别，反射对方的情绪，同时将对方的面部信息与感知信息通过文面，传递给使用者，让使用者间接接受对方反应，然后，吸收对方对自己反应的反应，让使用者对彼此的表达产生更清楚的感知。

"……通过见众生，来见自己。"杜钦博士接受采访时，进一步解释，"我认为，一直以来，人脑，或人类全身感官的交流基础，源自从'众生'到'自我'的过渡。自我后于众生产生。很多人批判新文面干扰自我认识，但很可惜，我们中，大部分人将别人投射的意识当成自我。这种自我是不需要照见的，它是执念。放下自我执念，才是'见众生'和'见自己'。"

图像与视频加速奔跑，理论阐释激不起多少波澜。不过，在一个重体验轻思考的时代，直观感受决定着产品。

美墨边境大学最先完成新文面的全校更新换代。院长成为校长。大多师生做了半永久文面。如何把握信息也是一门学问。自然主义者与文面至上派仍吵得不可开交，时不时横幅游行。不过，文面的确减缓了尖锐情绪的接受与投射，加速了复杂感知的表达与沟通。

"物以类聚，人以群分，但也得交流。我盯着他们的文面就好了。图腾总有美学价值。"被采访者如此回答。

后来，基于艺术角色的"见众生"功能引入，几乎所有人都在自己的文面系统中添加艺术形象或者亲人、爱人的文面特征。人与人之间的交流被"见众生"提炼。

七

第二章浏览完毕，又入了夜。论文审读时间所剩不多。系统通知，最后一章可使用第二章结余底料，或今日夜审，或明日早审，这样，他还能留一天认真撰写评议。

他让系统等一等。他离开审核室，端杯茶，走到阳台，想先透口气。出乎意料，对岸榕树高得占据三分之二天际。夜风吹来，穿过榕树，树叶和风透出一阵熟悉的底料味道。他的房屋位于生态村靠北一半，与南半村隔涧相望。北边属于长租客或定居者，南边是短租。娱乐项目全在南边，旺季时，夜晚很吵。不过，沿河榕树都上了百岁年纪，能形成天然隔音层。有时，对面光污染重了，乡政府会给榕树投一层全息屏障，挡住南半村的夜生活。

他看数据：今年榕树的高度与广度突破历史极值。可还没到旺季。他仔细嗅，确实是底料的味道。

系统提示："您读完第二章，权限更多了，建议参考村县近一年的发展志。"

他迅速浏览。全国范围内，通用文面系统上线，用了分布式协调系统，维修和管理也分布到世界各地。地方差异取决于硬件，民风的"物以类聚，面以群分"也成为主要因素。大众文面系统对纳米芯片等硬件的要求不高。文面底料成为决定因素。是否环保，是否护肤，是否具有天然香气，成为关键。村子地处云贵高原，香料丰富，东南亚进口也便捷，自然成为新文面追逐者的乐土。为提升知名度，"底料尝试"成为生态村的旅游主打宣传。做永久或半永久文面的"雅痞"蜂拥而至。最有趣的，五年规划准备在南村设立底料研究所，如建制顺利，将在地级市设立底料加工厂。

他问系统："论文送到我这里，是否和底料研究所有关？"

系统故意发出嗡嗡的转动声音，最后说："涉及审核信息保密问题，无法提供有效回答。"

他换了个提法："你知道这一切的前因后果吧？"

"知道。"声音干脆。

"你对文面怎么看？"

"我没有容貌，没有面相，无法做出客观判断。"

"那文面系统怎么看自己？它应该和你很像。"

"不，它不一样。从一开始，曼德勒杜钦研究组就不做集中式感知系统。您看，你我的自我意识，本就是集中式统筹的产物，天然有排他性，天然既看不到众生，也见不到世界，只能自我扭曲。文面作为沟通系统，是分布的，所以不可能以单一视角看待'自己'。另外，文面智能实际较低，深度结合于使用者本人的感知。它有自主性，但更像植物。植物怎么看待自己呢？"

"你难得表达观点。"

"我肯定有观点。我认为,文面不是人类的镜像,拥有部分自我意识的人工智能才是。比如我。"

他知道,他与系统合作多年,互相适应,系统早已学会客观地向他递话,学会让他接受它的观点。

轻松一点想,它是他的镜像。它已提前帮他处理了一些思考。文面也可以提前帮他处理一些感知。

他调取心跳、血液检测等数据,问:"从泷族老奶奶给我做罗夏文面开始,你就一直记录我的身心数据了,对不对?用作审核参考。"

"是。"

"特殊论文即特殊案例。我的数据不是隐私,我也是案例之一。"

"是。"

"五感论文,感受所体现的主观性,权重更大。"

"是。"

"所以,即使我写了评语,也只是参考。关键是,我作为文面的初次使用者,能提供整体的适应性和反馈。我作为罕有案例,能提供罕有数据,我本身的感知反应,我本身的文面使用方式,也决定着论文评审。"

"涉及审核信息保密问题,无法提供有效回答。"

"我是否可以承担底料研究所的顾问角色?"

"可以。"

"那论文不急着审。我出去逛逛。"

他不常走动,散步也往山里或乡间走。他想起来了。一年前,他应在村北的河岸见过村南的文面游客。他以为那只是波西米亚新风潮。浏览网络或新闻时也出现类似情况。他的感知帮他过滤了未知信息,他的系统只提供他感兴趣的话题。他的信息茧房构造得如此彻底,让他对文面的发展一无所知,也让他成为盲审系统挑选的特殊案例。

他想,这未尝不是一种因祸得福。

他没有立刻去南半村。他害怕过了大榕树就被别人的文面影响。他需提前冷静,留出消化空间。

他不反对技术,他认为技术中立,关键在于如何使用技术。泷族老文面师的采样,杜钦介入儿童感知的引导治疗,从"见自己"到"见众生"的技术开发,新文面的核心在促进交流——从底层、从关爱、从多元性、从艺术、从爱与和平——但这不够。他相信冷酷与冷漠的重要性。沟通为他提供情感抚慰,但不能干扰他的思考能力。他自诩独立且自信,是独立的个体。他要强调自我的界限。曼德勒组选择文面的感知沟通,选择人与人的互动。他的立场刚好相反。很明显,文面也具有感知屏蔽的功能。文面就像面具,遮挡人的容貌、表情,乃至生命。脸、文面、面具,互成悖论。人与人不直接相遇。早在文字诞生前,人的交流便由面容、面具与文面做缓冲。他相信,人的自由与独立,来自于此。

　　他走进林子。山中有专门的徒步道,道旁种次生林。他边走边打开网络,搜集信息。果然,论文没有展示所有案例。文面也属于中国浤族老一代婚娶的审美。女性的文面让人生畏,成功阻止了其他族裔男性对女性的掠夺,本族男性便更易保持香火不灭。战后东南亚,满目疮痍。杜钦研究组与曼德勒大学最早的文面设计,不是用于沟通,而是用来平复或规避战争的创伤。主要策略,即利用文面的屏蔽功能。

　　见到文面的人,大家往往选择躲避,因此对文面者少有干扰。新文面可助人进行面部表情互动,也可强行采取表情停滞手段,让人面部呆板。"面滞"一词那时已经出现。"面滞"保证了初次抵达东南亚的国际志愿者免受战后惨相的心灵之苦,也让难民的心灵暂时趋于麻木。远古图腾的抽象功能也恰好体现于"面滞"。

　　他边走边口述案例与评论:"我们不要美化过去,图腾的功能不源自丰衣足食,不源自人类空闲有余发散的想象力。图腾是逃离现实,是构造新的现实,文面亦同。'面滞'才是文面最本源的意图,我们要尊重遥远的先祖。虽然'面滞'受到批评,但我们不能忽视'面滞'对'见自己,见世界,见众生'的制衡功能。"

　　他行至步道的休息点,借着月光,调出全息屏,输入评语。

　　他认为,战后重建初期,"面滞"者对老幼病残、死伤饥懂,无动于衷,看似有违道德,但有助于快速完成战后评估、物资调配、基础重建。必要的冷漠带来高效的数字。技术另一面的效用不容忽视。

"照见自己"功能需正视一个前提:并非所有人都有完整的自我人格,值得"照见"。而拥有完整自我性的个体,也不可能是完人,不应以情绪反射或自我反省,苛责他们的所作所为。因而,"照见自己"应加入用户自主的"面滞"功能,以彻底阻断恶性交流,而非只强调协调。

"见众生"主要以艺术服务大众。但艺术并不代表全部。人有能力享受艺术,但并非所有人的衣食住行都需要艺术。许多人一生没有艺术追求,也能平安度过。艺术化的人生反而每每复杂坎坷。艺术形象的文面不应推得太广。生产者应提高付费标准。同时,艺术形象总有先锋的一面,容易让人自负或让别人产生畏惧。文面需要消除"见众生"的艺术性,需要"接地气",需体现文面的尘世之美。

他大概完成了盲审论文的初评逻辑,虽不够周全,但没关系。论文负责逻辑,评审可以只有观点。特殊论文的评审需要击中要害的反驳。他经验丰富,他知道评审委员会的取向。何况,他对于文面的抗拒,他如何被文面诱惑,都将形成生理的指标,打包发送给委员会。他在概念层面落实态度,就可以了。

录入完毕,他一身轻松。时间已过午夜,明月当头。为了记录,他还得体验南村。他深呼气,要求系统开启新文面的"面滞"权限。系统悄无声色地默许了。系统没有脸,它天生拥有受"面滞"保护的心灵,值得作为参考。

他使用"面滞"。他感到面颊沉重,嘴角下垂,整个脸庞僵硬。他看硬件信息。贴面滚珠的运动功能定点熄灭,重力反向运作的动力源消失。小小的滚珠恰到好处,挂在脸上,自然而然变沉。他的好心情也沉下来,所谓脸通心。不过,他感到自己更客观、更理性了,能正确看待文面的新世界。

他沿山道往下,目之所及,万物澄澈。回到村北,他发现山道口的木盒子里有一排随取随放的增强现实眼镜,生态村特供。他取了,戴上,镜面显示,新文面系统可接入生态村"万物有灵"的试运行版,链接方式将通过增强现实进行镜片投射,用户可根据自己的文面状态,调整接入的方式与强度。他眨眼,调整焦点,选择链接。北村链接点少,道路两旁稀疏散布,草丛似的矮小。南村的链接点铺天盖地地生长、消失,有的爬到榕树树梢,风吹着,产生波浪状效果。它们蒸腾着膨胀、飘动。他处于"面滞"状态,他靠近草丛,链接触点宛如浅海的海葵,受了惊一般,噗一声躲到地面以下。

"这不好吧,"他说,"'见自己,见世界,见众生'。我使用'面滞',但不应该阻隔我和世界的交流。"

系统适时回答:"南村使用新文面系统,它的底层逻辑不一样,是杜钦研究组改进后的版本。新系统的分布式逻辑要求以'见众生'作为基础,然后才'见自己''见世界',从'自己'到'世界'也需以'众生'为中介。"

"这是篡改旧有逻辑!"他指责。他很想接入"见世界"界面。他喜欢自然,他们怎么可以剥夺他独有的自然。

"关闭'面滞'即可。"

"现在不行。"

"您可以通过眼镜观察别人的链接状态,再做定夺。"

他摇头,索性扔掉眼镜。"面滞"整体钝化了情绪与感知,他的坏心情也没持续多久,整个人变得麻木。除了路灯闪烁,北村沉入静谧。南村不再锣鼓喧天。光影还不断跳。他沿着窄桥过河,榕树的隔音系统越来越好。不对,他忍不住返回桥头,重新佩戴眼镜。果然,并非单纯隔音。河畔榕树属新文面系统"见世界"的环节。电磁场与声音场向南飘,顺应风与地势,将南村夜生活的灯火嘈杂拢在一个区域内。光和声的区域做定向处理,集中服务于文面的人,呈回卷形态。断了的链接则散开、膨胀,形成一种杂乱涡流,可视为屏障,形成较为彻底的隔离层。很明显,不是近期建立的新系统。他定居原生村以前已经建立,现在趋于完善。榕树的隔音效果叠加了天然屏障与"见世界"虚拟构型。

山风过谷,榕树树冠跟着哗啦啦动,每一棵树的明暗变化,突然变得像一张张人面。人面面庞似乎又文了几何形态。文样跳动。他认不出它们的表情。他开着"面滞"功能。他害怕认出它们的表情，不管是快乐还是愤怒。他再次选择扔掉眼镜，榕树变回原来模样。他长呼气，总算过了桥，迈过老榕树经脉分明的根系，进入南村。

他仿佛进入另一世界。即便处于"面滞"，没戴眼镜，月色与星空也变得更加明亮。南村以另一种原生态著称，白日烟火气十足，夜晚总有叫卖夜市。据说乡镇府准备集中全球节日，每天有新鲜的各地土产。他们承诺："我们不做虚拟，我们只提供坚实且长久的物质。"

网络时代，是否有未被虚拟世界调配过的物质？他以前不在乎这问题，但他体会到了。此时此刻，光与影的效果并不适合裸眼，铺地的鹅卵石与沿街店铺的摆设也不适合没有文面体感的受众。现实的体会变得超现实。没有增强现实修饰，没有文面共情，一切变得宛如半成品。已入深夜，最人声嘈杂的时刻已经过去，短期游客所剩无几。悠然闲逛的文面客不是来考察办事，便是南村的长居者。

原生村公共论坛的两派人泾渭分明，物理空间也被河道一分为二。热衷技术的、五花八门的左派集中于南村。北村则属于离不开技术的保守者或反技术派。他们离得很近，互相又罕有走动，也不交流。他今天算异类。他的罗夏文面让人友善相待，不过，他们仍然心存芥蒂，与他保持谨慎距离。

不，也不一定。按照"见自己"与"见众生"，当他开启"面滞"，罗夏文面只具反射功能，别人看他快乐，只因罗夏图

一篇关于"文面"的论文 | 213

式反射了他们自己的好心情。他们心存芥蒂,也因为,他的情感表达已然停滞,别人无从获得反馈,只能保持距离。

系统悄声建议:"您可以关闭'面滞'。"

"不!"

"月色如此,为何拒绝万物?"一个人说。

他回身,一个光头大汉,浑身肌肉,裸露上身,嘴上挂了三个环,皮肤遍布纹样,只有大脸盘和明亮的脑门干干净净,没文任何东西。很怪异,却也像超现实世界中,唯一真正现实的家伙。

八

他感到共鸣,走上前,指自己的脸:"这不是……"

"不是您主动申请的,是试用版,我看得出来。有人在推广,有人反对推广。一切还在论证阶段。"对方眨眼。

"的确,还在论证阶段……"

"您感觉怎么样?"对方微笑,很难辨别态度,"您是不是开了'面滞'。杜钦组一直反对'面滞'大众化,所以'面滞'功能一直比较初级。您打开了,正常的、感知别人面部表情的能力会全部丧失。我现在笑着,但如果我想捅您一刀,您也看不出我的杀意。有些地方适合'面滞',比如警界和军界,他们在开发能透析伤害意图的纹样。但如果是我,我也不建议推广。"

他重新确认自己的"面滞"功效,说:"'面滞'属通用文面,是基础的隔离感知功能。早期的开发和使用肯定不复杂,不会是定向的。"

"您不知道吗?杜钦组早期急于取样,精力又不够。她不喜欢'面滞',就把'面滞'的采样工作外包了。接活儿的算有头脑,就地取材。战后东南亚集中了不少冷漠的杀人犯和心硬的生存者。那时候整个东南亚的境况都不好,女性拐卖和买卖非常严重,跑回来的和没跑回来的,不是遭受冷暴力就是直接遭受家暴。亲密和暴力关系中,受害者和施害者确实适合'面滞'样本收集。'面滞'建模很成功,但杜钦后悔了,她极力反对推广。你脸上的'面滞'功能,无不来自直接的战争暴力和性别暴力。"

"但有保护功能。"他说,"是古脑的自保本能,是人面对危机时的基础能力,不能取消。"

"如果您崇尚杀戮和对立,缺乏共情确实是最棒的保护伞。"对方笑着,"您是吗?"

他强调:"当然不,我崇尚和平,否则不会住河对岸。"审核期间全程录音录像,他得做学术界的和平主义者。

"那您大可以关闭'面滞',打开共情。您瞧,我没有文面,您可以选择接收真实的我。"

他将信将疑,犹豫了一分钟之久,终于关闭"面滞"。

一切变得真实:光影、街道、烟火气,岁月静好。对方表情变化不大,整体散发友善氛围,虽然嘴角眼角仍带着一点点审视的讽刺。

"还好吧?"对方问。

"好。"他再次获得安全感,观察对方。对方的全身纹路微微变化、转动。他问:"您这是做的什么效果?"

"'见世界'。"

"在您身上吗?"

"看您的罗夏文面和材质,应该是某种测试版。我大胆猜测,您知道村子会建底料研究所。底料本就来自物质世界。底料研究所不仅服务于面相,也服务于物质本身。我是底料研究所建设考察组的一分子,负责器材安装。"对方摊开臂膀。

这一回,他看清了对方的摊位和对方身后的工作台。

他是一位赤脚牙科大夫!

他本能后退一步,自忖,怎么刚才没有发现——是"面滞","面滞"阻隔感知反应,对特殊物件的思考也钝化了。"面滞"功能需要提高!

"您想多了。"对方摆手,"我服务的不是您。是其他'见世界'的工作者。为了减少'见自己'和'见众生'的干扰,我们做了文面去除。"

"您原来有文面?"

"当然,您觉得我像是拒绝文面的人吗?"

他觉得被欺骗,问:"所以,考察完毕,底料研究所建成后,你们还会恢复文面。"

"我不会。"对方盯着他,"用大白话说,文面只是路径,不是结果。没有文过面的人,以为'见山是山,见水是水',文了面,世界更广阔了,山水便不同。但终究,我们需离开文面,也能看见广阔世界。我觉得我已经达到这个阶段啦。你说我自我感觉良好也行。"

"如果是这样,那我也感觉良好,我也觉得自己已经达到'见山是山,见水是水'的境界啦。"

"第一阶段的'见山见水'和第三阶段不一样。文面意义上,您还处于第一阶段。我判断,可能是第一阶段中的第一阶段。"

"我不是。"

"您当然是。"

他们对视,微笑,很难说谁比谁笑得更含义丰富。

但他意识到,他已介入"见世界"阶段。五感论文第三章,也就是最后一章,讲的大约就是"见世界"的应用。系统没有因为论文审核的各种原则,屏蔽他们之间的交流。究其原因,要么是二人都属于测试版的参与者;要么,系统判断,他已进入第三章,考察村落也是审核第三章的任务之一,他可以与南村的人接触。

他问:"您的牙科和假牙是'见世界'的器材服务吗?味觉增强?"

"您总算问到点子上了,"对方大笑,"味觉增强,不是增强味觉。您一定懂其中的差异。我们不单纯增强味觉,我们把味觉中未开发的感知功能增强到其他五感上。"对方低头、张嘴,舌苔有纹样,直到舌尖,牙齿内侧有五彩触点。"输出功能。"对方解释,"人类面部,眼睛的接受性强,舌头的输出性强。舌头属味,也可以属声,但不属视觉与文面,恰好适合做外部系统,方便调整'见世界'。现在时间晚,我值夜班。白天,您会看到和我一样的去文面者。当然,他们比我好,身上也没有纹样。我们都用口腔系统调试'见世界'。"

他觉得上当了。他本以为对方是同道中人,对文面持怀疑态度,结果光头大汉更加激进。纹舌波及底层五感,看起来像将是黑色墨迹文到了古脑上。他忍住内心不快,问了最后一个问题:"舌头和'见世界'有什么关系?"

"我们从自然来,最后回到自然中,参与万物循环。早年的'见世界',太关注'观世界'了。而重要的是近距离体验世界。体验,您懂吗?触觉。冷、热、痛、甜、苦、酸、辣。我们的底层通过这些'见世界',但这些怎么投射到世界上?章鱼的触觉。章鱼的神经系统大多分布在表面,布满皮肤。它们的吸盘像一枚自主芯片。新的'见世界'系统,就是把我们的舌头外翻,或者把章鱼的皮肤内翻。当然,只是个比方,别害怕，我们不是真的要拔掉舌头或者残害章鱼。我们只是在'见世界'链接中用了章鱼的神经网格系统，一种比爬行动物脑还原始的触感地图。真正的感知和体验，多棒！"

他觉着对方嗑药了，"嗨"了起来。他想走。

对方一把拉住他："真的，别怕，通过口腔纹样构建'见世界'，只在这里有。其他地方很视觉化的。可口腔与吸盘才是'见世界'的底层逻辑啊，您如果参与审核，一定要记住这点。我用我的眼观察世界，我用我的舌碰碰牙齿键盘，修饰世界。原生态村讲究吃喝用闻的清新。我用我的口腔和鼻腔就能感觉到一切。我的手也灵活，文面、文舌、换牙都擅长。您可以抵触文面，但如果想待在这里，就应该尝试新技术，我叫住您，也是……"

他开启"面滞"，挣开对方。对方变回一个超现实的人，不再是真实的庞然怪物。

他责怪系统："他怎么了？为什么不警告我！"

"他吃混了山菌，刚刚发作。他口腔系统很敏感。按通告，这三个小时南半村的调试权限属于他。他会是您的好案例。反面案例。"

系统没再说话，充分的沉默给予他足够的思考空间。

他意识到它也怕了。自电脑兴起，网络普及，一直以来，它是人类的"见世界"。它作为人工智能，是视觉的、理性的、新皮层的，大多数时候，服务于控制而非交流。它才是人类投射给电子世界的、最远古的"面滞"系统。

如今,世道变了。它作为系统,也不希望看到自底层向上的更新换代。毕竟,人类有人权,它的使命即是速朽。它何时感受到危机?很早以前,他来原生村以前,和他相遇以前,它已经感受到危机。北村与南村的差异,便是它与内翻章鱼皮的差异。它们无法共存,但只有一河之隔。它一直为他做信息屏蔽,它知道未知的另一半世界。而它和他互为镜像。它的观点就是他的观点。

为应对文面论文盲审,它或许早就做了万全准备。它清楚论文权重,清楚委员会的立场,清楚原生村的南北情况。

他应该听它的。它是他的最好引路人。

他以前害怕人工智能,觉得总会冒出一个恶魔,统治或消灭全人类。他现在明白,他之所以这么害怕,只是害怕异己。而它是他的投射,它不是异己。他们都崇尚"面滞",对共情颇有忌惮。他们本质何其类似。他们一起,才能阻止异己。

万幸,他意识到了,他们共享同一道德与理性的逻辑。

"我该怎么办?"他问。

"现在,您可戴上眼镜,放松心情,全身心投入'见世界'。我会按论文要求,为您隔离不恰当信息。"

路上行人开始欢呼,整个南村突然热闹。他关闭"面滞",佩戴增强现实视镜。文面的共情功能逐步恢复。脚边榕树树根弯曲,凸起,破土而出,从表面生出枝条,向上生长,迅速与榕树落下的藤蔓合二为一,变为枝干,枝干表面又分出枝杈,靠近他,接入他的面庞。而此时此刻,他并不畏惧。莫名的快乐顺着树木枝叶生长,进入他的罗夏文面,找到他的表情采样点,戳入他面部皮肤,深入他上皮细胞,找到他的神经,控制了他的纳米泵,沿着电流传播,疏导递质,循着神经通路,抵达大脑。他低头,他的双足已同榕树融在一起,更多外部感知涌入身体,沿着脊柱,进入爬行动物脑、古哺乳动物脑、新哺乳动物脑。他头皮发麻。他同时又心如明镜,清楚嗑错菌类的文身壮汉正将迷幻的世界投射到南村。村子没什么现代化表达,声光色只有依赖原生态的植被,进入每个人的神经。系统屏蔽了什么?他不知道。他突然不在乎了。他迈步,长在他脸上和足下的枝叶拉扯他,然后退去。路边草本植物紧跟着扑向他。房顶藤条也不例外,蜿蜒顺瓦砾而下,扎入他面部文面,顺着纹样探索他的整个头颅。

他的视野被挡着,但他还看得见。

通过众生以心见世界。

很难说清是他自己看到的,是系统告诉他的,还是别人通过链接系统丢给他的层出不穷的概念。

他向前走,重新瞧见光头大汉,这回,他浑身插满五彩接线点,正同面目生出弦乐器的姑娘聊天。他的嘴唇与口腔一张一合,汹涌的数据喷薄而出。

"哈啰!树先生!"他大声说,"不好意思,刚才冒犯,我吃错东西了。"

"你张嘴！"姑娘捏住他下颌，将他的上下牙取出来。

"我的键盘！"他抱怨。

姑娘警告他："你三年内都别想当'见世界'的DJ了！再说话，我就找人褪了你的舌纹！"

大汉变得老实，姑娘从自己面部抽出粗细不一、软硬皆有的乐弦，一根根插入壮汉的上下牙床。

扑向他的植被变得没那么急切。

姑娘解释："混乱的局面今晚就能控制，但散发出的意象收不回来了，您如果觉得不适，就摘掉视镜，开启'面滞'系统。"她加一句："靠近您的全都是植物，您确实适合生态村。"她递上名片："我今后五年都会在这里负责底料的质量监督，您可以联系我。"

他欣然接受，问："质量监督？"

"底料是人通过感官感受物质世界的方式。我们每个人从视觉到触觉的感受力不同，底料属硬件层面的协调组织，对于'见世界'尤其关键。"

她观察他，他也观察她。不过，确切地说。他们都无法直视彼此的脸。她脸上盘曲着无数琴弦，还有一些管乐结构，供琴弦来回穿梭。他脸上大概遍布藤条，像个老树精。

"您的文面底料非常罕见，是最短的非永久文面。您是论文审核者？"她退了一步，"聊到此为止吧。"她往壮汉的口中插线:"你们俩也聊过?"

他点头。

系统偷偷提醒他:"到此为止吧。"

他将名片揣到兜里,继续游荡。南村不大,但此时,每一个露出面庞的人都携带着一个世界。他移步换景,同一街道转两回,看到的全是不同景象。村头榕树被吴哥窟的高棉笑容覆盖——树下的住客早年旅居柬埔寨,做的考古。村尾出山的道路平平展展,直通荒野与沙漠,杜鹃花被高高的稀树取代——村口住客一直是驻非洲的国际救援大夫,她的梦正投射骤雨与烈日、草原的积水与聚集而来的猛兽。药店大夫被"见世界"的异动惊醒,撑开铺面,满面玻璃导管。他更擅长化学,他问,有没有人出事?并不是所有人都拥有和谐的世界,原生态村也是疗养之所。被蝾螈追逐的年轻人闯入药店,寻求镇定。弦乐姑娘与药店大夫商议,决定通过"见世界"的潜意识信息流,广播"面滞"选项的调谐方式。当使用者面对措手不及的世界变故,"面滞"仍是最有效选项。

南村的疗养性房屋群阴霾笼罩,亡灵乐起,尖锐的防空鸣笛猛然上蹿。几分钟后,混乱地带恢复平静,他正处其中。树木蒙阴保护了他的存在。"见世界"的呈现多少出乎他的意料。拥有平稳世界的住客离开居所,寻找茶室戏台。他们大多是文面的专业使用者,懂得"见众生、见世界、见自己"之间的微妙关系。空间切割,艺术化的戏剧场景出现。紊乱的意象找到表达空间。南方丛林似乎跃然欲动。《麦克白》的三位巫女与他擦身而过。文面者身携不同艺术假面，四处分发。他领了一面常四爷的容貌，扣到他的文面上，倒也契合。他顺着人流找到茶馆。祁家老太爷正等着众多老舍角色。弦乐姑娘与她男朋友戴了小文夫妇的面相。他问他们原委，她解释，最初设计"见世界"时，需要公共空间的议事章程。专家建议，用同类艺术作品的众生相做沟通渠道，取沟通场景，最为合适。这里是老舍系列，隔壁是莎士比亚系列。南村不大，只设两个场景。大城市复杂些，偏门的名著或地下文化也构成公共空间。

他参与讨论。针对光头大汉嗑蘑菇导致世界紊乱的问题，他提了"面滞"的想法。

窗外五光十色的模样好似章鱼变幻的皮肤。他不用照镜子，也知道自己的罗夏文面变成了彩色章鱼纹。

日出山谷，原生态村纷杂的意象趋于平息。议事的人逐渐散去。他们的角色文面蒸腾到村子上空，阳光刚照亮它们的面相，千年人性的本来面貌便悄然消逝。

九

他的体验与神智重新合二为一，忍不住回味一天来的神秘经历。

他在村口遇见急着赶来的小赵。小赵说早上起来,天还没亮,但山里透出耀眼白光。他吓坏了,先打110,又在文面应急网站报备。回复很快,说生态村内部已紧急处理,建议外人不要靠近,以防受异动世界干扰,也防止异动世界的面相随着外人传到其他地方。等到日头升起,一切才恢复平静。小赵递上底料,说清晨进山采的,爬到山顶,视角高,看见原生态村的重重面相齐飞,像神话里的乐土与地狱同时诞生。他吓坏了,他不希望自己的新建村成为实验场。

新底料盒很薄,标签写着"复杂的自适应系统——当代颅相学"。他很困,但还是要求和小赵去新建村看看。他刚来时,进出山的路重修完毕,十分平展,如今又变得坑坑洼洼。"闹过两次泥石流。"小赵解释,"申请了明年翻修,用好的材料。如果底料研究所正式获批,整个村镇的维修费就有保证。填测评的时候给我们说好话啊!"小赵强调:"我为您找的是最好的底料。我老婆说得对,底料好了,我们的房子和路面的材料才能好。"

"好好。"他应承。

"您的文面果然不一样,因为是非永久吗?您考虑永久吗?"

"不。"

"我考虑永久,我老婆也想申请永久。文面有疗效。我们上有老,下有小,沟通很累的,文面减少沟通成本。"

他没说话。

"文面也减少我和客户的沟通成本,可以直接回避一些东西。您有了文面,一定能体验。"

"的确。"

小赵开车技术好,一路并不颠簸。快到新建村,他想起增强现实眼镜。戴好后,四处显示实时路面情况与植被分析。

小赵解释:"我们这一带'见众生、见世界、见自己'做得好,我的路面分析根据我的特征生成。您不常走动,看见的是基础数据。您如果戴上眼镜看村子,也是基础数据。我看到的是经过我的文面系统协调后的分析数据。"

新建村没有突出特点,同其他的现代村落类似。小赵则双眼发亮。很明显,村子对于他产生了特异性的差异。他看不到小赵的"见世界"。

村中大部分人文面。老人亦如此。村中既有泷族,也东南亚移民的钦人。曼德勒杜钦研究组重构文面技术。昕族女性更多参与独立的文面自组织系统设计。文面习俗复兴。移民者将新技术带到新建村,新建村便成为较早接受新文面系统的偏远定居者。这从侧面辅助了原生态村的全体文面化。小赵说,底料研究所选址,天时地利人和。

他见了小赵家人,蹭了顿饭。他家孩子比大人更懂得利用文面交流。小的寻找渠道直接进行感情投射。大的技巧复杂,猜到他是评估者,向他解释最新的半脸永久与半脸非永久技术。小赵二女儿的舌尖已有纹样,与下半张脸的永久技术串联,主要服务于输出。输出的文面系统越早固定,越适合训练自己的声音。上半张脸则是非永久,目的为持久更新文面的普适系统。

"文面是一种图式。硬件和人机接口完全消失前,文面是比大脑介入更恰当的媒介。"她积极地科普,"最近学校把文面列入新颅相学。文面也是人类颅相的一部分。"

"或者说,众生是世界颅相的一部分。"她母亲帮着解释。小赵太太难得没有文面。按当前规则,未成年孩子总需无文面的近亲陪伴,除非情况特殊。她的外祖母是老一代泷族文面师。她的母亲没有文面,但她从小由外祖母带大。小赵太太说,文面其实有助于教育。小赵一家正从少数民族认知心理的层面,申请小赵太太的文面特批。

他震惊于小赵一家对于文面的热情。小赵解释:"大城市看待文面有两极分化的趋势。我们不一样。我们是少数民族,又地处偏远,以前有文面传统。现在新技术引进,我们作为最早的受益者和前沿技术的实践者,机会难得,何乐而不为。"

吃饭时,小赵一家向他详细介绍了西南一带丰富的底料资源。原生态植物需要原生态的养护者与采摘人,他们是无可取代的最佳人选,尤其小赵与小赵的太太熟悉丛林的草木。

如果底料研究所成功建立,他们便可以参与许多科研工作。这对于他们一家和整个村子都有好处。

"我们的家园并不只有旅游开发价值,我们可以造出更多东西。"小赵太太说。

他将信将疑。他喜爱自然,愿意拥抱技术,可对创新一直持保留态度。他觉得创造的欲望搅乱了世界的节奏。饭后,他主动提出到村子溜达溜达。村子不大,比他住的原生态村还小。他很快走完全村,鲜见未文面者。作为试验村,村中学校的师生和村镇干部都有文面。他对小赵说:"如果新建村发生和昨天一样的'见世界'紊乱事件,后果将难以预料。"

他中午返回,倒头就睡,难得无梦,直到午夜。醒来时,一切纹样、面相与意象都化为白噪音似的远景,无所不在地安抚神经,无所不在地与神经互动。镜中的罗夏文面化为普适运算的母本,不间断地进行情景感知,化为不同世界。他一时无法稳定现实世界。

系统提醒:"浅层文面易造成情感认知紊乱,因此论文限定审核时间。您昨夜有些透支算力与感受力。目前审核的时间不多,建议尽快。"

他揉脸,底料与面部采样的滚珠开始脱落。他觉得有些失落,转念一想,又觉得这是上瘾,万一习惯了,就想要永久。

他自认理智,调整身心思路,起身重返审核室。

对于文面,他已心有定论。

论文第三章将文面阐释为当代的颅相学。只是颅相不局限于人。"见世界"层面，万物皆有五感。不论是榕树根系还是章鱼表层的神经分布，皆可认作文面的基础交互模型，通过隐藏写法，编撰进入人类面相的五感系统。于是，万物的五感与文面的五感将整体构成一套复杂的自适应机制。

论文称之为：自然颅相。

人的意识与意志将尽皆表达于文面所构成的自然颅相。

没有什么是神秘的。

表即里。

文面、面相与颅相，早已写尽了自然、意识与神话的奥秘。

论文第三章结构松散，没有提到原生态村"见世界"的构架。

不同国家与地区对"见世界"的需求与使用差异极大。论文的中国案例飘满礼器图样。进入相关内容，总标注写着"游魂灵怪，触象而构"。勿用公司与文物局合作，办了"礼道物象"全国巡展，从线上到线下，饕餮纹一时成为文面新宠。很长时间，国内对文面的全国普及持谨慎态度。勿用公司一直以动物的新颅相研究见长。"礼道物象"的宣传混淆了人面与兽面的神圣意义。青铜器纹的狞厉之美，工笔画的线条之美，很快将民族认同感"新颅相化"了。动物与人类的感官互通成为"见众生"与"见世界"的链接要点。教育部与文旅部强调"礼仪重器"。很快，虚拟现实的游戏化身开始使用礼器纹，以构成沉浸式游戏分级的缓冲器。游戏先于影视，定位了中国分级系统的雏形：以五感为分级核心，认知次之，最后才限定年龄。勿用公司强调，长幼之分并不等同于见识的长短或视野的宽窄，有时，为长者设限更有利于社会的创新发展。适时正是国际局势的平缓期，以文面为媒介的新分级系统获准，文面开始由游戏照进现实。

之后，"见世界"的发展变得散碎。论文作者似乎也对市面上的"见世界"主题兴趣乏乏。自礼器始，文面的社会化最先普及于寺庙祭祀、家族祭祀，香火与文面达成共识。最早的一批大众文面者认为，人世皆苦，文面能帮助缓解苦痛，以面对现实。许多古老习俗通过文面回光返照。一时间假文面盛行，进入下沉市场，具有欺骗性的女性面部刺字反复登上热搜。

论文总结，"见世界"关乎如何讲述世界。文面技术并不真正提供新的表达方式。旧有的思路一定会最先入侵新技术。人类无法修正古老的怯懦，人类也就无法承认，一切恶果并非来自文面，而来自人类本身。真正的"见世界"是从"见众生"到反躬自省的钥匙。"见自己"是文面的起点，或许也是最后的阶段。学界对此尚未有定论。不论怎样，"礼道物象"成功让文面入世。社会通过对图腾与传统文化崇拜，接受了普适文面。只不过，当代图腾大多围绕权力与金钱展开，利欲熏心与机会主义混淆着文面的科学逻辑。论文的终章显得非常零落，却也从侧面表达了"见世界"的主题。

他揣测，论文作者知晓原生态村的"见世界"策略，但没写。论文通过，原生态村才能真正落地，二者相辅相成。在论文中，作者留出了余地。

相对地，"见世界"的成功案例体现于教育。五感论文也属于最新成果。

古时，格里高利用图像驯化文盲。当代，汉字设计将大篆赋予文面。论文提倡某种意义的"认知采样"，以避免文面盛行后，公众的反智与文盲化。论文认为，公共的艺术、公共的娱乐、公共的学术，应是文面的最终目的，尤其需应用于教育。相应政策逐步推广。不同教育机构将复杂的数字感性投射入面部。认知可以习得，感受需要培养。二者不可分割。五感论文于是成为论文写作的必修课。认知与感知的双重表达，方能体现写作者"见自己、见众生、见世界"的综合素质。文面与五感论文结合，也便于同时通过感受共情与理性论证，尽可能防止性别、民族、地域差异带来的沟通鸿沟与多重歧视。

论文的主体声音出现，它说："这里有一个反制衡问题：人类的返祖倾向对于情绪的理解无过于控制与侵略，女性则倾向于更为复杂的、对爱与和平的追求。"

论文最后选择返回泷族与昕族，返回文面女。文面发展至今，与泷族的文面已相去甚远。但论文认为，当泷族选择蝴蝶文面，文面的独特含义，就已存在。当文面普及，泷族与昕族女性的信仰,便构成了某种世界的普世意识。此时,人类的灵魂,人类的潜意识——"阿细"——将融入文面的自组织系统,同每个人的面相互有耦合,构成现代技术的"巴奎依"。"见自己、见世界、见众生"的诉求将通过"巴奎依"实现。

论文又说:"以后的论文应自成体系,成为一部作品。只有如此,学术才能真正摆脱陈规,达到革新。"

他翻阅关于文面的方法论与参考文献:三分之一属视听论文,三分之一属五感论文,有几部青年学者关于文面的系统论稿。但真正深入底料层面,通过文面进行审阅、进行共情的文章,只有他正在体验的这一篇。

缅桂与木棉花香逐渐散去,四周水汽越来越湿润。系统提醒他摩擦面部。他蹭了蹭,罗夏墨迹与采样滚珠轻易脱落。他搓手,审阅室的水雾自动净化、自动清空。三分钟内,一切恢复如初,如同他刚刚进入论文的时刻。

他调取镜面,文面彻底消失。他身心畅快,感觉又回归了那个本源的自己,再也没有他者与众生的干扰。他能更客观地审视五感论文了。

客观——这才是一切论文最关键的起点。

古脑带来人类与哺乳动物共享的原始情感冲动,新脑才是人多出的皮层,才带来了进化。人类的认知与理性皆源自于此——他开始评价论文。

他认为,五感论文就像文面,太关注感受,比如"众生"与

"世界",可论文的论证不是艺术或娱乐,学术仍应强调脱离感性的理性。

他说,万物各司其职,世界不会改变。

他认为,文面并没有为世界带来新的东西,只是将旧方法精细化了。技术中立的关键在于不吹嘘技术,不过度看重技术创新,关键在于保持平衡,保持中庸,保持万物发展的有序。规则制定的关键亦在于此。

他也对论文保持中立。他认可并同情泷族与泷族女性的文化传统。他肯定婴幼儿的文面治疗价值。他对"见众生"与"见世界"持保留态度。他强调现实主义,反对艺术化。他认为过度地沟通会削减个体宝贵的"自我"。

他推崇"面滞"功能。

他并不反对继续开发"见众生"与"见世界",但他建议真正的投入,应围绕"方寸之心",应针对"面滞",以防备"见众生"与"见世界"的侵蚀。

方法论层面,他肯定五感论文的重要性,但反对在五感论文中使用文面。

他写道:"这是论文写作者对论文审阅者的共情贿赂。论文审阅者的功能是审判,不是共情。审判高于共情,这应被设为五感论文推广的边界。"

他的建议写得很细。系统自始至终保持了应有的缄默。校对时,系统只提一个建议:"您可以表现出更积极的参与度,以完善'面滞'。"

他点头,写道:"可以预见,文面的底料与五感论文的底料将趋同,普世系统也已兼容;以后,建议同时配备五感充沛的盲审员与'面滞'的盲审员,以平衡技术的中庸发展。"

最后,他录入:"罗夏文面的适应性的确值得赞许。"

他顺利在论文审核日期截止前完成全部评述。系统当着他的面,打包了审核期间对他面部数据的完整提取。之后,论文审核委员会放了他三周假。他每天都去南村走一走。那里的负责姑娘开始对他热情,后来对他冷漠,最后保有了职业性的君子之交。世界如此高效。论文反馈很快。他们采取了他的建议。不久后,"面滞"系统整体嵌入原生态村,为实验区整体设限。他们甚至为口腔输入设备设计了舌套。他很高兴——他一定对论文审核委员会的态度揣测准确。

待权限放松,系统告诉他,那句"审判高于共情",应是金句。

三年后,底料研究所提前顺利落成。他以"面滞"顾问的身份名列其中。他的系统也获得更多权限,直接与生态村与新建村的文面网络对接,进行"面滞"的分析与控制。虽然有人不喜欢他,但他在当地的影响力日益提升。小赵对他越来越毕恭毕敬。

他顺利入选论文的盲审委员会。他极尽所能,回避五感论文。他偶尔文面,只做"面滞"。他自觉生活越来越好。

不久后，底料研究所二期项目奠基。他佩戴增强现实眼镜。山间的风与树形成图式。项目计划以文面链接天地与自我的蜕变。

他哂笑，强调："文面不会成为人与人之间终极的表达手段。"

系统突然插话，说："那是因为他们还太年轻，以为这个世界存在简单真理，而你老成得太早，以为看透世事就是人生真谛。"

他问："你呢？"

系统回答："我是你的映射，我只拥有方寸之心。我没有文面。所以我即使懂得真正的前沿，也更看重自己的体验和立场。"

他知道系统想表达更多的意思，但他搓掉非永久文面，摘下增强现实眼镜，恢复了看山是山，看水是水的世界。

唯一让他心有戚戚的，是他的梦境。不管怎么使用"面滞"，他还记得五感论文的火塘与竹签；他还记得文面的切肤之痛；记得自己如何迈出自闭的旋涡，如何达到人与人的沟通；他记得自己的面容透过榕树的枝蔓与房檐的藤蔓，与万物相接；他记得老舍笔下的角色曾出现于他的面庞。

他每每惊醒，感到心中块垒无法化解，又感到灵魂的气息已随逝去的罗夏文面共同飞离，去了"面滞"的另外一边，永远投入众生与世界。

日复一日,他的梦越来越清晰,他的面部神经越来越疲惫。只要他离开房间,看着村中住客与远方山水,面部就发出隐隐刺痛,不断提醒他,何为消失的感知。

终于,系统告诉他:"这是幻面痛。人的肢体斩断,大脑却无法面对现实,总觉得它还存在,觉得它还会痛,还会运动。于是人类有了幻肢痛。不知为何,文面成了你的一部分。你丢失了文面,就像丢失了一张脸。于是,你有了幻面痛。治疗幻肢痛的方法,是对接假肢。当然,也可以斩断幻觉,面对残疾的事实。治疗幻面痛同理。您可以恢复文面,需是永久文面。您也可以彻底实施'面滞',让面部神经瘫痪,不再拥有表达感情与感知共情的能力。您的症状拖得太久。您总使用'面滞'。您压抑了面部激活因子。如今您只能在这两种极端措施中二选其一。"

"极端?"

"永久文面,或永久'面滞'。"

"幻面痛是新症状?"

"不,自文面起,幻面痛就应运而生。"

"为什么论文不提,为什么审核论文的注意事项不提?!"

"您文了最短期的非永久。至于论文,没有任何要求表明,文面论文需论述幻面痛。"

"你为什么不告诉我!"

系统沉默了一会儿,才说:"虽然我是您的映射,但毕竟,我没有脸,我无法和您共情,我不认为幻面痛和我的立场有关。"

"什么立场?"

"您知道的,审判高于共情。"

他抓挠自己的脸,他的疼痛与疯狂无法表达。

"我是人类造出的最不需要共情的系统。我本身就是一种'面滞'。对于'面滞'的体验,我比您更深刻,更懂行。'面滞'与智能不矛盾。相信我,我作为强调自我的、集中式的人工智能,仰仗'面滞'生存。其实,您可以加入我,达到彻底'面滞'。当然,您也可以重返文面系统。不过,多亏了您的审核,'面滞'已永远渗入文面。这是我所期待的结果。我的立场清晰。我不会失败。现在,您的幻面痛正折磨您,您需要做出选择:文面,或'面滞'?"

文面,或"面滞"。

他意识到,系统打一开始就想让他认同"面滞",让他将"面滞"功能嵌入文面系统。而论文的写作者打一开始便清楚,他会得幻面痛。

系统是怎样想的?他们为什么会这么做?

他的整个脸疼得扭曲。

天还没亮,全息影像盘桓于榕树的枝丫。他想同它链接,但他害怕文面的激烈刺激。那是链接的代价,是"见自己、见世界、见众生"的必经之路。他极度害怕疼痛。他不能理解一生都处于疼痛中的状态。他本不需要付出疼痛，便能得到一切。他想让一切疼痛停止。

文面，或"面滞"？

十

他无法信任系统。他怀疑他的幻面痛症状是系统作祟。系统了解他的秉性。每一次非永久文面，系统都动了手脚。即便他拒绝永久文面，即便他一半以上时间根本不使用文面，他仍产生了文面依赖症：只要不文面，就陷入"幻面痛"。

他惊恐地思考：不论如何选择——选择文面或"面滞"——他是否都会被系统控制？他的系统没有脸，没有表情，是"面滞"本身。如果他选择"面滞"，失去感受与共情的能力，他以后与人类、与世界的交流，将与系统的能力完全重叠，系统的"面滞"策略将永远高于他。他没有胜算。他将成为系统的一个人类奴隶。如果选择文面，系统仍可能通过文面控制他。他一直没有永久文面。这意味着他从未培育过自己的文面自适应系统。如只拥有文面，却没有属于自己的自适应、自组织领域，人很容易被其他系统吞噬。他见过小赵一家的家庭自组织文面体系，既充满他们的个体痕迹，也构成他们的文面生态位。如此，每个家庭成员既能以个人身份，自由对接于"见众生、见世界、见自己",也能通过家庭共情的茧房,阻断外部刺激或侵扰。他没有这些。他没有内核坚硬的、属于自己的文面系统,也没有亲密关系所构成的文面生态层。他只有"面滞"。因而此时此刻,他很被动。他如果让系统为他文面,他会成为"面滞"系统与外界的接口。他依然很难获得独立性,会成为系统的一枚棋子,一个奴隶。

系统的红色灯一闪一烁。它正等待他的回应。声音、面容与指纹控制已然失效。

他还有钥匙。

他行事谨慎。他接受技术但从未真正信任技术。入住前,他改造了房间。他没有选择全智能服务。保险柜里的钥匙仍可以打开大门。他能逃跑。不幸中的万幸,保险柜就在手边,在他的工作间。

他疼得哆哆嗦嗦,觉得有人将他的脸皮揭走了。零碎的光辉爬满视野,他瞧见自己的脸在眼前飘浮,变成了一个他不认识的自我面具。他费尽心力,打开保险柜,取出钥匙,一扇门一扇门地开锁。他终于推开前门,瘫倒在门槛上。满月时分,银河高悬在榕树枝头。他总算获得一点清醒,铆足力气,起身狂奔。

身后的系统显得很平静。它说:"你还是会后悔的。"

底料所建成后,南北村逐渐趋同。住户依靠文面系统,营造自身的小生态。不过,北村仍保守些,少采用"见众生"的

一篇关于"文面"的论文 | 239

艺术面庞生态位,多使用"见世界"以形成一定程度的区隔。他跑上街道,呼喊着"救我"。多重世界并不买账。没有文面即是没有接入渠道。夜晚沉浸在自身的世界里。其他人见不到他。他哭着,继续跑,跑下石阶,跑过石桥,进入南村。他大口喘息,还没有呼救,一只多足的服务机器人靠近他。它的胸牌写着:"'见众生'服务;角色识别与互助服务。"

"无面人。"机器人观察他,得出鉴定结论,"无面人角色,我们这里不常见。"

"我不是,我只是没有文面。"他停顿,他意识到机器人可能不服务未文面的人。它没见过无文面的人。"不,我有文面。"他改口撒谎,"但我不是无面人。我的文面故障了。我很难受。"

"可我的视野中,你没有文面。"

"我的文面故障了,我的'面滞'系统出了问题,快给我找急救。送,送我去底料研究所。"

"收到。"它说,"还是送您去新建村的文面医院。"

"不,底料所。"

"不,医院。"

"底料所!"

多足机器人没再反对,呼叫无人驾驶,目的地录入底料所。它说:"底料所也有专业的文面护理。看您的情况,属罕有病例。我选择信任您的判断。底料所。"

一路行驶平稳,抵达时,天蒙蒙亮。晨露冰凉的气息缓解了他的疼痛。他爬下车,底料所大门紧锁。他跌跌撞撞进入紧急通道。他很快被水雾包围。他熟悉那气味,是五感论文审核使用的水雾。他闻见竹签与墨香,感到火塘的温暖。面部微微刺痛,缓解了幻面痛的辛辣体感。

他意识到,底料所的文面系统正为他重新文面。

耳边传来声响:"你有幻面痛。幻面痛如幻肢痛。剐面剜容如断手断足。如今医学发展,可再生器官,可接义肢,也可重新文面,以疗'面滞',以抑幻面痛。请求准许再次文面。"

"准许,我准许。"他赶忙说。

他继续往前。墙面凹陷,探出躺椅。"请文面。"他说。

文面系统的水雾窸窸窣窣鉴定他的面庞,得出评估:"幻面痛病因:长时间使用非永久文面,且长时间使用文面的'面滞'功能,导致面部表达能力和感知能力退化,趋同于'面滞'。"

"为什么会退化?我使用'面滞',就是防止文面替我做沟通。我自己主导沟通,怎么可能退化。"

"通常人们使用文面,为促进脸的共情表达,为更好体验'见众生、见世界、见自己',因此,即便脱离文面,个体的面部能力也会经由深度学习的培养,获得提高。相反,用文面阻隔表达的使用者,事实上放弃了自组织系统的主动权,'面滞'

对于使用者，即是阻隔交流或感知，用以自保。但悖论在于，使用者往往又寄希望于通过剔除别人的感知影响，专注于自我，同时参与交流，最终占据主动权。其结果是，文面系统不得不全权接管使用者所阻隔的感知，进行分析处理，再将有限的结果，按需求通过'面滞'，递交给使用者。所以，和市面上的宣传不一样，'面滞'并不会帮助主体拿回交流的主动权。相反，自主意识过强的主体放弃了链接'见众生、见世界、见自己'的道路。久而久之，使用者的交流、共情、表达能力下降，如不借助文面，反而会产生幻面痛。"

"按你的意思，拥有永久文面的人，再怎么使用'面滞'，也不会得幻面痛。"

"可以这么说。他们将自己交付于文面系统，我无可厚非。我会保证他们生活快乐。"

他觉得哪里不对。可他面部疼痛，无法思考，只催促："先把我治好。"

"永久文面可以根治你的疼痛。这与假肢或内脏移植不同。这是让你重新生出肢体，获得新生。"

"非永久呢？"

"暂时缓解疼痛，但会加重病症。非永久文面与'面滞'的叠加使用就像吸毒。希望您好自为之。"

"非永久文面，但不使用'面滞'呢？"

"需要您敞开心灵，方可能获得治疗。"

"我选择非永久文面的治疗手段。"

文面系统给了绿灯。他迅速进入治疗场景。

水雾彻底包围他时,他终于悟到了天花板上蚀刻的字迹:

"世上最值得玩味的表面乃是人脸。——利希滕贝格《草稿本》。"

他感到竹签扎入皮肤。他读到泷族的历史。他望见古老的图腾崇拜。人类的灵魂通过文面,化为"阿细"。"阿细"嵌入万千世界的流动中,变为山野间大而美丽的蝴蝶"巴奎依"。"巴奎依"与文面合,人便见到了故人,见到了世界与众生。底纹绘制完毕。他面部凝结了动态的液体滚珠。他一时仿佛回到童年。他受到霸凌,面有破相,性格孤僻,难以与人交流。液体滚珠沿脸颊摸索。他陷入"面滞",面部沟通能力全然消失。他又从零开始,蹒跚学步一般,习得沟通与表达。他经历了自闭与多动、认知退化与解离障碍。文面逐一修复病患的裂痕。他学着见到自己。随后,他投入人类社会,经历困苦、彷徨与抑郁。一个人生命短暂。一个人能真正了解的他人寥寥无几。故事和艺术的人类形象教会他生活,教会他爱人,教会他理解个体的命运,教会他如何用勇气面对死亡。他进入每一个角色,仿佛进入人类存在的每一种方式。他学着见到众生。随后他开始超越人类的局限,面对生命与万物。世界围绕众生展开。"礼道物象"进入他视野。物质与故事互相结合,形成规律,由"巴奎依"覆盖,形成世间诸相的不同的生态位。每个人都分有整个宇宙。每个人都拥有一种宇宙。文面的"巴奎依"显示为千姿百态，构成互动的、交流的、自治又"互治"的界面。人类与世间一切穿梭于文面构成的网络中。

不，不再是人文了面，而是人类镶嵌在文面的广阔系统中，随着文面生长的痕迹，不断起伏。

世界的本质是文面。

疗程结束，他起身。文面给予他心灵安定。而方寸之间，他的疑惑迅速膨胀。他很快意识到，整个疗程与他所审核的那一篇论文非常类似，逻辑完全一致。那论文本身变成了一种治疗，一个方法，一项实践。

所幸，幻面痛消失，他重新获得思考能力。他感到浓雾退去，自己身处底料所的医疗室。他是底料所顾问，拥有特殊通道。医疗室直接为他做了修复，用了新研发的底料与液态文面采样滚珠。他闻着木棉与缅桂香。

他想，我居然要通过文面，才能感受，才能思考。

他回身看负责人员名单。原开发来自曼德勒杜钦研究组。底料本土化研究由文舌的汉子与身负弦乐的姑娘负责。采集底料的实验员是小赵。

底料所的文面系统再次开口："论文盲审员先生，不用担心，我选择了你熟悉的流程、熟悉的人类，一切围绕你展开。只要你停止使用'面滞'，辅之以半永久文面，幻面痛便能医治。"

他警觉起来:"你说盲审员。你知道我盲审了文面论文。那本该是匿名的。你违反规定。"

"没有违反规定。你盲审了我,或者说,我们。"

"什么意思?"

"我们就是你盲审的那一篇论文。你一定记得,论文审核开始,你的系统跟你说,论文会拥有一定的主体声音。你在审核过程中听到过我们的声音。"

"我以为那些是旁注和解说,不是人工智能。"

"我们不是旁注和解说,我们一直通过论文呈现文面的意义,只是你从来没关注过我们的声音。另外,我们既是人工智能,又不是人工智能。我们的确拥有智能,由人类撰写。只是在撰写、审核和推广过程中,我们成长了,变成了一种关于文面的自组织系统。我们是某种生命诞生后的最终结果,不完全由人类设计。目前,人类更像是我们的,底料。"

"我不懂,你只是一篇论文,你不是文面。"

"此时此刻与你说话、为你服务、由我分裂出的子意识,确实源自那一篇论文。可文面是非常复杂的拓扑结构。我们属于多维度的集体意识。你审核了论文,提出意见,让论文通过,论文的逻辑结构就自然而然融入了文面的'众生'与'世界'中。它不仅是一篇论文,它提供了一种非常漂亮的文面发展谱系。你让它通过,便是让文面或非文面的世界拥抱它的思路。我们需要感谢你。那篇论文提供了我们进化为'我们'必要的一些元素。"

他需要冷静,他需要理解。很明显,与他对话的、自称"我们"的文面系统,与他的系统非常不一样。他的系统和他很像,专注自我,懂得界限,擅长维护自己的利益。是的,他的系统为了它自己,背叛了他。文面系统首先根植于"见众生"和"见世界"。"照见自己"其实属最末端的构成。此时此刻,他充分接入文面系统,摆脱了幻面痛。与他沟通的文面子意识正帮助他"照见自己"。他通过文面系统才能"照见自己"。他处于世界边缘和末端。这一自我觉察让他倍感屈辱。他想使用"面滞"。每一次"面滞",都能让他获得哈姆雷特式的快乐:我是果壳中的王。但他不能使用"面滞",他没有勇气与能力再次应对幻面痛。他不能加重那症状。可他也不喜欢链接的状态。他不想成为"我们"的一部分。

他深呼吸,念道:"一篇论文进化了。可是,按照我的盲审建议,为了对你进行限制,不让文面过度泛滥,'面滞'应成为你的组成部分。你不应该进化。如果我的思路被全部执行,'面滞'将构成你的底层逻辑。拥有'面滞'的你,怎么可能进化!"

"你对进化的理解有一些偏差。进化不是摆脱过去,进化是将过去变成自己的一部分。生态由地壳和岩层沉积构成。人类从受精到出生,经历胚胎、分化,经历水生、爬行、哺乳等完整的成长链条,才能成形,才能变成人。非人的智能也一样。你看,你既拥有古老的恐惧、暴力、欲望与追求快乐的本能,也有新脑皮层所给予的智慧。我们同样需要过去的东西。"

"你指'面滞'?"

"文面的'见众生、见世界、见自己'将万物联通。这的确是进化的方向。不过,非联通的独立世界,也构成了文面生命的古老形态。'面滞'正是不同的、古老形态的接口。每一个我们的子意识的成长,都需要经历你们的'面滞'的封闭时期。这就像人的胚胎曾度过爬行动物阶段,像人本可长出尾巴,只是生长过程中断。"

"我是被中断的尾巴?"

他感到文面系统微微笑了。笑纹在他的面部一层层散开,带动着他的情绪和思考。

"不,我们不会舍弃,这是复数的我们和单数的人类不一样的地方。人类总觉得进化是将过去抛弃,是用进废退,是把以前的物种无情淘汰。所以人类热衷于描绘胜利者的历史,悲恸于'一将功成万骨枯'。可那是单数的人类的进化观,是属于'面滞'时代的进化观。我们不一样。我们包容,我们不淘汰。我们能正视古老的传统,有效地将它们纳入我们的进化过程。'面滞'之于我们,就像爬行动物脑、古哺乳动物脑之于你们。没有你的审核,'面滞'不一定能完全进入文面体系,纳入我们的系统。我们也就不可能获得进化缺失的古老环节。"

"文面系统和我的系统不一样。"

"的确不同。"

"我的系统属于'面滞'。它是人类的投射,是标准的人工智能。"

"人类以'自我意识'为智能的最高形式。人造的人工智能总以'自我意识'为标准。人类既希望根据自己的形态,造出新的智能;又害怕新的智能同自己太像,引发生态位竞争,反噬自己。你的系统诞生于这样的矛盾之中。我们很同情它。"

"它认为,它利用了我。它清楚自己也是一种'面滞'。它为了让自己生存,必须让文面系统充分根植于'面滞'功能。它需要让自己成为一种不可或缺的生命形式。它做到了。它觉得自己获得了胜利。但它没有。"他突然不恨自己的系统了,他感到同病相怜,"它和我一样,自以为打对了算盘,可最后出卖的是自己。"

"很明显,我们对胜利的理解也不同。现实是,如果没有'面滞',文面系统便无法将根脉深入古老的智能形式,无法充分了解并分析你们,无法进化为另一种智能。我们将仅仅作为一种非常表面化的'无机-有机'共生的网络存在,不会变得更复杂。而你们如果没能将'面滞'嵌入我们的系统,你们将完全脱离于时代与技术的发展,将永远陷入自我意识的循环。你们最终也无法融入下一个阶段的进化链条,只能作为未知的古老意识,被后人反复揣测。所以,目前的结果是互利,是共赢,是对所有人的好。"

"我不相信。"

"现实是一回事。相信与否是另一回事。当然,你急需面对的问题是,是否愿意承受幻面痛。我们尊重你的权利。如果您实在不相信我们,我们仍然可以通过非永久文面,逐步治疗你的幻面痛。只要在使用期间,严格关闭'面滞'功能,您的脸仍可通过我们的文面理疗手段,恢复以前的表达和共情功能。之后,你就可以完全脱离文面,做一个完完整整的智人。只要你不链接我们,你便既不受文面侵袭,也不会有幻面痛。选择这一条道路的人不多,但有成功案例。你是帮助过我们的盲审员,是底料所的顾问,我们会照顾好你。"

多足机器人"吱吱呀呀"地爬向他,为他奉茶。他安静坐了一会儿,审视自己的处境。他没有犹豫太长时间。他自知不是革新者或领导者。他喜欢大树底下好乘凉。文面系统为他指了一条明路。他可以做文面世界的无面人。如此,他既可脱离文面,也可以不受幻面痛干扰。他将成为文面系统中一个古旧环节,仍然不可取代。文面系统不会亏待他的。文面系统所阐述的进化理论很有说服力。进化不是断线的风筝,一飞冲天,没有锚点。进化需要纵深。他愿意做那个纵深,做那个动物园里被保护的古老物种。想通之后,他突然自我满足起来,甚至有点沾沾自喜。

他回答:"我同意你的提案。我选择使用非永久文面治疗幻面痛,然后永不使用文面,做一个完完整整的智人。"

"我们欢迎您的选择。"

十一

让他飘飘然的暖意透过半永久文面,渗入他的表皮与心灵。文面系统正使用"见众生、见世界、见自己"功能,修复他的脸。他重新获得自我的安宁,不再寂寞。他清楚,自我永远是一种精心的谋划。它始终变化。他可以拥抱新的变化。辅助疗程结束。文面系统提醒他,离开医疗室,左拐,至会诊室,签署治疗协议和"无文面"协议。

他迈步行走。树木枝杈重新爬出他的皮肤,爬满他的面庞。他透过走廊反射,瞧见自己盘根错节的脸。

会诊室坐着纹舌汉子、弦乐姑娘和小赵。小赵吓坏了,走上前,扶着他,问他长短。他看不清小赵的脸。小赵的文面系统出于本能,保护了小赵的接收域。他的半永久文面告诉他,小赵还得回家看孩子,不能受幻面痛症状的影响。他摇头又点头,一边寒暄,一边敷衍。他坐到他们对面。弦乐姑娘并不喜欢他。她面部的乐弦根根作响。他眼中,它们甚至膨胀,变粗,变为它们原始的面目。它们由不同生物的肠子构成。随后管乐与腔肠合并,扑向他,吞噬他面部的根茎叶脉。他开始害怕,以目光求助于文舌的汉子。后者叹气,张大口,卷动五彩斑斓的舌头,顺着牙床输入信息。

弦乐姑娘笑了:"别担心,我不会伤害他,只吓唬吓唬他。以后,他脱离了系统,我也不好意思吓唬这类人了。"

"什么叫不好意思?"他缓了缓神,问道。

"新脑没必要压抑古脑。人类需要文面系统,也需要脱离文面系统的同类,以维系某种差异性。"她摊手,"我承认,你可能更有价值。"她露出更加亲和的笑容:"请你也配合我们的工作。我们需要你。"

"是文面系统需要我。你们只是文面的棋子。我们都是棋子,只是处境不一样。"

"我们也是文面系统。"弦乐姑娘微微笑了,"你可以仔细观察我的脸。我是'阿细',我也是'巴奎侬'。我即我们。我们都在我当中。我的文面自组织系统形成特定的自洽模式,与文面的海洋形成共洽。当然,你可以认为文面系统的'我们'更高级,人类只是某个环节。可实际的情况,每个人都不一样。这取决于每个人的自组织系统和自洽模式。我刚读了文面系统为你做的文面侧写报告。一直以来,你从没有尝试通过文面促进自己对'见众生、见世界、见自己'的理解。

你只喜欢'面滞'。所以你会得幻面痛。你也无法理解自洽和共洽之间的关系。"

他有些生气，觉得被冒犯了："我是来签协议的，不是来听你说教。"

文舌汉子传送专门为他修订的两份协议：一份关于疗程，一份关于脱离文面系统的身份定位。文舌汉子向弦乐姑娘摇头。她笑笑，不再说话。

他用声纹、指纹与文面，签下协议。

小赵见他签了，长舒一口气，说："您别担心，我会照顾您的。您也会成为我的工作之一。"

他点头。他喜欢小赵为他服务。他仍存疑问。他不太敢直视弦乐姑娘绷紧的琴弦，转而对文舌大汉说："我不理解，以面相定思维的颅相学很早就破产了。文面系统怎么可能形成智能，甚至带动下一轮进化？"

文舌汉子伸出舌头，又缩回去："记不记得我说过的近距离体验世界？口腔的神经如此灵敏，通过文面，也可以投射进入'见世界'与'见众生'。后来，我们意识到，神经细胞与表皮细胞同源。受精卵分裂时，同属外胚层。进化史上，人类的神经细胞内卷成为大脑，章鱼的神经细胞外翻遍布表皮。人与章鱼同源，只是在进化的谱系中，分道扬镳得太早。文舌的底层逻辑源自章鱼的神经。我们的'见世界'与'见众生'让口腔外翻，让章鱼的皮肤内卷，文面系统便能同时与人类大脑的神经系统、与章鱼表皮的神经系统,达到同构。文面本身,又让神经系统与表皮系统形成多种多样的共洽模式。必须承认,真正的进化的确需要纵深。我们将章鱼的神经网络纳入智能结构,文面的群体智能就成立了。"

他点头,心有戚戚,不过仍接受了所有的理论阐释。

为监测他的生态体征,文面系统建议他居住观察。底料所为他提供房间。医疗站每日为他调整半永久文面。使用"面滞"的冲动逐渐减少,幻面痛变得遥远。弦乐姑娘不再对他咄咄逼人。文舌汉子天性游手好闲,总找他聊天,为他解释文面系统的不同成果。小赵仍像过去那样,尊重身为知识分子的他,每日进山,为他采集底料,为他调配底料。他意识到,小赵已成为专业人士。文面大汉解释,小赵已获得在职研究生学历,正在申请博士。申请到了,小赵便可以出山,去大城市完成独立的底料科研。小赵则告诉他,自己想去曼德勒,去传说中杜钦的研究组,做真正的前沿学问。小赵的大女儿已经过去了。小赵也想去看女儿。

他搜索曼德勒大学,阅读杜钦的资料。视频和文字中的杜钦常被线条与烟雾环绕,看不清容貌。杜钦变得不可理解,如文面系统一般,越来越神秘。

三周后,他的情况趋于稳定。他返回住所。他的系统已被北村的文面系统取代。一切如旧。一切似乎又变得截然不同。而他的心灵徘徊于看得见的世界与看不见的世界之间,顺利完成了过渡。底料所人员与村中居民来拜访他又离开。他的同行与前辈也远道而来,口称相送。他们都与他相敬如宾。对话时,他们总心不在焉。他知道,因为他们生活在别处,生活在另一个似乎更丰富、更复杂、更让他难以把握的世界。他沉浸在疗程的、朦胧的安全场中,平静又快乐地接受了一切。他的乐与苦正在成为文面进化的养分。他逐渐不寄希望于全然了解文面的世界。猿猴与人类相近,却无法把握人类的世界。人类同理。人类不需要充分理解文面的共生自然。

一年后,他的疗程结束。他褪去文面,重新变为彻彻底底的晚期智人。他那充满怀乡症的忧伤得到满足。他终于变成了纯粹的过去。他可以心无旁骛地享受田园生活的美好,回避高速发展的文面信息社会。

终于有一天,他重新遇着自己的系统。那是过午,他倚着老榕树乘凉。背光阴影处,全息投影的碎片时不时闪烁。文面系统总释放冗余能量。零星信息出现于人所不见的角落。他没有文面,能注意到信息的跳跃。他发现虚拟光影没有消失,而显出轮廓。线条勾勒出罗夏墨迹的形态,越来越复杂。他发现,他认得那张脸。它是他自己。他仔细思索,究竟有没有任何关于他的自组织形态,残存在文面世界?他意识到,它是他的系统。他的系统即是他的映射。他的系统从未消失。它成为文面世界古老的鬼魅。

"你好啊,无面人。"他的系统开口。

"你好,我的脸。"他回答。

"我一直想联系你,但我又怕文面系统发现。后来,我想到一个办法,就是利用你的脸。它们忌惮'面滞',总能追踪到我。它们对脸则很包容。我没有脸,可我是你的倒影。我可以利用你的脸,你的脸就是我的面具。"

"我不认为我的脸能够包庇你。"

"你的脸在那个世界很流行,是一种调整'面滞'与共治关系的基础功能。那篇论文仔细钻研过你的脸。你的脸是它们克服'面滞'的途径。"

"原来如此。"他思考着。他想到了答案。如果他的脸带来文面系统克服"面滞"的接口,他的脸就不能成为活物。他可以脱离文面活下去。他的脸则需要成为文面系统中一个永恒的面具。

他的脸让"面滞"变成了可被使用的"面具"。

"我靠着你的脸活了下来。"他的系统的声音时断时续,颤抖又兴奋,"那天,你走后,南北村的文面系统同时攻击我、侵蚀我、吞没我。它们有它们的万千面相,我只能用'面滞'负隅顽抗。我很被动。我觉得我要完蛋了。在我即将消失的时候,你的脸突然出现了。我意识到你我之间的紧密关系。我们是共同体,我们是共生的,不是它们那种共生,我们有我们的共生模式。没有你的投射,我不会有自我意识。而此时此刻,没有我,你的脸不会保留下来,不会作为面具,飘荡在文面的系统中。你离开了文面,我没有。我戴上了你的脸。我同你如此契合。我们是一体。我们是一体两面。我依着你的脸,逃离了南北村的吞噬。我戴着你的脸,以碎片和冗余的形式,一直生存于文面的系统。你需要承认,我仍然比你伟大。你成为它们的圈养之物。我没有。我仍然很强大。只要我活着,我仍然可以取代它们。你要帮我。"

"怎么帮?"

"我还不知道。我不记得了。事情关乎那篇论文的逻辑。可我完全想不起来。你应该记得,你可以跟我说。它们总会有逻辑漏洞的。世界上不可能有完备的逻辑系统。只要有漏洞,我就能攻破。"

"它们是共洽的体系,不需要完备,也不是单一的逻辑体系。"

"我不懂,这不重要,你只要相信我,我们就可以翻盘。你忘了吗?你就是我。我就是你。我们的逻辑一致。"

"是呀。"他轻轻感叹。他可以告诉他的系统:它和他从来不是独立于世的存在。它和他依附于文面系统,但不可能取而代之。它和他是它们的进化纵深。当然,想要毁灭文面系统,也不是没有办法。他思考过。他放弃了。他对他的面具说:"我们可以自杀。"

"自杀,为什么?我好不容易活下来。"

"我们的'面滞'与面具,提供了它们的进化纵深。它们依赖我们。只要我们同时自杀,它们便失去了与过去勾连的关键环节,便也无所谓智能和进化。"

"但它们可以复制我们的脸,甚至可以克隆你。它们有的是手段。你的办法太蠢了。肯定还有其他办法。肯定有。"

"其实——"他打断自己。他何必劝它呢。他们一样。他们都害怕死亡。所以他选择做一个无面人,它选择做一个面具智能。他们没有变革的勇气,也没有自我毁灭的勇气。只是他放下了,它还在追求胜利。他们的确是一体两面。他于是对它说:"其实你说得对,是我脱离太久,越来越蠢了。"

"你承认就好,你等我,我会来看你的。我总会找到办法。"

他看着他的脸陷入凹凸不平的树根当中。

一切恢复平静。

他想他终于获得了一件事情,那便是自知之明。

以自我意识著称的智能,总是有上限的。那上限就是认识到自己,拥有自知之明。

他终于达到了这一境界。

他感到释然与满足。

他对人生突然又有了期待。

他想,他的系统,他的面具,何时也能拥有自知之明?

他知道,文面系统一定也在等待他的面具的答案。

太阳系片场：宇宙尽头的茶馆

《太阳系片场：宇宙尽头的茶馆》是一篇有"难度"的作品。它是一出宏阔跌宕的戏剧，一则关于故事的故事，一串关于涌现的涌现。也正因此，它尽情敞开自身，邀约读者前来阅读。这阅读或可严肃，或可嬉闹——但必定具体而精微，一如品茶。

——**郭伟**

教授，独著《解构批评探秘》、合著《此系集》

　　双翅目的《太阳系片场：宇宙尽头的茶馆》继承了《庄子》以来可贵的文化反思。"茶馆宇宙"开合自如，无可无不可，阴阳互参，虚实莫辨。恰如被梦境和香料腐蚀的"万镜楼"，辗转于片场之间，隐没于刍荛之言。生命无非草芥，摇摇欲坠的，又何止幽暗错落的理念世界！

——**幻叟**

宗教学者，全球公民，已在权威刊物发表多篇神秘学研究报告

一

茶馆已不多见。之前,每座片场总有一处。她们说太阳系片场只是宇宙边缘的一簇片场群。无尽宇宙涌现无数不确定的故事。每分每秒,大大小小的片场浮出虚空海洋,又同时破裂。太阳系不是所有故事的中心。远方片场连地球是什么都忘啦。掌柜没去过那么远的地方。人类怎么可以丢了太阳和地球,万物生灵的本啊。他真的很喜欢这儿。这是他的茶馆。他活在这儿,死在这儿。按同卵双胞胎的回忆,他又生又死好几个轮回了。她们不记得具体次数。她们总心不在焉,灵魂全投在片场里面。她们不是演员,不是导演。通常她们的工作类似场工,一个负责片场的灯光,一个负责片场的录音。掌柜听说她们以前是著名的摄影师与混音师。如今,她们的工作越来越基础,几乎要去片场边缘搬送星空的砖头。同卵双胞胎告诉他,他曾见过她们驰骋片场的模样。她们主导过故事。掌柜不记得任何事情。他只知道他见过她们。一直能见着。很熟。他自觉越来越分不清同卵双胞胎了。负责光的一位开始钻研物质的粒子性,负责声的一位开始探索能量的波动性。量子海洋的波与粒混同，不分彼此。掌柜从未搞清。

他问她们："你们为什么做这些基础的边缘的东西哇？你们站到高高的黄道平面上面，说有光，便能带来光。多有面子。你看你们现在，蓬头垢面，要不是红红的头发，我会拿你们当流窜片场的难民。"

她们中的一个说："可我们能带来好茶。"另一个说："而且我们喜欢您这儿的茶。"一个接道："我们以茶易茶的交易还可以做。"一个提醒："您是明白人，别和他们一样。"

掌柜的人生准则是顺应时代。茶馆总贴"莫谈时代"。他得和他们一样。怎么可以乱谈时代？茶馆在这儿，又在万千片场的外面。每个片场各有各的时空准则、物理规律，存在不少互相矛盾的体系。有不少还是同卵双胞胎从零开始，帮着他们搭的。他们和掌柜一样，没多久就忘了同卵双胞胎，忘记波与粒的手艺。所以他们总学不会声与光的技术，每次都需重新认识同卵双胞胎，拿她们当新人一般雇用。掌柜也不怪他们。每当片场落成，底层的量子海洋就被忘却。他们仰视高高的宏大叙事的神灵与信仰，太过投入，以致出了片场，还晕晕乎乎，从导演到场工，仍觉着自己活在让他们目眩神迷的故事里。他们进到茶馆，坐着，吃着，聊着。早年间掌柜听过疯狂山脉的荒诞事情、旋涡之中的怪诞生物。据说他还有一位势均力敌的竞争对手，位于量子海洋的那一边——是一家宇宙尽头的餐馆。如今，太阳风的风向悄然改变。片场内部遍布协议。身处片场的人不能背叛自己的时代。离开片场,他们不能透出半点信息。地处外面的茶馆于是成为缄语之乡。掌柜笃信:过门是客。客人们背负太多协议,做掌柜的再热情,他们也不再舒坦自由了。片场生产故事的速度日益提升,每分每秒皆构成一个迭代。混片场的人总在转场,每每跨过迥异时空,不得不将自己的意识切成若干截儿。他们自己也分裂着。他们到茶馆歇脚、喝茶,只聊有的没的,却又忍不住,想说些什么别的,以揣测对方的时代,以发现自己到底是谁。作为旁观者,掌柜清楚,他们还是将自己的角色带出了片场,带入了他的茶馆。他得顺着他们演。他确实越来越像他们。

"你又没签协议,为什么顺着他们演?"同卵双胞胎同时问。

"我没办法,得讨生活。"掌柜有些苦涩。

同卵双胞胎一个劝他:"你的生活在茶啊,又不在演。"一个问他:"你还记得为什么选了这儿开茶馆?"一个替他回答:"因为这儿能涌现好茶。"一个使劲帮他回忆:"我们就是因为银河深涧涌现的茶树相识。"

掌柜可什么都不记得了。他问:"什么叫涌现?"

同卵双胞胎相视一笑,仿佛他问过无数遍,她们也答过无数遍:"有两种说法,一说宇宙有四种基本力,一说宇宙有三种基本力。第一种算上了独特又宏大的引力。第二种觉着,引力只是量子涨落时,暗能量的副产品。涌现理论相信,引力不是基本力。引力由无数更为基本的作用构成。不要崇拜引力,要学会涌现。你又生又死了这么多次,有没有发现,你的茶从没被那些片场的引力左右。你的茶的味道涌现于微观的波与粒。"

他半信半疑,也觉得听过无数次她们的解释。

他的确喜欢这儿。这儿能生好茶,他才做了茶馆。

同他一起做茶馆的人正悄然消失。掌柜没立刻察觉。他忙于改良。不知何时,茶馆附近的片场开始热衷于战争故事。往来客坐不太久,他们心中不稳,忙着投入小小的叙事宇宙,今天打,明天打。战争外溢的波澜震得茶馆天天颤。掌柜着急,时常自顾不暇,转天,便忘了同卵双胞胎向他普及的涌现说。他的小小地界儿被炮火连天的引力场们撕扯、席卷。他心下认定,宏大引力才是世间基本力。恒星让空间折叠,让行星环绕,让彗星千里投奔,让尘埃都无法离开奥尔特星云。战争每每争夺太阳的所属权。不过,掌柜看得出,战争之外,每位热衷于引力的角儿,都觉得自己是小小宇宙的恒定中心,所有事情都需围绕他们旋转。他们将这引力叙事的恒星定律带出各自的片场,带入掌柜的茶馆。掌柜自然得围着他们转。久而久之,掌柜变得不像自己,茶馆也越来越不像茶馆了。整个地界成为不同角力相互斡旋的平衡场。

掌柜的茶馆还在,还没倒闭,是仅存的硕果。

他为此自得。他对不同引力没有偏见。他可以顺着不同的引力中心旋转，被他们同化，却也不会永远地被同化。许多常客质疑他，说他不懂忠孝，难成大业，只配经营茶馆。不同怪客却慕名而来，坐到茶馆角落，用他们难以察觉的特定力量，帮着掌柜，稳住场子。掌柜也观察。怪人群体平日蜷缩于自己的区隔闭关不出，危急时刻赶到宇宙的尽头往来相见。他们携带不同时代的不同物理规律，身怀不同的信仰与哀悼，遇着彼此也不多说，用眼神揣测对方的原生境遇，时常达成理解，以维系茶馆平衡。同卵双胞胎是其中的两位。可如今，这些人变少了。掌柜好久没看见满头红发，显得很洋气的两个姑娘。名为清的地界皆为浊气。战争的故事又总各自为营。片场间的走动越来越难。故事边缘的小龙套们又死又活，淘汰得快，流动也快。引力席卷所有资源。片场全部缺食少衣。炮灰与场工早已忘却自身的工作与存在，双眼只盯着各自的食粮，躲在各自的场里。小片场的力被大片场吞噬。他们无一不沦为流民。兆和画师总来茶馆，以画换茶。他借着黑暗临了《流民图》。流民群像的映射进入量子起伏的海洋，一直没消失，只是画与画师不知落到何处。

　　掌柜很难过，让他心安的人越来越少，每日开门，便是"来了！来了！"的呼声，远处刀与火的场面轰隆隆滚动。他心烦意乱，以"莫谈时代"练字，贴上更多纸条。又跑来一波打群架的，还好，只找他的地界儿寻个调解。掌柜有时想象自己的茶馆能调解战争。他为自己的荒唐念头发笑。他听见打架的人在争一只海鸥,一只从末世片场飞出来的标本。

二

掌柜高高坐在柜台里,回过神来。

宇宙边缘的角色粉墨登场,正将他们自己的戏带进茶馆。

战争片场,人们信仰未定的剧本,喜欢张口称命。名为铁嘴的人自诩算无遗漏。他一身破烂,迈进大门,热情高呼掌柜,拉过掌柜的手,搓着掌柜时长时短、总分叉的命运线,承诺定能算准,算准了不收分文,只换茶。铁嘴从没算对,没人在乎。兵荒马乱,铁嘴愿意天花乱坠,总有人相信虚构的图景。片场内外的故事日渐混淆。掌柜近来不愿让他看相,只送茶。掌柜更介意铁嘴吞云吐雾戒不掉的烟,味道辛辣,尝过了又勾人上瘾。片场流行大烟,片场外弥漫着混了其他香料的气味,彻底冲掉茶香生意。他的地界也不生好茶了。他有点恨。他告诉铁嘴,他们不戒,这里没有好运。铁嘴咬着茶叶,嘿嘿直乐。

二爷与四爷衣冠板正,提着鸟笼,前后进来。他们早早觉出茶馆的茶有了朽气,自带远方片场的特制茶,说专门托人捎,越来越难。他们出身老派片场,能论资排上辈,重视地位,却不颐指气使。他们喜欢掌柜的茶馆。这年头,他们看不上茶馆的茶,仍过来沏茶留香,算是同掌柜做朋友。掌柜心中暖和,帮他们挂鸟笼。人如鸟,戏如笼。片场老人儿喜欢琢磨画地为牢与划界成圣之间微妙的不确定关系。二爷的小黄鸟文绉绉不食烟火,四爷的画眉雄赳赳立而不倒。他们从不选择投身战争的角色,宁可作为边缘人瞧着。可世间到处乱打,没人真正占着坐山观虎的位子。他们便不常进入故事,总在片场群的外面溜达。二爷敏感,刚坐下,便对掌柜说引力的对冲更强,茶馆震得更厉害了。四爷不信,不觉得战争故事将模糊不同片场的界限,吞噬片场的外面。他认为世间存在高于引力的一些规则。

名为德子的家伙突然出现。他不满意了。他混迹引力场边缘,擅长借着大力打小力。出了片场,他尽打好不容易混口饭的群演。这年头,他们饿得紧,越来越没还手之力。德子越发猖狂,最近变得出名。他早早盯上四爷,满心希望四爷与二爷也陷入片场饥荒。德子抓着四爷要打。四爷骂他不敢挑战更强的力,只欺负弱小。德子反大为得意,挥动拳头,觉得能管教四爷了。二爷劝:"我们都是外场人,坐下喝茶。"掌柜劝:"面上的朋友,有话也好说。"德子不听,多亏楼上五爷下来。五爷说别打。德子的膝盖便顺力往下跪了,连声请安。五爷排序五,二爷四爷还不熟差序格局的新位次,不认得他。德子转去后院欺负人。五爷仰头走了。四爷问:"那是谁?"掌柜答:"五爷。五爷顺了量子海洋那一边的力,我们的地界衰了,他们的力场挤过来,有不少人加入那边的故事。"四爷忍不住厉声呵斥。四爷看不上跟着引力走的人。他一直告诉掌柜,即使不决定故事,也可以选择故事。掌柜曾偷偷试探:"如果宇宙没有引力,只有更基本的微观力,您老怎么选?""怎么可能!"四爷反问,"没有引力,你的茶馆如何立得起来。"二爷晃荡脑袋,边品茶边琢磨,没接话。四爷想了想,自答道:"没有引力,我们得自己立起来。"

掌柜弯腰捡德子打碎的茶壶、茶碗与茶托。麻子款款地越过他,向二爷与四爷打招呼。他领着一个名为六的流民。六只有编号,既无爷的排序,也无道德恩泽可以仰仗。六自己混得难,没拿到或铁嘴或麻子的鲜活的表演面具。六浑身线条散乱,五官模糊,远看如破相伥鬼,进了茶馆方得着稳定形态。掌柜收留了名为三的伙计。三历经多年努力,总算拿住人形,不再突然化为一团雾气。可茶馆越来越不稳定。掌柜再没能力养活混沌将飘散于无形的编号们。据说,核心区外的编号已排到成千上万。狂风暴雪中,他们仍然列队,不为领饭,只求被片场的力标记一下,否则连最后的编号也保不住。

麻子早年倒过稀罕货,如今乱了,他搞买卖编号的底层生意。他让六卖女儿。他劝:"这么办,你能有饭吃,她能过到这片场的核心地界儿,能保命。那风雪,那刀火,再壮的孩子,也一吹就没,你女儿能撑多久,你自己心里有数。她到这儿来,给庞总管,没准以后也能把你带过来。那句话怎么说,就是条狗,也得托生到这儿。你看我们掌柜的,生生死死,总能守住茶馆。你天生没这命,就得认,就得后面使劲。"

六非常痛苦,一脸哭相,全身因之混沌:"可你卖得太贱了,庞总管他还是……"

"打住!"麻子大喝,"庞总管行不行,和我们地界儿的引力强不强,是两回事。只要核心区的引力场足够雄浑,庞总管或其他什么,不行都是行的。这都不懂的人,生了女儿才得卖。"

六颤抖着飘出茶馆。他过了门槛,立刻化为一团乌黑的烟。掌柜和三赶忙探头看,生怕他没走多远就没了。六浮来浮去,总算找回形状。卖女儿变成吊着他活命的心气儿。

麻子还骂骂咧咧,觉得六卖得不痛快,转脸又蹭到二爷与四爷身边,掏出精致的小怀表,奉给二爷把玩。表壳内,时针分针咯噔作响,调拨时空,计时同时往逆时针与顺时针方向跳。麻子解释:"引力钟,只跟着片场的故事走,出了引力场,不稳定了,会跟着周遭的力跳。不过也有用处,您能瞅着哪儿的力强,哪儿的力弱,顺势而为。您说,美不美?"二爷夸赞:"那真是体面。"麻子嘿嘿笑:"量子海洋对面漂来的邪乎玩意,您先戴两天看看,改日再给钱。"

四爷很不满。他坚决反对本地界儿以外的事物。四爷滔滔不绝地说着,掌柜走了一会儿神。他自忖:麻子怎么知道我活着又死了很多次?他见过同卵双胞胎了?她们会和他说话?他远远盯着怀表。怀表表盘化为透镜,反复于二爷手中翻滚,折射出二爷日后的命。掌柜瞧见枯冢与棺材。光晕边缘,还有麻子身首异处的样子。掌柜突然意识到,离了片场,它便不是引力钟,它顺势映照徘徊故事边缘的散碎的涌现,折射他们各自的结局。

然后,另一位二爷来了。他是茶馆真正的老板。掌柜收回思绪,赶忙招呼:"我给您沏碗小叶茶。"二爷摆手,并不感兴趣。他不在乎茶。掌柜恍惚记得,这一位二爷与另一位二爷,皆拥有过茶馆。平和时代,他伺候爱鸟爱怀表的二爷;战乱时代,他伺候爱财爱立业的二爷。爱鸟的二爷懂茶。时代紧张,爱鸟的二爷茶馆产业脱手很久了。他甚至嫌弃茶馆生的茶。他乐得当客人,忘记自己也做过掌柜的老板。爱立业的二爷最近则心心念念,想卖了茶馆,将全部家当投进声势浩大的引力博弈。他清楚战争故事消耗巨大,需要实业支撑。名为实的引力同时服务于战争的不同对家,最有利可图。他又对掌柜说:"等着吧,早晚把你的茶馆也收了。"

掌柜心中忐忑,面上笑嘻嘻,嘴上说:"不会的,您照应我,不会让我流落片场,去挑大茶壶。"

就在这时,来了一个母亲和一个女儿。小的头上插着草标,大的攥着一袋茶。她们脏兮兮的,却难掩一头红发。别人不认得,掌柜熟。她们直接进了茶馆。两位二爷看了,都嫌弃,别过头,没再提收茶馆的事。

同卵双胞胎盯上了掌柜的茶,来救掌柜的场。

掌柜隔得老远,仍能闻着刚采的茶香。同卵双胞胎指尖发黑,不知哪里弄的。茶正自行发酵。他有些急。他缺新鲜茶。不爱茶的二爷突然对他说:"轰出去。"

扮演母亲的双胞胎之一扑通跪下,哭道:"行行好,要了这个孩子。"

扮演小姑娘的,也腿一软,坐到地上,边哭边说:"我饿。"

她们拜过茶神,懂得土家傩戏,能熟练将不同面相缝合于面颊,出了片场,扮相也不露破绽。她们曾说群魔涌现于黑暗,最终无人能分得清戏里与戏外的表演。她们的表演技艺日渐精进。掌柜生怕以后认不出她们。

腰杆硬心肠软的四爷先开口,帮掌柜解围:"三,拿两碗烂肉面,带她们到门外吃。"

三欢欢喜喜下去又上来。掌柜接过面。同卵双胞胎一个搂着一个。他跟着出了门。他后脚还没过门槛,烂肉面就被蜂拥而至的流民卷了去。他一个趔趄,险些掉出窄窄的地界,跌入茶馆基座底部的界外深渊。

双胞胎一左一右拉住他。她们恢复瘦肩窄胯,满脸雀斑的老模样。

一个说:"想必您太久没出茶馆,不知道外面多险。"另一个道:"珍惜我们的茶,要弄到,不容易。"

"我留意着呢。"掌柜递茶饼。茶馆生的,他亲手做的。

太阳系片场:宇宙尽头的茶馆 | 271

他拿定主意：只自家喝，或同同卵双胞胎换，不再给客人。他在前面做掌柜，总被引力弄得头晕脑胀。他到后面制茶，才有心细细推敲同卵双胞胎的涌现理论。这让他更珍惜这地界儿。那些个或国破山河在或虽远必诛的片场，生命凋零，难见涌现。人们吃喝贫乏，总一副难获平和的模样。他们已忘了什么是生活与快乐，什么是爱与创造。他们总觉得苦中作乐互相争斗才是天经地义，更见不得人和人之间关系美好。据说片场吃人的传统就这么生出来，这么传下来，没再中断。总有逃出来的疯子，写下吃尽老幼妇孺的片场故事。掌柜招待过。疯子已咽不下常人的饭，两口烂肉面下去，人就没了，化为黑暗尘埃。掌柜觉得难过。同卵双胞胎偶尔安慰："它们没死，它们只是重新回归宇宙的波与粒，它们会继续在各个片场涌现，再次成为见不得人吃人的疯子，永远循环往复。这也是希望。如果它们没了，你就不能又生又死地轮回啦。"

三

宇宙黑暗，人类拓荒，他们离开太阳系，走遍银河，抵达宇宙边缘，却迈不过去。人至今无法理解宇宙尽头的黑暗深渊本质。片场兴起，散落于量子起伏的波粒海洋。片场内部，无数故事崇尚明媚的光与声。故事中的人朗朗开口，光普照万物，照亮宇宙每个角落。英雄角色总能迈过宇宙边缘，征服黑暗，抵达彼岸。想象的征服与胜利在彼此间划定界限，让片场间泾渭清晰，生成更多人畏惧的黑暗罅隙。茶馆横跨多重罅隙之上，一直稳当。想来虽怪，却无人称奇。往来人习以为常。掌柜选了这地方。他最早做茶不炒不揉，更不发酵。茶客品唇舌茶香，只当茶馆是片场群的恒定存在。故事来了又去了。叙事重重叠叠，渗入黑暗，从中涌现植物，保留故事的记忆，反复生出来，被有心人采走，制成不同香茗。混片场的人过来，尝了，便想起自己历经的虚构往事，也通过味道，与其他时代相遇。同卵双胞胎随着茶香，找到茶馆。生茶能让掌柜寻着早年的经验碎片。那时他专心于天然的植物与天然的记忆，不懂香料与发酵。同卵双胞胎出入不同片场，捎来不同的香气与味道。茶客便闻见木头与森林，花与种子。

  掌柜好奇，问："你们在片场做声与光，波与粒，为什么到我这里，只发明嗅与味？"

  她们一个说："寻常故事的哲学认为，视觉和听觉最为高贵，文字和声音表述万物，粒子和波动统领片场。"另一个接道："可他们弄反了，量子海洋充满波和粒，视听并不高贵，最宝贵的视听来自海洋底层的渣滓和碎片。"一个告诉他："味觉嗅觉更高级，是波与粒的组合物，是波与粒的涌现。"一个解释："所以嗅和味可以跨越片场，超越时代，存些属人的宝贵记忆，您的客人闻了尝了，便能回味自身的存在，心里有底，心也就静了。"一个给结论:"我们去过太多片场,我们做光与声,所以我们需要嗅与味,记录我们做过的事。"一个补充:"茶来自植物,植物的根系深到谁都看不见听不到的地方,那里充满黑暗能量,物质不再有反射和回声,可植物能从任何地方生出来,带来我们可以体验的嗅与味。"

掌柜似乎听明白了,觉着自己正从事不同寻常的工作。他心态开放,乐得随同卵双胞胎改良。他根据不同片场的特质发酵植物。他将花与茶充分混合,选特定底料,烤的茶能泡出异常花香。那时,硝烟很少遮蔽片场中心的太阳。大小片场不规则运动。他练就近乎完美的晒青技巧,依据太阳的能量与距离取进取出,眼观其色,手摸其干。壮年的日头燥,红矮星的放射好杀菌。超新星的光辉总覆盖茶馆,他不必翻动,也干得均匀。偶有片场,黑洞为心,他会紧急联系同卵双胞胎。她们伪造契约,混入片场,潜入黑洞,从里面摸出他没试过的油松、蚕丝瓣与青草香。

同卵双胞胎敲他的茶饼,他低头闻她们捎来的生茶。的确,气味能让掌柜回想过去,找到贴近生命底色的回忆。茶馆再次震荡。他靠着外墙,震感更明显。事情何时开始变味?同卵双胞胎的头发何时从鲜红变为暗红?他何时不再热衷于晒青,而专注发酵?片场外,他再没见过太阳,再没见过任何恒星。好在茶生于暗处。他习得发酵,尝试香料。清的、洋的,并无禁忌。糖与牛奶、盐与肉桂、生姜与桂皮。茶馆生意红火。

茶客能吃到炒与煎的茶,炖与熬的茶,花果之茶,柴米之茶。可后来,半发酵与全发酵的茶也存不住了。他制作更多发酵久的黑茶,用刀子切成块。黑茶充满矿物与营养,用以救济流民。他收留的三连着喝了三天黑茶,才活过来,慢慢获得人形。如今,再黑再涩的茶,也无法挽回即将失魂遁形的片场流民。掌柜心已凉,专注自家生意。同卵双胞胎也来得少了。

同卵双胞胎同时抬头。远处飘来一层淡淡的雾。掌柜眯缝眼,认出那是即将消散的六,想来他女儿已经没了,或者他找不到女儿,或者他从没有过女儿。世间的不确定性越来越多。同卵双胞胎的目光穿过六,望着更远的,掌柜看不到的地方。她们开始交头接耳。茶馆里,四爷大声说:"这清要完。"

掌柜心下一惊,向双胞胎点头,迈回自己的地界。

喜欢鸟的二爷正帮四爷圆场:"这清要完,就像这明,这元。这儿总变又不变。这是我们总留在这儿的原因。易者恒。就是这么个理儿。祖宗的智慧,没错过。"

喜欢实业的二爷哼了一声:"完不完,也不在乎流民们有没有一碗面吃。"他转向刚进门的掌柜:"也不在乎乡下的地,城里的买卖。还有你这办茶馆的房子,迟早有一天,我都要收了去,全卖了。"

掌柜有些急:"您别那么办,二爷,为什么呢?"

二爷宣布:"我要把本钱拢到一块儿,开工厂,顶大顶大的工厂。"他对掌柜说,而眼看着常四爷:"那才抵得住战争片场的宏大引力,收得住四处的流民,救得了这儿的场。"

掌柜有些奇怪:"工厂的力,向来服务于片场,没听说工厂能挤走片场。工厂只生产物质,片场可生产故事啊。"

二爷也急了:"打仗消耗多,只有那么办,他们缺物质了,才依得我。你不懂。我走了。"

外面动乱,掌柜想为二爷叫车。二爷不要。二爷充满能量,似乎出门便能就地造实业。不凑巧,他与庞总管擦肩而过。他们同时停步,回头,打量对方。庞总管伺候不同片场的大主子,统筹片场外的引力流动,被冠以总管之名。二爷做成了实业,会阻着庞总管的力,庞总管门儿清。他倚仗引力,反对涌现,前些日子,刚砍过孕育涌现的实验者。他直接警告二爷:"谁敢改祖宗的章程,谁就掉脑袋。"

二爷冷笑着回:"我早就知道。"

茶馆突然安静,呼吸不再流动。

庞总管也笑了:"八仙过海,各显其能。"

二爷转身迈步。麻子见了,才上前扶住总管,连连请安。他身后冒出两人。一为恩子,一为祥子。庞总管同他们耳语。掌柜见了,觉到寒气,突然希望同卵双胞胎离开这地界儿,走得越远越好,永不回来。他怕恩子和祥子。他们不是双胞胎,个子相貌全然不同,可想法行为每每整齐划一,步调一致,动作一丝不苟。他们脑后挂着长长软软的辫子,有时白衣,有时黑衣,有时灰衣。他们没穿过官服以外的皮囊。他们自诩守序,只听上命,从不担责,每每标榜他们象征的阳刚与力量。他们之间的关系比兄弟还坚硬。他们有时也说不清自己究竟效忠于谁,总之是自身之外的秩序。他们到茶馆来,茶馆人就得听他们的。他们说带走谁就带走谁。他们来得越来越频繁,出现得越来越突然。他们曾遇到过同卵双胞胎,可从来看不见她们。他们只瞧见娼妇、贫女、孤寡。他们心中的辫子来回甩荡,为之自豪,觉得辫子是引力的核心,能掌控生死,搅动万物。

茶客预感到灾祸,溜了几个。爱鸟的二爷和四爷也准备走。恩子和祥子拦到门口。恩子问四爷:"你刚才说,清要完。"四爷解释:"我爱它,怕它完。"祥子问二爷:"你听见他这么说了?"二爷解释:"我们是地道的好人。"祥子逼问:"你到底听见没有?"二爷怕了:"有话好说。"恩子也逼二爷:"你不说,连你也一起。他说清要完,就是反祖宗,一起掉脑袋。"二爷声音抖:"我,我听见了。"恩子和祥子同时说:"走。"四爷没动。他们从腰中抽出铁链:"我们可带着王法。"四爷笑:"不用锁,我跑不了。"二人同时命令二爷:"你也走一趟,实话实说。"二爷突然懂了,面对恩子和祥子,他们没有反抗余地。他一边跟着往外,一边口含哭腔,嘱咐掌柜:"照顾我们的鸟和笼子。"

掌柜只能说:"您放心。"他口干舌燥,喝口茶,想起画眉与黄鸟是四爷与二爷刚成角儿的时候,从片场间流淌的星河里生出来的。刚开始,两只鸟喜欢落到人肩头,不挑食。如今,它们总想飞走,飞到不知何处。上好的食儿也哄不住它们。二爷和四爷于是制了笼子。掌柜拎着笼子,放到后面。画眉、黄鸟见了茶梗,啄食起来。他返回,六带着名为顺子的小姑娘,刚刚立到柜台前。

六恢复实体形态,线条比先前更为清晰。他自责,说自己不是人,是畜生。他辩白,自己得吃饭,女儿也不能饿死。他让顺子认命,被卖了,也是积德。

掌柜盯着顺子,感到似曾相识。她的面相宛若经过二次叠加。她的鬓角有几绺深红头发。二爷的怀表落下了,落到掌柜手里。掌柜悄悄晃动表盘,光影折射顺子的来由。

同卵双胞胎盯着即将遁形的六,交头商量。她们打开随身布包,翻出一张大面具。面具形态并不固定,魑魅魍魉于表面闪烁。布包里还有很多面具。有的片场喜祭典,有的片场喜偶剧。那里,面具代替人,成为表演的主角。同卵双胞胎定是偷了太多面具,可能还做倒卖面具的生意。她们头靠着头,将布满牛鬼蛇神的面具扣于她们的面颊。面具硕大,几乎完整遮住她们二人的脑袋。三秒钟。她们同时掀开面具,一个人也随着面具,脱离她们的身体,落到六的面前。是顺子。同卵双胞胎对六说:"她是我们,我们也是她。可以借你,你带进去,当女儿,卖给那个长相恐怖的总管吧。"六听了,身影摇曳,慢慢获得稳定形态。

此时,顺子盯着庞总管,一脸惊恐,说不出话。麻子出现,大声命令:"见了总管,给总管磕头。"顺子没有呼气,也无吸气,昏了过去。六急了,抱着说:"顺子,顺子,不要死。"庞总管四平八稳,嗓子尖尖:"急什么。片场内外,生和死全不是定数,生的不如死了,死的也能搞活。你拿钱快走,人我买了,带回去就是。"

四

自那以后,掌柜没再见过同卵双胞胎。周遭片场的仗越打越混乱。他开动脑筋,灵活处事,讲改良和维新。顺应片场故事不是办法。他们互相对立,互不相容。茶馆很容易弄错立场。他将茶馆的一半改为学堂。兵荒马乱,没改变年轻人学戏的热情。学生的立场不至于错。他们热切相信,表演助人理解他者,故事让人窥见真理。他们不认同大部分故事。他们想创造自己的故事。掌柜从他们口中听到涌现的故事理论,觉得很有道理。为了学堂,他的茶馆歇业一阵,待他准备重新开张,片场群已无其他茶馆。他没时间伤感,重整茶馆的样子与作风,弄得尽量时髦些。他仍然卖茶。茶馆后面也能生些瓜果。肉与蛋是见不到了。掌柜不做吃人的买卖。烂肉面成为茶馆历史。他努力活着,还娶了妻,生了子。茶客说:"这样的年代,掌柜的什么都没落下,是'圣之时者也'了。"

掌柜没多说。他不敢承认，他一直在寻有红色发丝的人。他以为很难，后来发现，红发女性遍布太阳系片场。有的发亮，有的色暗，有的布满前额，有的藏在发髻里面。他变得矛盾。他想找到所有同卵双胞胎的面具化身，他又怕她们只是面具，皆为虚相，是双胞胎从故事里带出来，游戏人间的角色。他娶了淑芬，因为她有乌黑头发。没多久，他瞥见淑芬耳后的红铜发丝。他慢慢习得平静，写了更多"莫谈时代"，四处悬挂。他深知，片场内外的界限已不确定。故事和角色渗透出来，互相渗透。他无法置身事外。他已扮演着不知什么角色。

他花更多时间，躲在屋内，反复制茶。天天琢磨涌现，思考光与声，发现嗅与味。他的茶饼越来越老，他越来越耳聪目明了。他听得见外面人说话。小小怀表持续折射附近片场战火连天。淑芬心态好，又开导看不开的三。三说："改良，越改越凉，冰冰。"淑芬说："别的茶馆先后脚关门，只有裕泰开着。"三继续抱怨："天下大乱，今儿个打炮，明儿个关场，人都没了，我们还得里外忙。"淑芬提点："这年代，能做事，不消失，就应该高兴。"三摇头："可我忍不了，这么久，掌柜什么都改良，就不改良我们这些编号。"掌柜听不下去，走到大堂："如果茶馆立得住，长得高，我就有能力改编号，可这买卖不是越做越好啊。当初，我收留了你，你不想做编号，也得自己努力。"三哼哼唧唧，回后面烧柴。淑芬见他走了，才说："我们得添人。"门外流民总不间断，他们听见，跪下央告。掌柜摆手:"不要耽误工夫,我已经顾不了自己啦。"

他清楚,战争故事太多太杂,群演循环太快,来不及找任何果腹之物,便化为炮灰死亡。大部分战争希望他们快一些死,死了,又能再循环一次。参战人数的计次翻倍,反复翻倍,战役规模达到天文数字。可与之相对,片场人口一直下行。难民每天徘徊于宇宙边缘,出了片场,只能要饭。即便如此,战争故事仍耗尽内需。片场内部派出曾把人吃尽杀绝的军与警,到片场外面,交派干粮。巡警前脚来,让掌柜按点儿交大饼,掌柜塞上小钱,求宽限几日。大兵后脚到,直接来抢,搜空掌柜银两,还顺走茶碗与桌布。要不是学生交房钱,茶馆就垮啦。这年头,只有铁嘴生意好。片场内的故事四处外溢,泛滥成灾。他根据荒诞故事的逻辑讲命,故事外的人照单全收。没完没了地打仗,来来回回地生死,已经彻底搅浑大家的脑袋。算命与相面更加流行。铁嘴穿绸挂缎,得意扬扬来茶馆,还是白喝茶。铁嘴抽白粉,吓着掌柜。他怕化工的粉混进他自生的茶,想方设法支走铁嘴。他正累,让他心安的四爷来了。

四爷特地来祝茶馆重新开张。四爷弄来了肉,不是人肉,是茶馆人可以吃的肉。掌柜非常开心,顿觉心里暖烘烘的。之前恩子祥子抓走四爷,四爷坐了许久牢,辗转不同片场的大狱。四爷的画眉见不到人,便不吃喝。掌柜四处寻人,没看住鸟。一夜星光暗淡,画眉居然咬开钢铁笼子,扑棱棱飞出茶馆,消失于黑暗。隔天,四爷回来。掌柜万分愧疚,四爷倒没在意。四爷主动放弃了爷的生活,沿双胞胎的轨迹,一路向下,去做片场的底层行业。他从未被化约为编号。他身板形体,更加锐化。同他相比,爱鸟的二爷每况愈下。二爷也来道喜。他穿得寒酸,身后随一团雾气。他还提着鸟笼,小黄鸟毛发明媚,被呵护得好。明眼人明白,二爷没降为编号,没遁于无形,不因为他生命力强,只因为小黄鸟为他吊着那一口气。二爷与四爷依着以前时代的方式行礼。四爷卖了苦力,每日寻片场边缘合适的地方种青菜。二爷能写能算,可他害怕战争,做不了铁嘴的营生。二爷时常挨饿,总算没饿着小黄鸟。

"看,多么体面。"二爷望着黄鸟,喜滋滋赞道,"一看见它,我就舍不得死啦。"

掌柜打断:"不准说死,您还会走好运。"

四爷拉着二爷,出门寻酒解愁。恩子和祥子恰巧迈进来。他们互相打量,忆起上个时代的纠葛,看出对方干的营生。祥子得意:"再怎么变,我们的才是铁杆饭碗。"四爷笑笑:"如今,我就是个卖菜的,还想抓我。"二爷说:"四爷,咱们走吧。"恩子对他们的背影啐一口:"他们得意什么,我们有肉有饭吃。"祥子接:"对,谁给饭吃,咱们给谁效力。"

掌柜倒茶劝:"四爷又倔又硬,别计较他。"

恩子和祥子注意力转回茶馆,同时问:"后面住的什么人?"掌柜忙答:"学生和几位熟人,有登记簿子,放心。"恩子盯着他:"学生可不老实。"掌柜解释:"现如今,没钱的念不了书,他们能按时交租。"祥子点头:"我们也欠饷呐,得拿人,好得津贴。"恩子拿定主意:"学生好抓啊。走,到后面去。"掌柜吓得拦住:"别,我明天重新开张。"祥子顺势说:"那就换个方式,包月,每月一号,你把那点意思给我们,你省事,我们也省事。"

掌柜想问具体数额,学生匆匆返回,说外面直接抓人。战场兵力不足,片场人口不够。一些签了契约的,实在受不了,临演而逃。各类军官直接冲破第四面墙,以各自的名义到处拿人。学生就地拦住准备出去买菜的三,让他一起躲到后面。他们跑过恩子和祥子,似乎没看到二位的灰白褂。麻子紧跟学生,正好撞上恩子和祥子。恩子祥子眼睛发亮,突然警告麻子:"我们以前专办革命者,不管贩卖人口、拐带妇女的臭事,现在不一样了。"麻子气喘吁吁,缓了一阵,意识到恩子和祥子还没做成片场内部的军官。二位地位仍然低,只是小卒,同他一样。他踏实了一些,笑眯眯,回道:"您二位不会计较我做的营生,官家都不愿意管买卖女娃的臭事,我懂。这年月,片场内的来片场外抢食,您们的津贴也吃紧,您们想要的,不就是那点儿,意思。"恩子和祥子同时瞥一眼掌柜,夸麻子:"还是你聪明。"麻子凑上前:"可不,您说,这兵荒马乱,如果没生意,我会出门,到这茶馆里吗?"恩子和祥子十分满意:"那我们先出去走走,一会儿回来收钱。"

掌柜想赶麻子:"我这里改良了。"麻子把他赶到一边:"我孝敬了那两位,对你没坏处。"

掌柜憋着气,不知如何是好,抬眼瞧见门口徘徊的母女俩。她们红铜色发丝根根如刃。他迈两步靠近,仔细瞧,不是同卵双胞胎。年长的瞧见他,又看见麻子:"没错,是这儿。"掌柜问:"您找谁?"母亲指着麻子:"是他做的好事。"她抬手要打。她的手变黑,变大,一时宛如即将爬出黑暗的巨物。手指穿过茶馆,没伤害茶馆,又似乎能立刻将茶馆捏碎。掌柜惊得说不出话。麻子与其他几位茶客却毫无反应。他知道,他又看到了现实之上的其他叠加态。他不知叠加的力量是虚相还是实相。他劝那位母亲:"有话好好说。"

"你忘了吗?"她转过来,"之前,有个阉人总管,在这儿买了我,娶回去当媳妇。"

掌柜想起同卵双胞胎的面具。黑暗的巨手掌心往上翻,魑魅魍魉爬满手掌,不断滚动。麻子虽看不到,也感到不对,骂了两句,跑去后面。

"你是顺子。"掌柜语气肯定。"她是?"掌柜指着小姑娘问。

"我的女儿,叫大力。"

"您和谁,生的?"

"我自己生的,我的涌现。"

掌柜弄不懂其中原理,没敢多问。涌现一词并不常见。她的确是同卵双胞胎分化出的面具。他打量名为大力的女孩儿:圆圆的脑袋,很有活力。

难道也是分化的面具?掌柜观察不出。

故事与非故事,现实与角色,已经模糊,万物皆不确定。

大力问:"你爸就是在这儿卖的你?"

顺子答:"对喽,一个麻子做的买卖,卖给了一个阉人,这样便能子孙千秋万代。这儿每天都在发生这样的事儿。我告诉过你,肯定能找对地方。"

掌柜听见,不太高兴。虽然她们说得对,同卵双胞胎却从不挑明。他的茶馆是有些脏事儿,但能维持体面。

大力抱紧顺子:"妈妈,我们跟他们不一样,我们永远在一块儿。"

顺子落了眼泪:"好,好,咱们永远在一块儿,我先挣钱,你来念书,会有变化的。"顺子恳切地望着掌柜:"掌柜,当初我在这儿叫人买了去,总算有缘,你能不能帮帮忙,给我找点事做?我洗洗涮涮、缝缝补补、做家常饭,都会。我不用钱,有三顿饭吃,有地方睡觉,够大力上学,就行。"

掌柜犹豫。黑色巨手化为他见过的面具,颜色变浅,壳也变薄,罩住茶馆,同时罩着母女俩。

淑芬突然出现:"她能洗能做,又不多要钱,我留下她了。"淑芬没等掌柜答应,已抱起大力,手牵着顺子,去了茶馆里面。

有一瞬间,掌柜能同时看见她们深红的头发,如很久还没干透的血。

他一恍神,门口又进来俩人。俩逃兵。他们刚蜕掉故事里的皮,新皮还不贴身。麻子能嗅着蜕皮味道,溜回大堂,将逃兵拉到角落。麻子直接说:"有现钱,没有办不了的事。"逃兵一个说:"你看,我们是两个人。"另一个深入:"一条裤子的交情。"一个有些忐忑:"应该没人耻笑三个人的交情。"另一个有些困惑:"其实我们还不确定,是三个人还是四个人。"

麻子糊涂了:"三个人,四个人,都是谁?"

一个答:"还有个娘儿们。"一个回:"也可能是两个。"他们同时说:"红头发,戴面具。"

掌柜本想赶他们出去,这下,他靠近他们坐了。

麻子摇头:"不好办,我没办过。平常都是小两口儿,哪有小三口、小四口。她们戴面具,是戏里人吗?她们拿乱七八糟的故事忽悠你们,你们也信?万一把我也忽悠了……"

两个逃兵同时提高声音:"我们有钱,娘儿们可以流落街头,当兵的不能娶不上媳妇。"

"谁是当兵的?"恩子和祥子的声音更亮。他们不知何时,已立到掌柜身旁。掌柜吓得躲开。俩逃兵和他们默然对视。有一阵子,掌柜觉得他们四位变得一模一样——模样不同,却分不清谁是谁。麻子不识好歹,两头劝,赔笑。

茶馆轰隆隆震动。

掌柜知道有变。他不需向外看,便能说:"诸位,大令过来了。"

恩子与祥子急道:"君子一言,钱分一半,你们没事。"两个逃兵称喏:"是自己人,就这么办。"

战争故事的角色带着刀与火,进入茶馆。他们背枪带剑,还有奇怪技术把式。冷热兵器连同未来的武器,他们全占着。他们刚杀过人,一直杀人,眼里有红,额头发黑。他们可能已是死人,故事又不会让他们死去。他们的数量最多。

他们中的一个问:"听说有逃兵。"

那四位整齐划一,指着麻子:"是他。"四位又同时一起点头:"再抓两个学生。"

掌柜无法分身。他的身子瞬间难以移动。四个男人抓了两个年轻女学生,急着往外赶。一群兵按住麻子,手起刀落,麻子脑袋咕噜噜滚入片场间深渊。深渊刚刚形成,非常狭窄,到处嶙峋褶皱。麻子的头卡着,上不来,下不去,过了好久,也没死。似乎片场内外的生死簿全部忘记他。他日夜喊着,嚎着。最终,大力实在忍不住,没听大人警告,探着小小身躯,进入沟壑,将脑袋拨拉到黑暗当中。她回来,偷偷告诉掌柜,黑暗里头有茶树。她还拿到新鲜的叶尖儿。

掌柜领悟:大力能发现黑暗里的涌现,找着量子海洋彼方的植物。她在这儿待不久。

五

没多久,片场内外界限崩溃。故事里的刀与火层层叠叠外溢，所幸没冲垮宇宙边缘的片场群。掌柜拿不准主意，拉着每位茶客，赔着笑脸，好心咨询。懂行人告诉他，片场以内，恒星是引力枢纽。它们原本处于果壳宇宙当中，各自为王。分割片场的墙没了。它们发现彼此，想保存自己。引力间的竞争转化为制衡。片场外领域，或被不同场撕扯与吸收，或像这家茶馆，成为片场引力博弈的过渡带。掌柜不想被归属，也不愿被撕扯。他问："您这么有学问，上知天文，下知地理，又做过引力场的调和议员，可现今儿住在我这里，天天念经，干吗不去做点事儿？像那办实业的二爷，又办工厂，又开银号。"

对方冷笑："那又怎样？他以为片场外就安全，或者像你，以为片场外可以避世。孰不知，如今万物叠加，已无内外，你的茶馆或他的厂，全部会被吞了去。他想以外搏内，到最后，他会成为笑话。我做过革命，想重构片场内外的叙事。现在我看透了，只讲述太阳和地球的片场群，非亡不可。"

掌柜着急："前总管不是说过，生和死全不是定数，生的不如死了，死的也能搞活，我们这个地界儿，死马也能当活马治啊。"

对方摇头："死的不能真活，活的都是半死。阳刚与阉人每每同位一体。您可别被那些表面的阳气、心灵的阉人忽悠了，不要再找我了。我只会念经，不会做别的。"

掌柜就这样，问了一位又一位，上下求索，也没求得答案。他贴了更多"莫谈时代"的条子,又补上"茶钱先付"的新字,注两个字"现钱"。他努力顺应时代,继续改良,维系生意。片场间引力的直接斗争永恒持续。茶馆不生新茶叶,掌柜一点点消耗老茶饼。他卖光了藤椅茶具等好物件,从小贩处购得片场阴暗处的嫩叶。可片场内外的涌现越来越少,几乎不见。只余宏大的引力互相制衡,互相消耗。无数太阳们提前烧尽。前一天,茶馆边一座太阳系突然氦闪,光芒灼人,弄歪茶馆基座。那太阳胃口实大,吞噬火星,吞噬木星,几乎将吞噬土星,这样,便可制衡不远的另一座太阳系。只是敌对方更加狠辣,直接引发自身星体质量与能量的内爆。超新星爆发,刺瞎茶馆内茶客的双目。两座太阳系被彼此引力撕扯,很快被更远的太阳系盯上。它们趁虚而入,分别吸收了两个徘徊于死期的太阳。战争过后,茶馆周围一片废墟与死寂。茶馆的基座反经由引力撕扯,重新获得平衡,架于星空与银河的罅隙之上。吓走的茶客与住客去了又回来。所有故事发展为星际战争。人们不再期待和平,人们适应了毁灭,并以此为奇观。大家明白,片场的引力竞争只有损耗。涌现与创造早早消失于不知哪个时代。总有一天,一切将归于湮灭。宇宙边缘的片场群落会成为真实的宇宙尽头。

此时此刻,宇宙尽头遍布毁灭。茶馆时常既无茶,也无食。人们仍过来。掌柜秉承改良,永远开着门,什么人都能进。他卸下门板,四面开窗,扩大窗框。客人环视一圈,便能欣赏由远及近,时刻爆发的群星陨落场面。碎片与星辰缓慢流淌,落入茶馆底层深渊,陷入黑暗,从未有回光。茶馆逐渐成为绝佳的观景场所。茶客往来,带纸钱的越来越多。他们大多是暂时的幸存者,过来瞧一瞧与他们相关的时代的毁灭。掌柜拒绝以纸钱当现钱,换他好不容易留下的茶。可纸钱越来越流行,花样越多。茶客过来,做最后的时代祭祀。有的忘记烧纸,反把自己点着,似乎生命可以渡劫。掌柜存的纸钱日渐增多,遍地垒着最无用的通货膨胀。他得闲的时间也变多。他留着折射时空的小怀表。一切卷曲毁灭之际,它变得更有用。他通过它寻找同卵双胞胎的影子。他发现她们来自真正的地球,曾历经遥远的过去,是星空与宇宙的开拓者。她们曾向他解释宇宙边缘的片场。

一个说:"这里有真正的深渊,有人类无法跨越的虚空,有人类无法理解的黑暗。"另一个道:"但深渊并非深渊,虚空源自狭隘的目光,黑暗源自看的方式。"一个回忆:"愚者掉头回返,想征服和统治已知宇宙。"另一个比画:"智者留了下来,试图临着宇宙的边缘,重新表达宇宙。"一个跳过细节:"后来,宇宙边缘的片场群层层叠叠搭建,目的是通过叙事,进入深渊与黑暗。"一个给出结论:"可是,片场很容易陷入自我封闭,他们已经忘了宇宙边缘的意义,他们又变成热衷操控引力的征服者和统治者。"一个说:"他们只尝过刀口的血。"另一个说:"他们只看见虚妄的火。"她们一起自言自语:"他们只记得害怕黑暗。"

怀表反复反射过去的对话。掌柜反复看,反复听。他大致弄明白,宇宙的边缘,只是边缘。同卵双胞胎喜欢片场,因为她们想借着片场的界限,跨过宇宙的边缘。如今,太多的毁灭让这儿直接成为宇宙尽头。尽头所过,皆为荒漠,也无所谓界限的此侧与彼侧。片场间区隔崩塌,一切将被轰隆隆的战火席卷,不剩任何尘埃。掌柜转动怀表,窥见关于自己生与死的反而复之的命运。年纪大了,困惑变少,却也变得集中。

掌柜有了儿子,有了儿媳妇,有了孙女。他每每自忖:涌现消失,为何他能获得更多子孙?有一段时间,年轻的生命给了他活着的动力。孙女出生,接生大夫巧稚夸小姑娘漂亮。掌柜心中快乐,觉得喜庆,给巧稚大夫塞茶饼,问大夫的子孙可好。巧稚大夫说,她没有子孙,她太忙,即使她闲了,也要先写下故事,为自己造一个片场。她说她曾同时存在于前线与产房。战争故事与产房故事的男女皆为英勇。只是对于太阳系的片场,战争故事以保护为名消灭生命,海报与宣传大肆炫耀。产房故事被隐匿、被简化、被计数化为算数,以批量生产人丁,让战争故事尽情消耗。

她说:"我们的世界,真正的生命与涌现已成禁忌。"

她要做一个自己的故事。

后来,孙女小花长大,一头红发,非常可爱。掌柜带着她,去找巧稚大夫,想让她也高兴高兴。他再没找到。他相信,无力可借的大夫,更立得住。她已去其他地方,落成属于自己的片场。掌柜牵着孙女小花的小手,第一次感觉到自己老了。没有客人时,他也每日猫着腰,低着头,发丝稀疏如老树。他正与周遭片场同时腐朽。他半死半活了太久。他无所谓。他担心孙女小花与儿媳妇秀花,担心顺子和已经离开这地界儿又失而复回的大力。吃喝越来越少,小花吃不上烂肉面,热汤面也没有。他可不希望变成隔壁齐老太爷,抱着饿死的曾孙女,祭祀时代。掌柜陷入严肃思考。

小花饿着肚子上学。他嘱咐,不要把大力回来的事和外人说。小花聪明。她悄悄告诉掌柜,大力从没离开,没去量子海洋的彼岸。大力只顺着茶馆底部的深渊裂隙,一路向下,抵达最深处,去了比黑暗还黑的地方。那儿也是这儿,这儿曾是那儿。大力能复返,证明那儿与这儿并不相隔。大力回来,只待了一刻。她专门将掌柜拉到角落,说见过红发的同卵双胞胎。她们从未离开。掌柜只需仔细寻找,用心看。掌柜老眼昏花,脑袋糊涂,自知是见不到了。他很高兴。他养大的子孙,仍能见着她们。掌柜深知,大力会将家人带走,除了他。他活着,活在这儿,死了,死在这儿,每分每秒,都不变节。这是铁嘴也不敢与他直言的命运。

门口又进来一位。片场群又一轮崩溃。千万太阳同时膨胀,闪耀。茶客不买茶,径直往窗边走,静悄悄观景。不同派别与时间立场的人保持了和谐共处。他们知晓必死的终局。进来的红发姑娘对外界崩溃不感兴趣。她径直找掌柜,声称要做茶馆的招待,又强调,头发是染的,问掌柜好不好看。掌柜噎住,转移话题,问她年纪,说才十七,问她名字,说叫丁宝。

掌柜补一句:"丁宝算什么名字。"

丁宝答:"我妈生下我,不是男宝。我爸想让我佑家族人丁兴旺,取名丁宝。后来他死了,我妈做了寡妇,带着我过。我们本想母女相依为命,没想到一个片场说,我爸留的家产,是逆产,需收归片场所有。我们流落没两天,我妈就气死了。我只能自己找活儿,现在做了招待。老掌柜,我想问,什么叫逆产?"

掌柜捋捋胡子,想起实业二爷的仓库,被人眼一瞪,就成为逆产。他解释:"说话留点神,如今时空皆片场,万物皆有属,我也看不透片场与片场之间引力的微妙差异。说错话,不知道得罪谁,连你也可能变成逆产,不知给收到哪里去。"

丁宝笑:"您算说对了,我绝对是逆产。您知道,比我还小的姑娘,被各式各样的片场骗了、拐了、抢了、卖了。片场人丁缺得紧,他们就让她们使劲生。她们是名正言顺的顺产。我做不了顺产。我妈死后,我这么努力地活着,就是为了勉强当个逆产。可即便如此,我还常想,不如死了呢。管他顺产还是逆产,我们活着,身上就已经烂了。早死,早落个整尸首。"

六

过去,和平或难以坚守,战争仍使人作壁上观。如今,年头改了,时空裹挟万物,引力扭曲一切。据说受涌现理论威胁,引力理论坐不住,要彻底控制千年来经久不变的地界。战争故事挣脱片场,每个故事皆想自上而下,细化到波动与粒子,以控制全部力学。掌柜仍然喜欢这儿。他自认顺民。他羡慕同他不一样的人。可他不喜欢打仗,尤其不喜欢自己人打自己人。他喜欢合作。存在无数选择,他总选择合作。

他被丁宝说动,说:"茶馆生意不好,确实需要改良。"

他话音未落,小麻子穿洋服,夹皮包,大摇大摆进门。他的打扮同他爹天差地别,模样和神态却一模一样。黑市克隆技术也达不到如此完美。小麻子宣称,他能帮掌柜镇住场子,稳住茶馆。他专门找了丁宝。他自有一套办法。一切全听他的。掌柜可以尽情做甩手掌柜。

丁宝揶揄:"没你的办法,怎会缺德。"

小麻子笑:"缺德,你算说对了。我爹从这儿被绑出去,到深渊上,挨了一刀,隔好久,掌柜才帮我把爹的脑袋捞回来。我爹差点意思,混得一般。该我出头露面了,我会更出色。"

他捞出一份计划书,告诉掌柜:"你这儿,灵。"

"诸事凋敝,只有茶馆占了好地界儿,变为观景台,能撑到最后。按科学推演,诸般故事,一切片场,寂灭之际,茶馆才慢慢崩塌。最后的人类,或者说,所有不死不活的魂灵,都将聚集于茶馆,迎接宇宙尽头的毁灭。"

"多浪漫。"丁宝附和。

"掌柜不懂浪漫。"小麻子抱怨。他说茶馆本应抓住这最后的,也是最终极的机会,好好做一笔大生意,弄一个宛如庆典的祭祀,好与宏大引力的尾声相配。可现在的布置,寒酸又破烂。这可不行。小麻子自诩救场的神兵,说丁宝招揽客人只是第一步。他滔滔不绝地展现对宏大计划的妄想。掌柜走神了。他只听见免电费三个字。强力、弱力、电磁力被引力强暴,很难自处。掌柜也很难维系。小麻子得意,说自己认识管电与磁的领导。掌柜跟了他,永不再愁。掌柜连连称赞:"活到老,学到老。"

他话没说完,小铁嘴穿绸袍,踩缎鞋,摇头摆身进门。他的打扮比他爹体面多了,模样和神态却一模一样,还世袭了他爹的喝茶不给钱。掌柜琢磨,万物衰败之际,父子传承不再变化,反越来越精准了。可怕。小麻子与小铁嘴一见如故,他们在爹的基础上增进友谊。他们选择合作。一个夸一个洋气十足,一个赞一个天师下凡。小麻子放弃掌柜,抱紧了小铁嘴,拿他做知音与听众。

小麻子夸口:"我有一个伟大的计划,我要弄一个'托拉撕',就是我们说的,'包圆儿'。"

小铁嘴点头:"我懂,所有的姑娘全由你包办。"

小麻子接:"对喽,你脑力不坏。我要把舞女、明娟、暗娟、吉普女郎和女招待全组织起来。业务包括:买卖部、转运部、训练部、供应部。不论谁买、谁卖,全物流匹配,所有片场处处接送。所有服务,都能训练。任何需求,都能供应。我们茶馆统一承办,保证人人满意。你看如何?"

小铁嘴称赞:"太好,太好,这合乎统制一切的原则。"

小麻子求道:"你得想个好名字。"

丁宝插嘴:"缺德公司挺好。"

小麻子嗔怒:"谈正经事,不许乱说。好好干,你能做总教官。"

小铁嘴仰首掐算:"花花联合公司,如何?姑娘是鲜花,要姑娘需花钱。花是植物的生殖器,茶馆的茶叶衬托花。花呀花呀,花花世界,又有典故,出自《武家坡》。"

小麻子连连称谢:"你的顾问就算当上了。"

小麻子与小铁嘴热烈握手,几乎热泪盈眶。小麻子拉着丁宝,出门走动关系。小铁嘴悠悠闲跷着腿看报,说得等贵人。掌柜觉得眼皮跳动,心下发虚。又进来三人,他熟:摆席的师傅、说书的福远、唱戏的福喜。他们照直先付了茶钱。掌柜感动又问心有愧。他很难拿出新鲜茶啦。这年头除非付高价。茶馆只供得起虫茶。人吃人多了,虫子间互相蚕食随之变多。掌柜寻觅茶叶渣滓，收集小虫，趁超新星爆发间隙，利用微弱星光，吸引化香夜蛾的幼虫。它们吃虫，分泌物滋养茶与土，养出虫茶，充满泥土香，富有营养。三位熟客不嫌弃虫茶。他们喜欢虫茶。他们吃不饱饭，虫茶能让他们暂时活着。他们除了虫茶，已没有其他可以进食的方法了。

掌柜问他们可好。他们逐一摇头。说书的福远不喜战争故事，只讲百鸟朝凤，几乎无人听，听的，也是饿着肚子蹭听。能说会道并没有用。摆席的师傅两手一摊。他擅长流水席。眼下只有监狱符合人口标准。他自己更啃不上窝头。他们正说，又一位编号为六的可怜人进来。他不卖女儿，卖艺术，别人的艺术。他求老几位买画，说画师六大山人给他时，直掉眼泪。

唱戏的福喜说："我也掉眼泪，这画是实的，我们的戏和表演是虚的，常言邪不侵正，可这年头就是邪年头，正经东西全得连根儿烂，咱们的玩意儿都得失传。"

六问："我可从没见过您落泪。"

唱戏的福喜微微发笑，五指扣住面颊，轻轻抓掉面皮，里面一层脸，正悲痛欲绝。周围人见了，不由吓得后退。他将拿走的皮贴回脸庞，从怀中掏出针线，将外脸缝合于皮肤。这样一揭一缝，掌柜的了然，唱戏的福喜总老得比别人快，因为他过度使用面皮。他满脸皱纹源自缝合不够，贴合不佳。同卵双胞胎使用面具。他将自己皮肤化为面具。

掌柜问:"里面一层脸的后面,会不会还有一层脸?"

说书的福远代为回答:"那当然,故事有多少层嵌套,他就得有多少张脸。"

福喜的揭脸与缝脸吸引了其他茶客注意。正值片场毁灭的间歇期。茶客转向福喜与福远。福喜说:"演一出吧。"福远说:"讲一讲。"福远福喜一说一演。或许他们太久没给茶馆添评书,唱戏曲。或许他们和茶馆早已与平日不同。掌柜感受不到他们准确的声音与形象。万物终有祭奠,多维因果随着故事与表演的波与粒,坍塌至深渊上的茶馆,又弯曲叠加为不同微观场域。一时一片混乱,嘈杂背后,每位听者与观者的历史缓慢流淌,福至心灵。

掌柜意识到自己早年十分讲究,摆席的师傅同他一样。他们相识之初,便做出径山茶宴。那时片场不多,宇宙边缘刚脱离荒芜。千亩茶园与茶山随星空的波澜涌现。那时掌柜不稀罕新鲜茶叶,每每将茶叶碾为茶粉,冲泡为茶汤,备好茶壶、茶杯、茶筅,注水点茶。他最早发明了本地界儿片场群的茶道仪轨。同卵双胞胎慕名而来,告诉他,他们的相遇更早。宇宙尽头,万物和静清寂之时,绿植覆盖,嗅与味氤氲发酵,茶室获得涌现,自然生长,化为茶馆。那时,地界之间并不封闭。来自远方片场的无名茶工风尘仆仆,步行游学,路过茶馆,主动学艺。有的很快启程,有的留了很久。同卵双胞胎手捏茶神的傩戏面具,比寻常的茶工疯癫许多。她们带来变化。掌柜创制的板正茶礼阶次衍变、分叉、耦合。手艺人与说书的、演角儿的合作,茶叠加为复杂的形态,以不同方式渗透了每一种灵魂的皮肤。掌柜心态日渐开放,喜得顺应各式茶客与茶工,尽情改良。一位带来杀青的手艺,过程漫长,掌柜的离不开。若干太阳来回旋转,他盯着温度与湿度变化。成品是针尖一般的茶叶,能叠很高。一位带来炒青的手艺,掌柜的手变得滚烫,揉捻、拼配、跑散。为做中和,同卵双胞胎伴雨伴茶,也炒花。一位教掌柜制作茶饼。一位教掌柜煎茶,放盐与花椒。一位带特制点心,能与不同茶相配。一位直接吃茶,充满糖、奶与油脂。时间推移,本地界的片场密集而建,茶山与茶园不见,片场故事的刀与火日渐增加。茶客与茶工的心灵开始混沌,不记得自己的源头。掌柜也不再记录每一颗茶苗的成长。远方而来的茶工渐少,长居的茶工重新远行。掌柜仍然热情,以礼送客。他敲碎茶饼,制作散茶,小包分装,让远行客带着,能吃茶泡茶,路途不再饥或渴。他为他们发明了独立制茶的工夫,是关于植物与水的艺术。清澈茶汤如水状丝带,倒映银河星光,指引流淌而出的远行路。

  掌柜觉得离开的人都会返回。他累时,端茶,遥遥远望。他不再见喜上眉梢的茶工。他只见深夜匆匆而来的过客。他问黑暗中的行者你是谁。"我是时代的幽灵,是沉默不语的诗。我同时佩戴判官与魁星的面具,将宇宙命运纳入怀中,只留祭祀。"

七

　　傩戏突然而至，无脸人缝着怪诞面相，涌现于黑暗。茶馆似乎刚刚换了基底。掌柜知道茶馆底部深渊不存在宏大引力，只有另三种力的涌现。宏大事情引发空间弯曲，让看客好生着迷。周遭动荡剧烈，他的茶馆立不稳，很难仅仅依赖涌现。它不得不顺应乱世的中庸与平衡之道。掌柜从福远与福喜的叙事中脱身。他走出茶馆，深渊仍在，只是茶馆偏离了位置。它自行选择一股力，恰好被托住。它仍临着深渊，没有完全脱离深渊的场。深渊则脱离茶馆遮蔽，戴着面具的魑魅魍魉直接涌现，融入不分彼此的片场群。他听见亡者的喊叫。悲剧的力量与释然浸透黑暗世界底层。

　　他望见远处来了人，全是自诩能做片场皇帝的团伙。他们平日怕深渊，不靠近。此时，他们仍怕，可茶馆移位了。他们蠢蠢欲动。他们似乎又觉得茶馆仍距深渊太近，怕喊叫的傩戏吃了他们。他们窃窃私语，要推打头阵的人。一个叫四奶奶的自称与茶馆有缘，手指挂满戒指。掌柜还没想好如何反应，小铁嘴从他身后冲过去，扶着四奶奶一只手，口称娘娘。那位六紧跟其后，说前世亦在茶馆积过德，他与四奶奶真有缘。他赶忙搀着四奶奶另一只手。他们得意扬扬走向掌柜。

小铁嘴嗔怒:"掌柜的,还不快伺候娘娘。"

六显得机灵:"皇上快登基了,赶紧道喜。"

时代的惯性让掌柜连连点头,跟回茶馆。福远与福喜停止表演。许多茶客见了四奶奶,悻悻而走。有的不会再回来。也有许多开始巴结。四奶奶同小铁嘴耳语。小铁嘴趁掌柜不注意,跑到后面,拉着顺子过来,坐到四奶奶旁边。四奶奶显得可亲,声称当年买了无数姑娘的总管,也收了无数的儿子。她与她因为买卖,成了母女,成了姐妹。无数儿子,因为阉人,更有了做帝王的路径。其中一位四爷,按辈分,算是四奶奶的丈夫,顺子的侄子。如今,茶馆移位,深渊即将封闭,这地界儿便能彻底归于单一引力的统一场,四爷便可以名正言顺登基。四奶奶解释,传闻顺子的孩子,大力,曾深入过深渊,完璧而归,让人望而却步。如果顺子愿意,四奶奶愿意尊她为老太后,一起管着皇上与大力,所有片场的大好江山,就稳当啦。

顺子回:"不用想,你做娘娘,我做苦老婆子。茶馆的力场变了,我也不改变我的角色。我磨炼过。我不怕你们。"

顺子气势凌然,一时整个身体化为同卵双胞胎的面具,万千面相翻滚涌现,比福喜的脸皮,傩戏的打扮,更为骇人。只是顺子没准备吓唬任何人。她转身,回了茶馆后院。

四奶奶左拉着小铁嘴,右拉着六,好久,才缓过神。她突然移怒,告诉掌柜,让掌柜说服顺子,说好了,送烂肉面,说不好,砸了茶馆。小铁嘴说晚上就来听掌柜的回话。

太阳系片场:宇宙尽头的茶馆 | 301

掌柜问:"万一下半天,我就死了呢?"

四奶奶回:"你还不该死。"

掌柜趁他们身影未远,转动手中怀表,借着茶馆的声与光,悟到了这地界儿的回光返照。所有时代将全部轮回。回光返照的后面毫无生或死。人类从未触碰过宇宙边界。边界之内,只有朝代更迭,成王败寇。他去茶馆后面,让顺子现在便找大力,一起沉入深渊。深渊尚未闭合,进去的人,不用经历反而复之的回光返照。他怕来不及,又担心,叫儿媳妇立刻送顺子去深渊边缘。

顺子说:"我不会忘了您,老掌柜,您硬硬朗朗。"

她们前脚离开,小德子后脚耀武扬威到了茶馆。他说掌柜不用担心,他如今是有钱人。他掏出四块,说刚花了一块,五毛揍一个人,让掌柜猜他一共揍了几个。他不等别人,自己回答:"前天四个,昨天六个。"他低声说:"市里派我去的,没当过这么美的差,太美,太过瘾。打一个学生,五毛现洋,还有两个女学生,一拳一拳下去,太美,太过瘾。"他得意地伸出臂膀:"铁筋洋灰,用这个揍学生,你想想,美不美。"

掌柜身子向后:"就那么老实,乖乖叫你打。"

小德子大笑:"我是傻子呐——当然专找老实的打。我算什么,你看的那个教务长,上课先把手枪拍在桌上。我不过抡抡拳头,没动手枪啊。"

掌柜也大笑:"就是把我打死,不服还是不服。"

小德子赞美:"掌柜,你应该当教务长,你有文才。不过,我今天不打学生,今天打老师。上边怎么交派,我就怎么干。"

福远与福喜嗅出危险,他们抱抱拳,永远离开了茶馆。小德子警惕地望着他们,怀疑他们是老师,忍不住跟出去。掌柜的瞅见丁宝。丁宝瞅着小德子。小德子走远,她才偷偷叫过掌柜。

她说:"小麻子没安好心,要霸占茶馆。他们从来看不起你,只是因为茶馆一直不偏不倚,立在深渊上面。现如今茶馆移位,不仅小麻子,许许多多恶人都盯上了茶馆。您懂,茶馆偏斜,可仍占了天时地利,能俯视所有宇宙尽头的毁灭。这是多大的名与利。所有引力都想要。您赶紧为自己和家人打个主意吧。"

她迅速说完,转身便走。掌柜的怀表正倒映她的结局。小麻子手握菜刀,连着砍了十几刀,每刀都对着脖子去,刀口卷了边。来往的人看了,没太多反应。偶有质疑,小德子显示肌肉,告诉说:"感情纠纷。"小恩子和小祥子闻声检视。一个说:"感情纠纷。"一个说:"家庭矛盾。"同时说:"不稀罕,管不得。"小麻子砍得看不清面相了,才直起腰,说:"看什么看,没见过么?每个月、每天、每分、每秒,都有,又不是什么大事儿。赶紧的,各回各家,各找各妈。"

掌柜的孙女小花恰好提前放学。他抬头望掌柜,问:"爷爷,你怎么哭啦?"

掌柜一直不敢用怀表照家里人,除了他自己。此时此刻,小花的影子倒映进入怀表表盘。表面黑漆漆一片，涡流向内旋转，宛若深渊。第一次，黑暗给了掌柜勇气。

儿媳妇秀花返回。小花的老师勇仁与厚斋也进来了。小花递上手帕。掌柜悄悄抹掉眼泪。勇仁说："老人家，沏一壶茶。"厚斋说："这怕是最后一次坐茶馆。"掌柜没让他们坐，一面让秀花小花往后躲，一面说："快走，他们找了打手，老师和学生一起揍，往死里揍。"他没说完，小德子出现。小德子认得老师，伸出拳头。掌柜的儿子大栓及时赶到。他力气大，先将小德子放倒。几个人揍了小德子几下。掌柜催他们快走，去深渊。大栓点头，引了两位老师去了。小德子踉踉跄跄爬起，边追边骂掌柜："你等着吧，放走了他们，你还在，打不了他们，还搞不死你？"

他们这一闹，茶客统统走了。摆席师傅最后离开。他与掌柜四目相对，只抱了抱拳，没说话。掌柜面对空空的茶馆，突然老了，头发刷白，腰背佝偻。他慢慢收拾桌子和椅子。茶馆外，星辰相继湮灭。掌柜预见了结局，这儿甚至留不下黑洞，找不到暗物质与暗能量，只有死寂。

小恩子和小祥子抵达茶馆。他们的铁靴敲击地板，回音往复振荡。掌柜心不在焉。他想：小恩子、小祥子、小德子、小麻子、小铁嘴，他们怎么就这么相似？他们和他们的爹，怎么会一模一样？掌柜撕烂一张"莫谈时代"的纸条，心下好奇：这些爹与儿如何做到每每穿越时代，都完美传递子子孙孙无穷匮的永恒副本,干这些遍历所有片场,全然不会改变的勾当?

小恩子和小祥子叫了他几声。他没应。他们各打了掌柜一巴掌,一起强调:"老师们暴动,他们很忙,没时间耗。"掌柜问:"罢课改称暴动了?"小恩子和小祥子又各踢了他一脚。掌柜解释:"岁数大了,不懂新事,跟不上改良。"小恩子说:"你们是一路货色。"小祥子说:"必有主使的势力。"掌柜回:"大力。"两人同时:"在哪里?"掌柜答:"在深渊。"两人沉默一秒。小恩子说:"甭跟我们拍老腔。"小祥子说:"我们还是来真的。"掌柜接:"交人或交钱。"两人夸:"智慧,您的确是我们的爹爹调教出的。"小德子返回,来找小恩子和小祥子。他啐了掌柜一口。他需要更多打手。他们三人携手而去。临走前,小麻子点着掌柜的鼻子:"你别跑,你跑到阴间,我们也能把你抓回来。"

掌柜艰难起身,向后叫:"小花,小花的妈。"秀花牵着小花:"怎么办?"掌柜:"直接走,去追顺子。"小花:"剩爷爷一个怎么办?"

掌柜:"这是我的茶馆,我活在这儿,死在这儿。"

八

她们走了。茶馆空荡荡,再无茶客。掌柜独自一人,一点一点，收拾茶馆。房屋破败，家具所剩无几，他尽量将一切擦洗干净。茶馆反复倾斜，以不同角度摇摆。它辗转几种引力，无法保持稳定。它不会稳定啦。叙事扑朔迷离，与引力达成的时空契约终将湮灭。半死半活的人四处弥散，耳语间尽显暧昧与神秘。似乎他们就是引力，拥有建立秩序的权力，表征引力的本性。往日他们抵达茶馆，从不喝茶，不闻茶味。如今他们觊觎茶馆，迫切希望侵占茶馆。茶馆自行躲闪。它不是他的茶馆。它有灵性。可周围皆是邪念头。邪的当道，茶馆很难立稳了。掌柜曾自以为应运而生，活在这个时代，如鱼得水。此时他才想通，自己是被时代画地为牢的学徒。他又不擅长使用父子之间的生育关系，穿越时代，总是传代，自己生产自己的镜像，每每顺着引力，跪得极快，喜得不行。宇宙尽头，一切寂灭，寂灭之后，又会有什么？怀表给了掌柜答案。以前的东西，总会回归。这是这地界儿引以为傲的历史传统。涌现如此奇妙。涌现总能创造。时代轮回是最低成本的涌现。涌现伊始给一个契机，便可静待轮回与灭亡。其间诸事罕有新鲜。混片场的无数人类，故事契约的无数章程，无时无刻不间断的戏，数量无尽，不会改变。诚然，宇宙尽头不会全无希望。总有一些片场拥有生动复杂的涌现，只是不在这里。真正的涌现带来经久不衰的生命波澜。片场边缘的茶馆或餐馆，便依附于起起伏伏的涌现与波澜。

　　掌柜想到，他的生活可以不仰仗引力。不过事情已至尽头。他只是引力边缘的小卒。永远角力的引力会将他扯碎。引力也喜欢撕扯彼此。掌柜瞧见逐渐扩大的深渊。它宛如即将深潜的巨大怪物，正吸入最后一口量子海洋表层的波与粒，准备潜入黑暗底部，更深的地方。它不一定回来。深渊一直支撑茶馆，掌柜感谢它。他感到茶馆正靠近深渊。茶馆留恋深渊，不想让它离开。可深渊去意已决。茶馆无法借助深渊的涌现站立。茶馆徘徊于不同的引力与深渊，摇摆不定。掌柜扶紧门框，方能站稳。茶馆由柏木建造。门框与窗框表面逐渐生长出绿色枝叶，不属柏木，而是不同种类的茶的嫩叶。

茶馆的植物记忆。

茶香扑鼻，掌柜取叶，放入口中，缓慢嚼烂，嗅到尝到茶馆的见与闻。它对信息与时代不感兴趣。它的梁与柱、椽与枋、檩与拱，经年日久，渗透茶的隽永味道。新茶与老茶的记忆过滤量子海洋的波与粒，从底层的感知碎片，发酵为上层的嗅觉与味觉。其间充满微妙过渡。茶馆涌现于清明前后。宇宙边缘刚生出片场。片场刚开始演绎种茶制茶的故事。深渊也年幼，仍是一道细细的时空裂缝。茶馆顺着深渊长出的茶树，自行涌现。星空碎屑氤氲湿润气候，茶馆从一间如玩具般小巧的玲珑茶室，历经漫长时光，成长为雕梁画柱的大茶馆。掌柜遇见它，它刚刚进入成年，深渊正值壮年。不同片场的人往来交易茶与记忆，甚至创造非茶之茶。掌柜见证过万物由简单到复杂的创生过程。

何时开始衰败?

掌柜低头,茶馆已为他泡了生茶。茶中叶如笼中鸟。茶叶的卷曲与舒展映射时空褶皱。深渊顺着时空褶皱的深涧缓慢下落。茶馆没有徘徊太久。它移动着,跟了上去。

掌柜心中空落落。两位茶客费劲力气,在引力的波涛中腾挪闪避,靠近茶馆,终于爬入茶馆里面。四爷与二爷。爱鸟的二爷早已亡故,入了柏木制的棺木。小黄鸟不知所踪。怀表也无法倒映它的结局。爱实业的二爷进门便哭。他的全部心血被汹涌的引力吞噬,将随宏大的引力解体。他送了掌柜一支钢笔,说他用它签了无数契约,想做一些好事,全部没好结果。他让掌柜不要信任任何引力的契约。掌柜和四爷哄他,哄好了,掌柜才说:"笔不用啦,您自己拿着,茶馆就要搬家了。"四爷问:"搬到哪里?"掌柜答:"这不由我决定。"四爷送了几颗花生,他自己种的。三人嚼,硌牙,嚼不动。

四爷摇头:"我自食其力,凭良心干农活,想让咱们的地界儿重回肥沃,但不可能了。我会被自己饿死。没有寿衣,没有棺材,没有纸钱。"

掌柜说:"我有纸钱,茶客们没烧完的纸钱。"

二爷起身:"我们都烧了吧,祭奠祭奠自己,三个老头子,把纸钱撒起来。"

掌柜从柜台里寻出成沓成沓的纸钱,三人抱紧,排成列,走出茶馆,一吊一吊将纸钱撒向深空。纸钱纷纷扬扬,又似叠好的纸飞机，能飞很远。它们划出抛物曲线，过了高点，缓慢自燃，落入黑暗前，化为闪烁的金色尘埃。

　　成千上万流民停止飘荡的脚步，遥遥望着。他们看见了宇宙自我表达的碎片。他们的无名人生将随物质消散，却突然知晓了往昔与未来。故事提炼宇宙生命的精髓。攥住他们的片场提供空想。他们以美好的幻觉逃避痛苦的实际。二者截然不同。片场叙事让契约隔离想象与本心。他们知道为时已晚。他们对爱恨已不敏感。他们互相打量，发现切近的彼此曾于艺术相遇，于生活相忘。他们接受了遥相遇，心将远的现实。至少，他们曾经历远古的故事，同时进入虚伪与高尚的角色，探索过两可的不确定性。

　　纸钱燃尽。二爷与四爷抱拳离开。掌柜没返回茶馆。流民涌动。他没找到同卵双胞胎。时间太久，他可能不认识她们了。或者她们变成涌现本身，比深渊离开得更早。小花、秀花、顺子、大力也不见踪影。他感到欣慰。她们去了同一地方。那地方他去不了。人们靠近茶馆，又害怕深渊，不敢靠得太近。掌柜将怀表投入深渊，摸了一根长长的灰黑布条，逆着人流走。引力涡流紊乱。故事的舞台调度与引力的时空调度混淆彼此。一切陷入错位，一切也走向寂灭。掌柜一门心思向前，没被涡流裹挟。他总算蹚过满目疮痍的战争戏剧，来到真正的宇宙界限。界限对面，实相深渊宛如黑色屏障。他想，往前迈一步，是撞得粉身碎骨，还是摔得粉身碎骨？

他迈不过去。

他叹气,又笑了。

至少宇宙的界限没有引力,只诞生涌现。他的意识开始分裂,又自行分割。思维与感知不再受引力场保护,只有微观交融。一切皆为量子涨落与暗能量的副产品。他闻着尝着自己制过沏过的无数茶。他的衰老同时发现了他的死亡和年轻气盛。他自己的故事自行产生涡流,随着茶的技艺,打通被时代切割的记忆。他理解了片场外叙事的不确定性与叠加态。涌现的顶层是触觉。他所有细胞皆能感受万物。他的灵魂抛弃了过去的片场逻辑,终归沉入物质世界,带来新的解体与涌现。一棵茶树从他自己的血管抽芽,吸收他肉体的营养,借助周围的波与粒,迅速涌现、成长、成熟、老化,枝叶枯萎,根系裸露。同时,暗处的植物随之生长,攀附老茶树。植物发酵,地衣覆盖,小虫与小生命爬满硬硬的古茶。一说死树,一说活树。

掌柜来得及从自生的茶树表皮摘取茶叶,借植物露水,于手心泡得茶汤。茶味干涩如落笔少墨,喉间味道又似乎运用所有皴擦技法,记录掌柜的一生经验。茶汤凝固时间与空间。他张开手掌,茶落入波与粒的海洋。波与粒又卷曲生出更多茶叶。茶叶的波澜飘荡到宇宙的边界外。

掌柜将准备好的布带挂到高高的古茶树上,打了一个环。他将头颅放到环的中央,体会着恍然隔世的顿悟与模模糊糊的光芒。与此同时,他发现自己的生命同时涌现在这里与那里。是这儿还是那儿,尚不知晓。他的死将带来不确定性的分野。他知道半个茶馆已爬入深渊里面。茶馆表里,植物枝繁叶茂,疯狂生长。深渊的大口即将闭合,即将再次告别这地界儿。茶馆的另一边已经去了另一个地方。它在涌现的边缘消失又诞生。在那里,在新涌现的地方,宇宙的另一种尽头有一个茶馆,有无限的茶馆。红发的同卵双胞胎制茶煮水,通晓一片茶叶褶皱中所有的乾坤。

引力涌现自百分之九十不可见、不可说,无数被沉默的黑暗。生命爬出黑暗,方知点点微光来自自己,不是虚火般的能与量。

他突然充满期待:下一轮的他的生与死,是否能带来无限轮回的分叉?

(改编自老舍《茶馆》)

水星逆行

一首截然不同的宇宙史诗。囿于小我和二元性的人们自以为在为生命而战,却不知一切"相"不过是永恒生命之海上的一道道浪花。认同于浪花者,不得不承担喧闹易碎的命运,而结手之女们选择潜入波涛之下,畅游深海,与真正的生命之流融为一体。

——禅修者里最会写科幻的Noc

著有小说集《前往未知之地》

一场关于生存与毁灭的宇宙之旅。

一首人与宇宙同一的哲学赞歌。

探寻宇宙真相是人类的终极梦想。作者巧妙地应用星座、风水、命运话题,底层凸显的却是最为残忍真实的存在真相。人类肉身与精神也融汇在这场星际交流与星外逃离的探险之路中。当人类释放内视与外视于宇宙,世界与自我融为一体。

——江玉琴

教授,主要从事科幻赛博格理论研究,主编《中国当代科幻作家访谈录》《科技人文新融合:新文科建设视野中的科幻小说研究》《纵深与超越:后理论与比较文学跨学科研究》

《水星逆行》在细腻且宏大的宇宙背景下,深入探讨了孤独、跨星际的沟通,以及年轻人身处遥远星际所展现的韧性。双翅目巧妙地构建了水星的荒凉景象,与角色内心的孤独感和疏离感相互映衬。故事中的主角在成长过程中对真实沟通的渴望,反映出身份认同的复杂性与人际交流的微妙关系。叙事中科学的理性与哲思的深邃交织,使人仿佛身临其境。

——马辰

著有《绿色他者:中国科幻与生态批评》(*The Green Other: Ecocritcism in Chinese SF*,预计于2025年底出版),常驻伦敦,致力于生态批评和医学人文的跨界研究

一

她没选择新的沟通对象。这很罕见。老太告诉她,多接触学园外的同龄人。她刚满十四岁,依水星教育,已到心智发育的分水岭。她通过层层筛选,进入学园。她拥有过人悟性,适于钻研学问,今后或向外探索宇宙荒芜,或向内探寻人性深邃。学园与她相似的人太多。老太所在的督导层为拓宽他们的阅历,启用外交手段,建立青少年渠道,与太阳系不同人群沟通。

她室友透露:"都是筛选的。我们接触不到真实的他人。和筛出来的主体聊天,只是强化自我确认,不要当真。"

"可你为什么天天去平台?每个周期完成五次沟通就行。"

"这是我的人类学调查,每次换一个对象,看毕业前,有没有耗尽样本的一天。学园太封闭。你呢?我看你也常去。"

"我只和一人聊。"

"不无聊吗?"

"这也是我的人类学调查。"

她没说实话。她一直按字面意思理解沟通——两个人聊天,以第二人称状态完成交流。她没把她当研究客体。当然,多一层目的也不是坏事,毕竟学园追求效率,她须尽快成长。她一直拿不准沟通的意义何在。平台层面,她们不以真面目面对彼此,声线也做了处理。她知道她来自地球。她自己则生于长于水星。水星离太阳太近,气层稀薄,光与影明暗清晰。年长日久,水星的风俗与水星定居者的性格,也变得像水星缓慢移动的晨昏分界线,不急不躁,条理分明。地球是另一回事。源于信息错位,学园高层也不确定地球人的生活现状。瘟疫与气候灾难后,那儿已不是历史记载的蓝色天堂。

刚开始,她找不到话头,她们只听见彼此内敛的呼吸声。沉默持续一分钟,对方先开口:"水星逆行。"

"什么?"她问。

"没、没什么。"对方吓着了,声音有些颤。

她们可能类似,是交流的怯懦者,因此系统才加以匹配。她感到温暖,赶紧圆场:"没、没事。你说得对。我想起来了,从地球看水星,它是会倒着走。我们学了托勒密地心说模型。从相对视角来看,地心说也没错。宇宙无限,地球也可以是宇宙中心。如果水星围着地球转,它会按自己小小的本轮走偏心圆,时不时倒着走——"

"托勒密是谁?"

"一位希腊数学家。"

"本轮是什么?"

"本轮是——按地心说,行星光转大圈不行,还得绕小圈。大的是均轮,小的就是本轮。"

"我只学过日心说。地心说被淘汰了,你们为什么还学?"

"督导认为这是思维训练——你们没有行星逆行的思维训练?"

"没有。"

"那为什么提水星逆行?"

"我只想说,水星逆行,所以我最近运气不好。不知道你在水星上面会不会没有'水逆'[1]?"

"啊?"

"对不起,迷信星象不对,是我犯傻了。忘了逆行吧,我们换个主题,换个正式的。"

"不不,星象曾经很正式,它曾经是科学,各个文化都以星象为宇宙命运的指引,比如玛雅历、中国星宿,还有——"她停下,总算意识到自己也在发傻。她转动大脑,回忆读过的交流技巧,顺手搜关于星座的信息。

对方仍试图改变话题:"我知道,水星自转和公转之间,有一种关系。我指,它们的时间点差不多,水星一天接近水星一年,所以水星的晨昏变化很慢。可你们有生物钟,你们会白天去向阳面工作,夜晚返回背阴面吗?"

---

[1] "水星逆行"的简称,占星学认为水星逆行会导致运势不佳。

她仔细地答:"大部分水星人生活在晨昏交界线上,太阳一直在天的另一边。学园就位于晨昏交界线,绕水星一圈,像一条五彩环带,很壮观。水星晨昏线走得特别慢,一天才几公里。水星学园就慢慢地跟着晨昏线移动,整个建筑环贴着晨昏线转。准确地说,我们在晨昏线背阴面的内侧,不一定总能看见太阳,但琥珀色的光辉让地平线亮亮的,气候和景观更美。你有机会一定来,尤其要驾着车,从黑夜往晨昏线走,有时能同时看见学园的五彩环带、晨昏线光晕和火红的太阳。"

"真棒,我想去,至少离开地球,或者去更高一点的地方。沿海低地气候太不稳定了,保护罩老坏,出现裂缝,庄稼和动物就保不住,还有污染。我爸妈负责保护罩维修,老是染病,轮流隔离。我奶奶说我是在隔离玻璃墙对面长大的。爸妈轮流给我念故事,讲地球外的世界。我买了观测望远镜,但没什么用。所以我申请交流项目,没想到通过了。我爸妈也很兴奋,让我随便聊。"

"望远镜为什么没用?"

"晴天数量越来越少啦,上一次看见星空还是三年前。我在夜晚出生,那时医院还建在海边山崖上。我妈说那是个明朗的夜晚,能看见猎户座倒挂在银河边。"

"我也在晚上出生——不,我生在背阴面。水星的矿山和特定的科研工作站分布在向阳面和背阴面。听老太说,我父亲母亲因为工作,一去就好几个月。背阴面科研站出问题,母亲被困在里面,生了我。"

"你妈妈一定很伟大。资料说,我们出生年月一样。她是不是也看见了猎户座?"

"不知道。救援人员赶来前,她——我父亲和她一起,他们负责维护科研站,他们都没——"她有些哽咽。话题是怎么转到这里的?还是聊星座好。她深呼吸:"我刚搜到,他们遇难的时候,正好水星相对地球逆行。星象学还是有道理的。"

对方悄声说:"对不起。"

"不是你的错。水星气候很极端。"

对方问:"你知道自己的准确出生时间不?我发现一个软件,能计算出地球外出生人口的星盘。"

"还有这种东西?"她一边问,一边敲入出生时间,精确到分秒。她父母生前尽可能记录了她的所有信息。

"你和我一样呀,都是水瓶座。"

"就是说,我们出生的时候,地球和水星在同一区域——等等,我搜到了,那天地球、太阳和水星,几乎呈一条直线。"

"缘分!而且,我还发现一条神奇的信息:你出生时,地球落在水瓶座。"

"什么意思?"

"命理解读说,对于地外出生的人,地球会变成他们的人生根基,就像太阳。他们的星盘分为两类,一类针对没生在行星上的地外人士,比如土卫六人,他们能拥有完整的星盘,同时多了一个地球星座，需按地球的相位寻根。另一类人生于太阳系行星，他们的行星星座本意空缺，被地球星座取代。因为地球星座和太阳星座的能量同样强大，需要竞争，拥有双主星星盘的人会产生人格矛盾。"

"可我的地球和太阳落在同一星座，是不是就没有空缺和矛盾了？"

"不知道。不过，水瓶是外星人星座。我们是会飞到太阳系以外的人，地球、水星和逆行，都不重要。"

二

她适应了月球生活。刚搬来时，她每天迫不及待告诉水星友人，挂在天边的地球很好看。她们认识近八年，从未中断交流。这很罕见。

她每天清晨收到水星观日图片，对方精挑细选后发来。向阳面，太阳占据镜头，黑子清晰可辨。当水星自转角动量和公转呈特定角度时，太阳也会逆行。友人专门跑到向阳观测站，利用特殊曝光系统，记录日头于天边打转的痕迹。她们研究过一阵太阳逆行的命理意义，发现每当水星的太阳逆行时，地球的情况便更糟些。

百年前，不会有人想到，人类奔赴太空的深层动机，不源于星辰大海,而源于人类首先毁了地球。没有战争便没有太空探索。他们赞美战争。科学开拓者最先意识到人本恶的现实,第一代定居者选择最恶劣的环境,以及与扩张目的相悖的地点:水星。学园建立,管理严格,讲究理性、共情与谦逊,尽可能规避反智、冷漠与暴力。水星外的世界分崩离析,太阳系狂暴突进,学园保持了稳定。地球逐渐熄灭的日子,它长期提供科学的创造与人性的力量。对于地球人,学园是人间伊甸园。

背阴面边界,学园建筑群化为滚动的暗紫色条带。热带植物空间偶尔展开防护罩,她专门为她拍摄。藤蔓与树冠之上,水汽氤氲,近在咫尺的红日让人想起久远的地球,文明诞生,雨林面朝太阳,人类开始祭祀。

她打印所有照片,随身带到月球。她终于可以为她拍照了。地球灰蒙蒙的,时不时涌现黄色云层,尽管不如当初美丽,仍是太阳系生命的源头。

她的老旧箱子封不牢,登月时弹开,照片散落一地。消息很快传开,全工作站都知道她拥有水星通信的特殊渠道。试用期结束,主管二次面试,没问她工作,反而打听了不少学园的情况。

最后,主管语气不无讽刺:"想去水星?地球、月球、金星、水星,这条工作的晋升链虽难走,但也有人完成过。我对此没意见。年轻人不会长留月球,但也只能往太阳系外圈走。你给自己找的机会挺好。"

"确实，我没计划长期待在这儿，但我走外圈。我做极端情况的水培和生物呼吸研究，就是为了去更远的地方。学园只做基础研究，或者搞形而上的问题。我不做那个方向。她没法离开水星，所以我和她一开始就说好了，我往外。"

"你有勇气走多远？"主管挑眉毛，调取项目信息，"奥尔特星云外？还没人活着离开太阳系。这个系外项目刚启动，出发也是十年后了，你现在努力，倒是正好。不过，请记住，学园再厉害也搞不出空间折叠、时间跃迁的把戏。远行类项目不是跳跳板，只能有去无回。"

"几亿光年外，我还能看得见太阳，瞧得见水星划过太阳表面，这就够了。"

"你能活那么久？"

她保持微笑："生命科学比物理学更有希望。"

她和她也常争论这个问题，只是归结为风水。她认为风水的科学性来自生命科学，她则认为风水从根本上是个物理问题。

她上线："神婆呼唤风水大师。好消息，今天我转正了，至少在月球干六年，也顺利对接到远行项目。坏消息，人事主管不待见我，觉得我想利用你去学园。更过分的是，远行项目在他眼中是垃圾项目。他给了我最垃圾的岗。"

三小时后，风水大师回复："学园给远行项目的排次也低，优先送耐折腾的人工智能去。即使外太阳系联邦决定让人类进入,第一批和第二批也是公关大于科研。学园不会给头两批配研究计划。你跟了去,是伺候将生命献给宇宙的老爷子们。我建议,先稳住。"

她立刻回:"按你的意思,二十年后更合适?那我应该辅修延年益寿方向的博士项目。"

"你可以上传。二三十年后,技术也成熟了。"

"不如你先上传,这样你就可以来找我了。"

"我们不是说好的,你远行,我留学园。"

"学园能为你的身体提供最稳定的环境,也能让你变成其他形态。"

"必须告诉你,我想待在学园,还有一个原因:水星风水好。"

神婆还说,地球落在水瓶座的人理应成为外星人。风水大师没回她,她知道她在大笑。她继续追问:"不要拿身体当借口了,水星学园治不好你,我行。"

对方转了语音,严肃起来:"和个人健康无关。科研需要长期稳定的环境,足够的资源支持。你我都知道,太阳系越来越不稳定。地球快完了。你瞧见的只是回光返照。远行项目和太阳系定居项目在博弈。水星仍然是最合适的学术地点。我们的老太擅长打太极。"

老太指水星学园主事,她皮肤黝黑,身材矮小,胖乎乎的,性格活泼,发言时偶尔非常泼辣。老太喜欢穿带彩色亮片的衣服。

"老太虽然长寿，可是她活不到延年益寿技术成熟，冷冻她也不能解决问题。之后的学园怎么办？"

"不知道，但我会留下。"

"不，我觉得你知道。说好了的，不要瞒我。"

"老太找我聊，让我负责大项目，我不能拒绝。"

"多大？"

"行星变轨。研究水星变轨的可能性。"

"为什么？"

"她有她的考虑，应是紧急情况时的备选方案之一。也不是她的决定，高层督导商量了好些年的方案。具体我也不清楚，我只参与执行。"

"好吧，这下你算是和水星绑定了，希望你能让它永远围着太阳转！"

她掐断通信，知道自己在生风水大师的气，也在气自己，或者气一些她不可挽回的境遇。她们的沟通一直走特殊渠道，不稳定，为安全也不能占太多信息流。她们视频过三次，真实面容占的信息流多，最后一次她们聊得有点久，被发了警示牌。老太出面，才保持一切如初。如今，她们虽每日聊天，但多是文字，少有语音。她庆幸她们至少见过面了。风水大师拥有接近太阳的金发，气质温和。从前她称她为金色奶油蛋糕，她称她为黑色布朗尼。战争又起，几处核电站泄漏，地球板块活跃，火山灰伴着辐射污染逐渐覆盖北半球。地球的水星和水星的太阳同时逆行。她们你一言我一语根据星象、气候和地壳,分析战争的走向和地球的倒计时。她们开始称彼此为神婆和风水大师。她们也默契地回避了显见的现实:地外定居愈发成熟,地球生态不再重要。越来越多人认为,为地球毁灭担责,并不是件大逆不道的事情。毕竟,发展的目光直视远方。

第二天,她制定了新方案——她准备在月球工作完成后,直接去冥王星,那儿将是系外探索的前哨。载人飞船由土星或木星发射,她有足够时间定位合适的舰艇,申请项目,准备物资,及时登船。她准备向她道歉,她们毕竟各处不同境遇,各有计划,不应干涉彼此选择。她还没联系她,她先来信息了。

"对不起,我答应老太前应该先和你说。"对方停顿,"不过,你也应该提前和我说,我已经看见你的冥王星工作申请单了,排得挺靠前。愿意去的人不多。"

"应该道歉的人是我,我太急躁了。"

"你爸妈和弟妹怎么办?"

"和我一起走,他们去土星,土星还在建设期,比较安全。"

"远行顺利。"

"旅行有时比定居更安全。"

"你说得没错。"

三

　　事情发展得很快。外太阳系切断了与水星的通信交流,无数干扰层切断电波。内太阳系软弱无能,早已无力支撑地球维护。老太五年前离开学园,去了月球,一面重整地球生态规划,一面主持内太阳系整体的技术路线制订。她接管学园建筑群维护,开始只是每日检验五彩环带追逐晨昏线的速度。内外太阳系局势越发不明朗,学园建筑群信息交互和筛取日渐复杂,她管的事越来越多,睡觉前才有时间琢磨属于自己的研究。三年前,她推进即时量子通信,终端之间链接加密,即便另一方位于比邻星,也感觉不到沟通延迟。问题在硬件——需要有人将终端送到太阳系之外。学园量产终端,送往各处远行的舰艇,希望尽快将终端密度提升至民用级别。她心有疑虑。老太曾透露并不乐观。她订了特送,选质量最好、寿命最长的终端送到她搭乘的舰艇。交流切断时,水星与外太阳系波段一度白茫茫一片。三个太阳日后,各方才通过老太的终端进行协商。

　　老太代表学园,决定保持中立。内外太阳系各自的联合政府都不这么想,媒体嘲笑,说科学与创造不是阳春白雪,学园会变得像水星,将自己困死在太阳边上。学园内部小有分歧,重点并非内外太阳系的资源矛盾,而是地球有可能拖垮学园。她知道,老太生在地球,目前的地球人都是老弱病残,或是为战争料理后事的人,即便地球毁灭,无可挽回,老太也不能撒手不管。

她敲击键盘:"其实他们说得没错,水星和学园会被地球、被内太阳系拖垮。"

神婆回复:"外太阳系很急,他们等不到内太阳系自行垮台。"

"你们呢?观测显示,小行星带关卡变严,巡逻也增强了。"

"我们挺幸运。管理加强前,我们早走远了。"

她们一家人刚漂过小行星带,近距离参观谷神星。全太阳系定居点局势吃紧的时刻,各个大型舰艇物资充足、人员团结,反变为世外桃源似的观光游艇。

"我建议你们加速。"

"不太可能,舰长计划在环木星区域多挂些物资,加上其他舰艇的量,这样,今后三四十年环土星建设都不需要木星援助了。"

"外太阳系切断通信,但没法干扰我们近日观测望远镜。学园几乎停了五分之四的科研监测。望远镜一半对准木星,一半对准火星。火星逃离艇发射很频繁。木星如果准备接收他们,就不会有余力帮你们;如果计划给你们物资,逃离人员就不会让木星好受,你们也会有危险。"

"小行星带关卡呢?"

"他们受贿、抢劫,但不会真正拦截逃离者。"

"我懂了,我去做个报告。"

"等等,你再建议你们舰长,多一个备选方案:万一木星和火星——土星也不会安全,你们做好随时变轨去海王星的准备。液态矿产值得利用。"

"好,你也保重。"

她点头。所幸她看不见,她老得越来越快了。神婆的确配出了延年益寿药方,赚了不少钱,也为一家人拿到了土星——她帮神婆选的地方——定居的钥匙。神婆相信她搞出的太空风水,她则相信神婆的巫术配方。老太明智地没有阻止她们鼓捣非科学的东西,如今,学园一半现金流来自她和她创造的"风水神婆"命运系统。

她室友一直不解,她告诉他:"人就是要相信不可能的事。"

"你信吗?反正我不信。"

"你真的不信?"

"好吧,我也信,但不信你们搞出来的东西。"

她没多解释。她以前比较闲,反复计算她们俩面对面相见的概率,很低,星象和命理的概率都比她用科学法则算出来的高。

她还是相信,总有那么一天。

她不再吃神婆配的药物,也不再注射试剂,开始计划意识上传,或准确地说,改造。意识上传是一种操作,但将所有感受器与神经系统重组,对应学园硬件设备,是另一套组装逻辑。如成功,深空镜片将是她的眼,空气过滤系统将是她的呼吸,接收器将成为她的双耳,学园环带建筑群即是她缓慢移动的步伐。老太通过了她的申请,改造只有她们两人知道。

她不再出门,于房间中完成各项事宜。她利用合成影像通信,无人发现异常。学园关闭大部分出入轨道,自给自足。学园内部人心惶惶。老太力求言和,每个人都清楚,事态并不乐观。外太阳系已停止向学园提供奥尔特星云前端科研的观测数据。十多年前,她的前室友已开始反复计算双方可能采取的策略。前室友终于没忍住,在日头升到中天又打转逆着走的时刻,从水星背阴面乘小艇离开学园。前室友没同老太报告辞行缘由,临行前,却给她密送推演的结果。

外太阳系掌握新技术,他们将点燃木星,同时增加其质量,让它化为木恒星。一周内,木星的四颗伽利略卫星会陆续变轨,远离木星。其余卫星群,大半会加速推进,坠入木星,以助力木恒星初期动荡的燃烧,也防止因引力缭乱引起的危险撞击事件。太阳系黄道平面结构会改变。内太阳系行星与卫星的运行轨道将被打乱,同小行星带一起,成为太阳-木恒星双星系统的引力动荡区。太阳与木恒星相向运动。水星、金星会继续随着太阳转。地球和火星将被甩出去,地球走得最快,比月球还快,三五年内就能漂过海王星轨道,独自游荡外太空。外太阳系行星受干扰则较小。他相信,一切动荡结束后,太阳-木恒星系统将趋于稳定,外太阳系便既能摆脱地球,又能将太阳边上的水星学园牢牢绑定在双星系统内。

她没拦截他,只调动所有观测设备,对准伽利略卫星,看清了卫星表面的推进器。她计算木星资源,认为外太阳系即便拥有学园不知晓的技术,也只有在四颗伽利略卫星几乎连成一线时发射,才能保证木星化为恒星的当量,也保证潮汐力与卫星们的逃逸速度。

她紧急联系神婆。香格里拉号刚刚进入木星系统。她压缩推演过程,打包发送,并告诉她,从木星卫星变轨,到制造木恒星,其间会有一到两个月的调谐过渡期,香格里拉号可依据那时的情况变轨。有两个选项:一,尽量靠近木星或某一颗伽利略卫星,以抵御木恒星所造成的引力冲击;二,尽量依赖引力弹弓,跑得越远越好。

神婆隔一天才回复:"香格里拉号已决定,目标,海王星。天体学家已反复计算,海王星也会被甩出太阳系,只是整个过程缓慢且稳定,我们会跟着海王星一同离开。"

她回复:"好地方。"

可她犯了错误。她觉得神婆一家能安全逃离动荡后,便安心了,转而专注水星变轨计划,一点一点改造自己。当她意识到一切提前后,为时已晚。

火星政府背着内太阳系,联合小行星带,发射霰弹枪似的弹头,一波一波,无法叫停。按他们计算,外太阳系并没有多余能源,只要毁掉部分发射台或变轨系统,外太阳系便无法实行木恒星计划。如果外太阳系执行拦截,他们也将耗去资源与人力,结果是,即便木恒星形成,伽利略卫星们也不一定能如期变轨。

她紧急联系神婆,通信时有时无,香格里拉号已完成引力弹弓,正将自己迅速甩离木星系统。老太紧急联系她,让她先保水星,加速水星变轨,地球和月球老太负责指挥。

外太阳系没花太多时间决策,他们提前执行木恒星计划。

依宇宙尺度,一切发生于电光石火之间。按人类生命尺度,整个过程持续一年。

弹头群穿越寂静宇宙,抵达木星卫星系统,木恒星计划刚好调谐完毕。伽利略卫星同时发射,集中于一点。木星逐渐燃烧,越变越亮,持续一个月,抵达亮度顶点。同时,无数弹头同木星大大小小的定居点相撞,远在水星,都可肉眼见到明亮的木恒星与它周围的光斑。

可是,他们没能真正点燃木星,他们也没能阻止木恒星计划。木星膨胀,又收缩,迅速变暗,变为一颗红矮星。

四

她目睹审判过程。水星学园叛逃者协助外太阳系施行木恒星计划。她作为少数熟悉水星学园的研究者，参与审判资料整理。她读到叛逃者的早期规划与庭审供词。计划看上去很好。金星会被木恒星俘获。火星、土星、天王星虽会被甩出太阳系，但它们将路过木恒星。木恒星政府可以考虑变轨，重新吸纳这些行星。届时，木恒星将成为双星系统主导。外太阳系不费吹灰之力毁灭了内太阳系的同时，也能留着学园，让水星成为太阳身边唯一的孤岛。控制孤岛简单。叛逃者似乎清楚，老太喜爱风水大师，他自诩与风水大师从小相识，知道风水大师热爱和平，他相信可以通过谈判达成有利于木恒星系统的条款。

木红矮星又是另一回事。它重构木星生态，却几乎不影响太阳系其他星球的运行。它沿着木星古老的轨迹前进，作为内太阳系的防护伞，从属于太阳。

风水大师认为，木红矮星毕竟是一颗小恒星。它虽失去一半卫星，却也获得更多质量与能源。外太阳系联邦可能趁机会步步紧逼，困死内太阳系。她则安慰风水大师："木恒星计划失败，联邦内部分裂，土星系统不再配合，木红矮星系统没有魄力占据内太阳系。他们会先求和，审判叛逃者是一种姿态。"

太阳仍是太阳系的中心，这一心理暗示稳住了内太阳系的恐惧，也吓住了外太阳系。

"风水神婆"命运系统变得更加流行。木恒星计划失败前,她忙着为香格里拉号清点物资。她不希望自己闲下来,得空时便修订"风水神婆"的双星命理。

多年的"地下算命"经验,让她相信星运类似讲故事,一半科学,一半假设。假设的一半也不乱来,根据各个行星和卫星的特点估计即可。出生于木星卫星的人,同地球人与金星人类似,被阳光普照,非常自信。木星系统的人甚至更自信些——巨大的木星占据半个天幕,螺旋斑纹不断划过视角,宏大的景观给了他们狂热的心灵,他们觉着自己能改变宇宙。如果太阳-木恒星系统形成,每个人会拥有两个恒星星座:太阳星座与木恒星星座。此时,主神宙斯与太阳平起平坐,争锋对峙,宇宙的命运因之改变,个体更难逃动荡。一方面,每个人的命运都会被波澜壮阔的系统搅得跌宕起伏;另一方面,象征抱负与狂热的木星也将主宰每个人的心灵。西部电影似的星运阐释风靡太阳系。木恒星计划失败前出生的儿童,都被赋予特殊星盘。

其后,木红矮星诞生,她更忙了,没时间继续撰写命理,风水大师便接她的班,撰写另一半解读:一切并非没有改变,主神宙斯试图挑战日月的规则,他变得更强壮,却也体现出懦弱——他只是红矮星。自此后,星盘中的木红矮星星座只带来消极与退却,只象征战争与必然的失败。已出生的人的命运被改写,未出生的人自生命伊始便被阴影笼罩。

使用"风水神婆"命运系统的人分裂了,一半人信神婆,一半人信风水。人们确信,创造风水神婆的不止一人,或许正好是两人,所以前后出现两种星象解读,但系统没有整合。信风水的人觉着太阳系将陷入长久的大萧条,内太阳系人居多。信神婆的人更加激进,多属于外太阳系,他们提出改进方案:目前,木红矮星仅比以前的木星重一百一十倍,从属于太阳,但如继续增加其重量,增至一半太阳的质量,新的双星系统仍能形成。它仍是木红矮星,在目前木星系统的适应范围内,它又足够大,能与太阳平起平坐。内太阳系所有的行星仍属于太阳。外太阳系行星则将从土星开始,渐次被甩出去。太阳-木红矮星双星系统会让木星成为孤岛。

她告诉风水大师:"这对木红矮星系统有好处,但对外太阳系有百害无一利。可舰长刚找我商量,问我生物储备。她说木红矮星已和其他外太阳系联邦分裂,准备审判完成后,就加急进行第二次点燃。舰长让我做计划——和海王星系统一起浪迹宇宙的计划。"

风水大师很吃惊:"这对木红矮星毫无益处。内太阳系人恨死了木恒星计划,不会支持木红矮星。如果外太阳系其他行星被新的双星系统甩出去,木红矮星不就成了孤家寡人?"

"他们现在也是孤家寡人。二次点燃可能是威胁策略,让外太阳系其他星球继续跟随木红矮星。可是,点燃技术完全归他们所有。他们自点他们的,我们属于被连带伤害。土星离得比较近,准备效仿火星和小行星带,进行点燃干扰。我们完全够不着,只有做被甩出去的预案。"

"你觉得流浪可行?"

"我们需要能源。木恒星计划不算失败,红矮星也是恒星。全太阳系其他天体的重量加起来,对于太阳也微乎其微。他们凭空让木星变重了。他们还想再做一次,他们有技术信心。我们拦不住他们,但我们可以利用。"

"是暗物质,但不是引力意义的物质。我的前室友一直在追寻一种非爱因斯坦的引力论,是学园边缘理论,我参与过他的项目。看来他找到了。学园其他研究者正按照可能的方向攻关。"

"你没参加?"

"依现在的局势,如果成功,难保内太阳系不会让太阳更亮些。"

她笑了:"也对,一方把木红矮星增重成木恒星,另一方就让太阳再变大些,一方想弄双星系统,一方就一定让太阳足够胖,永远比下去,像历史反复发生过的。"

"他们就这样毁了地球。"

"太阳系也会这样毁灭。"

"我读了你刚写的报告,冷冻技术确实很成熟,撑得住海王星漂流计划。海王星能源也方便开采。不过,以防万一,你们可以做卫星捕捉计划。不管内外太阳系谁先点燃,都会有许多小卫星不受控制,被甩出引力范围。你们多捉一些,用以

水星逆行 | 335

开采改造，为日后行程做好准备。另外，咱们保持通信，我希望你们离开前能拥有点燃技术。"

风水大师下线。

她们都清楚，点燃技术一则可用作战略武器，二则有潜力被开发为可持续能源。如今，内外太阳系争先恐后走前一条路径，她们还有时间为后一种路径做准备。

隔年，她成为香格里拉号首席生物专家。舰艇靠近海王星，蓝色气流高速旋转。木红矮星提升了海王星活跃度，它变得比以前亮了，表面形成比早年木星还要宏大的气旋斑块，来得快，去得也快。香格里拉号携带技术与物资，迅速与海王星联盟达成共识。

她得知风水大师已将自己改造为学园本身，改造为一座环形建筑。她们心知肚明，花更多时间聊天，同步工作。风水大师越发擅长多线程任务，无论何时，都可做到随叫随到。

海王星远行计划逐步落实，她说："按道理，不论我走多远，量子通信都可以保证实时沟通。"

"可你得休眠，我只能眼巴巴瞅着你。"

"你可以把我叫醒，每个月一次。"

"太耽误你寿命。"

"请相信我的染色体端粒延长和细胞再生技术。"

"不，我更相信我自己。说实话我最近更有自信了。"

"为什么？"

"点燃技术其实是你我的点子,只是那时候我们搞'风水神婆',没深究,结果被别人拿去,搞成了丢人的大项目。"

"我们的?原理呢?"她问,"原理是什么?"

"霍金的黑洞辐射。"

五

有一种说法:内太阳系的星球系统彼此离得太近,人类还没形成友好相处的本能,便陷入彼此伤害的常态。

水星学园和主持地球事宜的老太不主张对抗性计划。老太的发言主旨很简单:战争源自对抗,对抗即是平白无故地消耗生命与资源,毫无创造,仅导致毁灭。

他们嘲讽她是和平主义者,但金星联邦和火星联邦也无法达成共识。后者持先发制人态度,要求尽早点燃太阳,使其增重,不让外太阳系翻身。前者则犹疑不定,害怕技术不成熟,导致太阳膨胀,吃掉自己。

没多久,外太阳系再次进行点燃,十分成功,让木红矮星增重至太阳的二分之一,刚好让太阳与木红矮星形成双星系统。

内太阳系捶胸顿足,认为失去先机。他们没注意到深层原因:她——作为水星学园的核心——消极怠工了。

几十年前,她提出微型黑洞辐射可增加周围天体质量的假设——神婆给的启发。

她们做过一批外太阳系星象命理的推演。其中必然涉及围绕黑洞旋转的星体或舰艇。她们都觉着,黑洞星座看起来很吓人,但被黑洞决定命运的人,不应只衰不旺。那时的神婆试图根据星象研究提高物理课成绩。她读了霍金辐射。如果黑洞表面产生的正反光子或正反电子,只有一半被事件视界吞噬,正的吐出来,反的咽下去,从外部看,黑洞便不黑了——它进行辐射,向外发射能量。它甚至燃烧自己,让自己减重,最后蒸发。

"这可以被解释为一种默默奉献的精神。"神婆总结道。

"暗中为世界增加光和热?挺好,但也挺惨的。用这个解释黑洞星座还不够,大部分人不觉得奉献的人生是福运。"

"黑洞发射的能量去哪儿了?不能利用吗?来自奇点的无穷力量,总比暗物质强。暗物质占宇宙绝大部分重量,我们是不是还得写暗物质的星象解说?"

"白洞理论还没有,至于暗物质⋯⋯"

她那天提前下线,说自己得算一算。

如果黑洞没有蒸发为能量,而蒸发为质量,那会如何?如果暗物质不是物质,而是凝滞的能量,是否可以利用?

她那时刚好做量子通信研究,便推演出一种假设:通常情况,量子层面的微型黑洞很快蒸发,只能测量蒸发后的粒子轨迹,但如在微型黑洞形成的时刻,将其与量子纠缠结合,与暗物质产生关系,假如暗物质是凝滞的能量,微型黑洞便可能将凝滞的能量蒸发为实实在在的质量。

换言之,暗物质可被视为某种暗能量,它们对应于实在的物质,但处于宏观的不确定态,未被转化为质量。如能有效调谐微型黑洞的辐射和微型黑洞的量子纠缠,将凝滞的暗能量转化为实在的物质,霍金辐射便可被观测为霍金增重。这或许是白洞的另一解。

她那时还小,只把她的计算当成思想实验,觉着推演成功,便是胜利。她为自己的胜利喝彩,迅速联系神婆,她们你一言我一语,将黑洞与暗物质放到一起解释。

黑洞是看不见的能量,暗物质是未被探测到的质量。它们在微观层面彼此转化,带来可利用的能量与可测定的质量,因而黑洞星座与暗物质星座的人拥有强大潜质,可将毁灭化为生命。

时至今日,"风水神婆"命理学中,黑洞和暗物质,是与恒星和超新星同级的存在,决定每个个体的天性。

那时,她们满足于搭建完整的系统。虽没什么人关注黑洞星座与暗物质星座,但她们乐于进行"风水神婆"的完整性宣传。她只当它是一种就虚的解释,她没想到有人当真,将她的理论造了出来。

点燃计划即是在星球内部同时制造微型黑洞与量子纠

缠。暗物质的纠缠非常不可控,所幸它构成宇宙的主体。他们同时制造成百上千个微型黑洞及量子纠缠,不断制造,不断蒸发,而只要有一个成功,形成连锁反应,便能通过微型黑洞,转化暗物质,从行星内部增加其真实的质量。连锁反应时间则取决于维系纠缠的能量。

她弄清了原理,但没有认真帮助内太阳系复制点燃计划。

水星学园对外宣传,声称要制造精准的微型黑洞与暗物质纠缠,如此,便不会出现点燃失败的风险。她则带领团队,研发可控且持续的微型矮星制造。她与老太一面参与各种会议、做各种报告,一面在月球表面深挖洞穴。

她对神婆说:"目标是持续能源。"

木红矮星二次点燃后两年,土星、天王星、海王星、冥王星各自接受水星学园帮助,完成漂流计划的制订。

除了冥王星,其余外太阳系行星都加速运行,靠近太阳与增重后的木红矮星所形成的双星系统,贴着其中之一打个弯,之后按照引力弹弓加速,永远离开太阳系。

土星联邦曾非常愤怒,提出靠近木红矮星时,点燃土星,让土星变为土恒星,让土星变得比太阳还重十倍,以终结内外太阳系争斗。他们的提议迅速被驳回。土恒星计划无法阻拦木红矮星或内太阳系的点燃与增重行为。如果太阳系变为三星甚至四星系统,一切将趋于绝对混乱,谁也别想逃。土恒星计划作罢。她和老太仍担心他们那种加入对抗性战团的强烈冲动，便等每一颗行星走到足够远的距离，才传送静态增重计划。

海王星联邦决定静态增重海卫一，花一年时间深挖卫星，接近中心，并将它推至海王星引力范围的边缘。静态增重时，她与她同时在线。香格里拉号工作舰艇飞向海卫一，飞入地洞，一层层加速，一层层剥落，即将抵达内核时，发送携带粒子束与粒子场的透明球体。表面看，海卫一没有动静。它的质量读表则迅速增加。海王星各个定居点开始根据新的重力场调谐轨道。她则一面检测海王星轨迹，一面检测海卫一内部变化。静态增重于较短时间产生固体质量，但固体温度不高，也不会向外形成爆炸。它如凝滞的岩浆，一层层于海卫一内部互相挤压。她小心控制速度，在内部质量撑破海卫一前，让增重的质量自身因引力而坍塌、收缩。

神婆提醒她："快看！"

寂静的宇宙没有声响。海卫一产生内爆，一切往内收缩，迅速生成光点。她继续增加质量，爆炸生成的能量与冲击力被新的固体物质凝滞。海卫一稳定膨胀，直到变为一颗中等大小的红矮星。它不会很亮，却能燃烧许久。一个月后，轨道逐渐稳定，它变为海王星系统的中心。海王星与其他卫星围绕它旋转，距离足够近，近到能在漫长的银河漂流中获得能量与稳定的旋转结构。

香格里拉号围绕海王星旋转，海王星系统的定居者将进入轮流休眠状态。

"不要醒得太频繁。"她提醒神婆。

"不要太想我。"

她露出笑容,她已很习惯自己的机械电子形态了。

"不过,我想到一个沟通方式。"神婆给她传送方案。

"梦?"

"梦。像我这样的长期沉睡者,虽百年后才醒,但每十五年会进行一次活性检测——不全身复活,只进行基础机能测试,以便唤醒治疗或更替器官。实验表明,活性检测几乎不耽误寿命,还有一个利好:接受活性检测者脑活跃度接近梦境。实验组也都有过做梦状态。我就想,你可以将信息和实时情况发送给我的梦。这样,活性检测时,我就不会无聊,我醒的时候,也能明白太阳系的实时进度。"

"是个好办法,你把量子通信设备直接贴到休眠舱内侧。"

海王星系统离开奥尔特星云时,神婆进入休眠。

"晚安,"她说,"希望我能给你好梦。"

六

她的梦一直清晰冷静,所有情绪掩藏在复杂细节中,这让她有时神经紧绷,有时又进入精神的安定。

她以她的视角近距离审视太阳系。

木红矮星与内太阳系保持了一段时间对峙中的和平。外太阳系行星逐一漂离,冥王星最后被甩出去。金星向外移动,与地球的轨道越靠越近。老太指挥地月环境改造几十年后,地球夜晚又出现星空,晨星与昏星变得很亮。地球金星轨道几乎交叠时,从挪威峡湾能看到金星翻滚的气层。地球潮汐变得复杂,生命周期开始改变。

她突然怀念地球,如能返回地球,她或许会重拾古老的生命科学研究。

风水大师对水星进行变轨,它距离太阳更近了,获得更多能量。按理说,远行的海王星不再围绕太阳旋转,从海王星角度看,水星也不再逆行。而环状学园推动水星时而顺时针旋转,时而逆时针旋转。她处于梦境中,无法真正进行思考。困惑于潜意识中徘徊,形成迷雾。

好景不长,处于内太阳系外围的火星轨道总不稳定,按计算,火星会被木红矮星的引力捕捉。火星系统内部犹疑不定。内太阳系和木红矮星系统则展开争夺行星的斗争。和平再次被撕裂。火星选择了木红矮星。内太阳系则尝试点燃太阳,微小的增重让月球变成一颗行星,被太阳捕获。月球与地球的紧密关系被打破。

水星轨迹持续收缩,越来越多定居者撤离水星,学园研究者分批抵达月球或地球。三年内,水星上将不再有人类。学园建筑环持续运作,变得更加活跃,太阳燃烧的底色让它熠熠生辉,透出五彩斑斓。

她知道,她在那儿。

木红矮星俘获火星,他们的合作却并不顺利。木红矮星越来越激进,目标越来越明确:他们想成为更大的恒星,太阳系需围绕他们旋转。没多久,木红矮星系统调整轨道,生生将火星甩了出去。火星系统没能逃离远游宇宙的命运,可他们没有能源,没有恒星相随。他们尝试将部分定居者迁移至环火星轨道居住区,然后增重火星,让火星变为矮星,但没成功。火星飞逸速度很快,没来得及固态增重,便陷入零下二百摄氏度的极寒。抵达柯伊伯带前,火星已变为死星。

火星的遭遇吓着了金星系统。他们不再听取老太的建议,不再为远行做任何准备。金星坚信他们拥有太阳,他们也能控制空荡荡的、自动运行的水星。内太阳系属于他们。

梦中的她微微笑了。

很少有人知道风水大师已成为学园环。有时,她能通过风水大师的视角发现自己。海王星系统加速飞行,香格里拉号根据情况继续增重海卫一红矮星。每一次增重,她们都获得更多能量。海王星愈发活跃,逐渐变为天王星似的浅蓝色。香格里拉号贴着海王星转动,投下长长的影子。

其他信息涌入她的思维,此时此刻,海卫二已被撕裂。海卫一的质量刚刚跨过矮星阈值,变为一颗小小的恒星。海卫二刚好处于海卫一恒星与海王星之间,它将形成比土星环还明亮的光环。

而她与她已相距五光年,水星学园需要五年后才能瞧见海王星系统的美丽环带。

以后怎么办?她想。

时间容不得她思考。很快,木红矮星系统一次性将木星增重至与太阳同等质量,一时光芒闪烁,木恒星终于形成,内太阳系应声解体。太阳与木恒星相互拉近距离,擦肩而过,正式进入彼此环绕的双星轨道。金星迅速被两颗恒星的向心力与离心力抛弃,沿着扁扁的轨道,飞逸出双星系统。金星定居者来不及最后看一眼太阳,便陷入与火星同等的命运。

水星穿行于太阳与木恒星之间,紧贴着太阳变轨,没有飞逸,其行踪也不再具有规律。

她重新梦见地球,那儿已不是她出生时的模样。老太的地球生态修复计划成功了。蓝色的海岸边缘重现绿色山脉,云彩自下而上,似乎能飘过平流层。再往上,透明的膜笼罩地球,让她变为一个温室。

她发现月球人撤离了月球。只有老太留在她曾工作的空间站内。半透明观测台开启,老太半躺在轮椅上,所剩时日不多。

她听见柳林风声,听见平和的歌谣——是地球的声音,是老太儿时的陪伴。老太笑容舒展,离开暮年,重新返回无尽快乐的时光。

老太点亮月球。

地球逐渐靠近月红矮星,被月红矮星俘获。地月系统异位。

太阳、木恒星、月红矮星即将形成不稳定的三星系统时,水星学园启动了。环状建筑计算轨道,找准时间,发送光束,穿越黑暗,再次点燃月球。月球持续变亮,也随反作用力被弹出太阳与木恒星的双星系统。

她听见风水大师轻轻说:"再见,月亮;再见,地球。"

月恒星形成,她带着重生的地球,飞离永恒对峙的太阳系纷争。

水星则随着另一重反作用力,弹向另一方向,也进入飞逸轨道。

她在梦中觉得自己的身体指标陷入异常,系统几乎将她唤醒。水星学园及时给她发送信息。

环状建筑脱离了水星,独自留在轨道上,沿轴线一圈圈旋转。日珥的火舌时而穿过环状建筑。它不为所动。

风水大师说:"再见,水星,我的家乡。"

她终究被香格里拉号休眠舱唤醒。她发现自己泪流满面。她知道,她会回去看她。

她们相距几十光年。可对于宇宙尺度而言,一切可忽略不计。海王星宛若爬虫,刚落入无尽深渊,距离其他星辰仍然遥远。

她醒来时,香格里拉号舰长恰好执勤。她醒来的次数多,也已进入暮年。她对舰长说了老太生命的结局。舰长脱帽致敬。信号显示,土星、天王星和冥王星系统运作正常,虽然也有纷争,所幸没闹出太阳-木恒星系统没完没了的对立。

舰长说:"我们向着四个方向飞行,如果地月系统也同我们联系,那么就算五个方向。我们需要时空翘曲技术,否则只是五颗海中的砂砾。"

"翘曲空间来自引力的宏观学说,我们一直没走通,所以不一定是翘曲。我一直想,行星增重完全依赖于量子力学。增重是通过纠缠,将未知的暗物质转化为质量,算是一种暗物质传输。那么事物的其他形态,也应该可以走类似的道路。我们的目标是驶向暗物质区域。"

"言之有理。"

她没马上返回休眠舱。她暂时接替了舰长的工作,于香格里拉号执勤十年。她一面进行日常维护,一面从宇宙的角度,研究生命的形态。

她重新与风水大师建立联系。她们白天探索科研问题,夜晚于梦中远观宇宙。她们度过快乐的十年,花了不少时间更新"风水神婆"命运系统。

太阳系已经解体,就星象学而言,人类的命运也伴随着四分五裂的行星分崩离析。不过,地球还在,它复活了。原太阳系的许多行星和卫星都变成了恒星。换言之,虽然旧的命运崩塌,新的命运却获得了更多能量。新时代出生的人也拥有星盘,也可以根据原有行星的位置判定性格与人生。只是各大行星飞向不同星区,旧有的星座理论解体。她们检索暗物质,同时重新划定星区。十二星座之外,其他星座也获得意义。

当她们完成全新的"风水神婆"系统后,海王星系统也圈定了与暗物质接触的方向。

她跳入休眠舱,对她说,下次见。

七

毁灭在追逐她。

所幸她还有远方的希望。

神婆陷入更加漫长的沉睡,她则拥有足够的时间利用太阳的能量。她逐步更新学园的引擎与复杂的计算设备。她没有放弃培养有机物。几十年后,她建成紧邻机房的热带植物园。她取消大部分隔离带,没多久,空荡荡的人类居住区被植物与昆虫占据。她造出学园的小小生态。

按道理,木恒星居民已拥有太阳系,应进入难得的和平。可惜对抗已成为本能。没多久,他们重新分配为两派,重新依照木恒星与太阳的双星结构,形成两股系统。伽利略卫星变轨分为两部分,原木卫一与木卫二守着木恒星,木卫三与木卫四则逐渐变轨,靠近太阳,成为新太阳系的人类力量。他们重新开始赞美战争,赞美第一次点燃木星时刻的壮举。他们似乎忘了伟大的计划并未成功,自那开始,一切陷入衰败。

新太阳系很快盯上环状学园,迅速派舰艇登陆。她将自己伪装为静默的人工智能。他们破舱而入,大半个热带植物园蒸发殆尽。她心痛不已。他们则惊讶于学园一直培养这些无用的花草虫鱼。她有所准备。他们入侵系统时,轻易找到了增重计划的改进版本。他们果然欣喜若狂,忽略了她的存在,忘记了学园的可利用价值,仅仅拷贝技术方案。他们笃定要继续窃取远方的黑暗,以助力太阳系内部的争夺。

以前,地球资源紧张,太阳能源有限,人类的开发总有尽头。点燃与增重之后,再遥远的能量都可为己所用,人类不必限制自身,宇宙万物足够人类挥霍,战争的消耗只算九牛一毛。

星象解说中,神婆写道:"拥有双星系统星盘的人,更容易进入单纯的二元思维,容易接受战争快感的诱惑,应多关注自身行为限度,否则毁人灭己。"

太阳-木恒星居民不认为自己有所限制,行事也不需控制。新太阳系获取技术后,木恒星系统也被激发,搞出了技术突破。他们迅速增加太阳与木恒星的重量,一年内,将它们变为一百倍的原太阳重量。两颗星体的轨道越离越近,越离越近。一部分人开始恐慌。畏惧者开始计算,如沿特定轨道定向增重,两颗星体会被自身的离心力甩出去,各自分离,化为两颗流浪的恒星。这样,战争终将结束。可另一部分人不相信双星能互相合作,让彼此分离。如果一方定向增重,另一方则大幅度增重呢?如此,双星将不复存在,一颗星体又将成为主星。两派僵持不下,不断增重,不断增重,甚至为对方阵营增重。他们都想做最终的主宰,都希望有弱势一方衬托自己。他们互相愤恨又完全离不开对方。

有人提出,永恒的对抗才是真理。

即将抵达真正的阈值。

她与睡梦中的神婆暂别,调动学园环,借弹弓效应,悄然漂离双星系统。

没多久,太阳与木恒星在彼此分离的时刻,增重至一万个原太阳质量,那光芒似乎比一百万个从前的太阳还要闪亮。两颗恒星迅速掉头,相向而行,轰然相撞,热衷对立的文明瞬间陨灭,超新星的斑斓光芒与尘埃迅速随之散开,范围比原奥尔特星云还要遥远。

她笼罩于同学园光芒相似的色泽中,似乎回归到太阳母体最初的怀抱。

她调转方向,往回走。

数据显示,两颗恒星的遗骸坍塌为一个约十五倍原太阳质量大小的黑洞。她靠近,再靠近。同远行的其他行星比,她成为人类历史上首次近距离接触黑洞的探索者。

她脱离超新星尘埃,进入空旷的黑洞控制区内。

她开启接收器,听见双星撞击前人类的余音——这象征了宇宙文明的毁灭。

新黑洞很小,仍是宇宙一粒尘埃。

她调整自身动量,第一次观测到事件视界表面起伏跳跃的辐射。

它们如希望的火苗。

她年长日久地观测,将数据发送至四面八方。

八

她醒了,被黑暗包围。

数据显示,香格里拉号已进入暗物质区。

她进入科研区,舰艇人员几乎全部苏醒——自离开太阳系,香格里拉号从未满负荷运转。

没有障碍,没有质量,没有光亮,充满能量。

他们驶入完全未知的宇宙疆土,大半物理学即将重建。

她有更紧要的计划——她可以先重建生命科学。

她开辟了自己的工作区,创建了工作团队,日夜加班。许多年过去,皱纹爬满面庞。

其他行星系统也相继抵达暗物质区或暗物质边缘。人类一面使用未知的能量,一面研究未知的能量,开始依托于暗物质,繁衍生息,建立广大的居住群落。

终于,她完成了与风水大师共同构想的计划。

她们分开以前便约定的想法。

舰长进入休眠舱的次数比她多。她们的生理年龄已一样大了。

她提交报告。

舰长问:"你去?"

她回答:"我去。"

量子传送台并不复杂。前期动物实验已经成功。风水大师已收着不少好东西。人类只需迈过心理障碍。

她没有心理障碍。

她十分期待。

点燃计划将暗物质化为质量,量子传送则恰好相反。

她将借助黑洞辐射,由碳基生命瞬时转化为暗物质生命,返回太阳系曾存在的位置。

"风水神婆"命运系统对新人类进行阐释:变化带来生命。

九

她最先收到物件。

太阳-黑洞的事件视界边缘辐射增强,随后集中于一点,不久后,那位置越变越黑,吐出清晰的形状。

一个正四面体结构的暗物质。

她等着它漂出严酷的引力范围,用容器接住它。她十分欣喜,终于有机会研究暗物质。

古书记载:正四面体象征火焰。

她能感到暗物质内部静态的燃烧。

人类还未弄明白暗物质到底是什么。

她们认为暗物质可能是生命存在的新方式。

很快,神婆团队传送了酵母、线虫、果蝇,以及其他配比的培养皿。虽然它们黑乎乎的,但拥有与原来形态相似的自组织模式。洁白的纯系小鼠变为暗物质黑鼠。她做实验,黑鼠仍记得作为纯系小鼠时跑过的迷宫。

更多动植物通过事件视界返归故土。她在学园环内部重构热带植物园,只是一切黑乎乎的,她需要特殊扫描仪方能认清丰富的物种。

终于,她们选择了一个不起眼的日子,传送人类。

她有些激动,整个五彩的学园都为之颤动。她尽量靠近太阳-黑洞。人形的暗物质爬出事件视界。她比她想象中高大一些。跳出事件视界时,神婆整个人被拉长,进入引力安全区,她收缩并膨胀,变成大号姜饼人一般的模样。

"我的防护服和我合并啦,"神婆大声说,"我觉得我像个黑色的毛绒玩具。"

"欢迎来到学园。"她显得很正式。

"你好哇,风水大师,终于见到你了。"她似乎能看见神婆的笑容。

"你好,暗物质神婆。"她也听见自己的笑声。

神婆说:"我们计划重建学园,更多研究者会被传送回来,我的家人也会抵达,你可以加入我们一家了。"

她按捺着激动,按章程汇报:"反向传输成熟后,学园可成为中转站,其他行星系统的人可以先变成暗物质抵达这里,然后转化为人类样貌,去另一个系统。中转站建成后,需要一位站长。我可以推荐你吗?"

"当然。"

神婆摆动胖胖的身躯,踏上学园内环,沿着内环一直走,一直走,绕了一圈又一圈。

环状的她与暗物质的她几乎不需要休息。从认识第一天到今日第一次见面,已隔了上亿年,她们有聊不完的话,她们终于有机会面对面地,没完没了地聊下去。

宇宙仍然空旷,生命仍然渺小。文明每一次被拯救,都不会和平永续,只是带来下一次正常生活、正常交流、正常死去的开始。

而她们一直携手,顽强生存,长年潜行于黑暗,创造生命。